Rio

Van Jolanda Clément verscheen eveneens
bij Ambo|Anthos *uitgevers*

Oostwaarts
Wij waren de Vickersons

Jolanda Clément

Rio

Ambo|Anthos
Amsterdam

MIX
Papier | Ondersteunt verantwoord bosbeheer
FSC® C083411

Deze uitgave kwam tot stand door bemiddeling van
Marianne Schönbach Literary Agency B.V.

ISBN 978 90 263 6486 0

Omslagontwerp Marry van Baar
Omslagillustratie © Shutterstock en Dreamstime
Foto auteur © Dirk-Jan van Dijk

Verspreiding voor België:
Veen Bosch & Keuning uitgevers nv, Antwerpen

I am glad you don't think I am heartless. I am nothing of the kind. I know I am not. And yet I must admit that this thing that has happened does not affect me as it should. It seems to me to be simply like a wonderful ending to a wonderful play. It has all the terrible beauty of a Greek tragedy, a tragedy in which I took a great part, but by which I have not been wounded.

Oscar Wilde, *The Picture of Dorian Gray*

Eliades

1

Soms had een lijk iets romantisch. Tragisch waren ze allemaal, of ze nu natuurlijk, onnatuurlijk of ronduit wreed het leven hadden gelaten. Deze jongeman was het summum van romantiek. Zijn gezicht kon zich meten met dat van Latin lover Rudolph Valentino. Hij was van gemiddelde lengte en droeg een driedelig kostuum, zij het van slechte kwaliteit. Een van de weinige stukken uit zijn erfenis, vermoedde Eliades, verpest nu ook, door een gat en een dieprode vlek op de borst. Recht door het hart. Het zou zijn familie de moeite niet lonen om het te laten herstellen en verkopen, maar Eliades had grotere wonderen gezien. Tijden waren zwaar, mensen inventief.

Het ontbrak Valentino aan 'de grimas': een teken van lijden, angst of afschuw. Vaak was het moment van sterven als een gepauzeerde filmscène; de laatste gezichtsuitdrukking bleef hangen en gaf in gunstige gevallen richting op het kompas van een inspecteur. Niet hier. Deze dandy lag er vredig bij en had een uur geleden nog rondgelopen. Een halfuur geleden wellicht nog; uit niets bleek dat hij zijn einde had zien aankomen. Eliades besloot wel direct dat hij een hekel aan het jongmens had. Dat had hij altijd aan mannen die een mate van vrouwelijk schoon bezaten, die hun haren met vaseline tegen het hoofd plakten en aan de zwier gingen met prachtige salondames die hijzelf nooit binnen armlengte zou krijgen. Het stoorde hem vooral dat dit type man ook op hem aantrekkingskracht had. Niet zozeer erotisch, meer afleidend. Hij kon het niet laten om naar ze te kijken, in een mengeling van bewondering en stompzinnigheid, terwijl de afgunst opborrelde in zijn maag-darmkanaal.

Hij spuugde langs de hoek van zijn mond op de vloer van het lokaal en gromde.

'U zegt altijd dat u uw lijken graag op temperatuur hebt...' zei collega-agent Victor Munhoz, die Eliades' uiting van minachting kennelijk op zichzelf betrok.

Eliades knikte en wrikte met zijn tong aan een stuk garnaal dat tussen zijn kiezen stak. 'Mijn cataplana heb ik ook graag op temperatuur, Victor,' antwoordde hij. 'En het was al een lange dag, verdomme. Ik heb de eetkamerstoel amper kunnen opwarmen.'

'Het spijt me, inspecteur.'

Een zucht volgde. 'Niet jouw schuld,' mompelde hij en stuurde zijn collega met een knikje naar de deuropening.

Victor vertrok, op de voet gevolgd door Gomès, die nog geen woord had gesproken. Die sneer was niet zo aardig, maar de mannen kenden hem inmiddels wel. Eliades wilde in stilte met zijn lijken spreken en hoe warmer het lichaam, hoe warmer het gesprek.

Hij trok zijn colbert uit en hing die naast de witte jassen aan een haak. Het was bloedverziekend heet en de weeë geur van stollend bloed hing in het zwakverlichte lokaal als muggen boven brak water. Terwijl de elektriciteit door de lamp boven de onderzoekstafel pulseerde, boog Eliades zich over het lichaam en liet zijn blik langs de contouren glijden.

Bij de revers van Valentino's kostuum rook hij een onbekend parfum, iets van ceder- en sandelhout, misschien een vleug bergamot. Niet onaardig. Op zijn gezicht lag een laagje goedkope talk dat in de poriën rondom de neus en boven zijn kin was gekropen. Het was zorgvuldig aangebracht en het deed Valentino's huid een tintje oplichten. Eliades snoof. Talkpoeder om het bruin van de haven of de plantages te verdoezelen? Om bourgeoisie te suggereren? En dat terwijl meneer waarschijnlijk geen rooie cent had. Hij kwam overeind en graaide in de broekzakken van de linnen pantalon. Tot zijn verbazing viste hij er een stapel biljetten uit. Zo'n 1500 *mil-réis*, een kleine zes maanden arbeidersloon.

Het kon verkeren.

Gomès, lijkschouwer en hoofd van het mortuarium, kwam een uurtje later weer binnen. Hij wees naar Valentino's torso, waarop twee bruine zakjes lagen.

'Iets gevonden?' vroeg hij.

'1500 mil-réis en een gekrulde, middellange vrouwenhaar,' zei Eliades. 'Verder een parfum van redelijke kwaliteit, goedkope talk en dure maar versleten schoenen.'

'En waarom denk je dat die haar van een vrouw is? Ik ken mannen met lang haar.' Gomès schoof de panden van zijn witte jas naar achter en stak zijn handen in zijn zakken.

Eliades schraapte zijn keel. 'De golf heeft een krultangformaat,' zei hij. 'Mijn vrouw heeft ook zo'n ding. Zo vermoeiend dat iedereen er tegenwoordig als een filmster moet uitzien.'

Gomès knikte. 'Dus meneer was in het gezelschap van een dame. Gaat vast weer een klassieker worden: echtgenoot schiet minnaar neer.'

'Zou mij niks verbazen.' Eliades gaf Gomès het klembord met zijn aantekening en nam zijn colbert van de haak. 'Jouw beurt. Ik ga nog even naar de plaats des onheils. Is Victor er ook?'

'Ja, samen met Pedro Albreto, maar het is na middernacht, Eliades. Denk je dat het nog zin heeft? Laat de jonkies de boel afzetten en ga morgenvroeg.'

Eliades dacht even na, knikte en schudde Gomès de hand.

De frisse buitenlucht was een warm welkom waardig. Eliades inhaleerde de avondbries en liet zijn lichaam afkoelen op het voorportaal van het bureau. Daarna stak hij een sigaret op en liep de straat uit.

São Paulo was bij nacht slecht verlicht. Straatlampen waren er nauwelijks in zijn district, hooguit op de hoofdwegen. Maar het maanlicht weerkaatste tegen de witgekalkte gebouwen en dat gaf voldoende zicht om door de stad te navigeren. Gedachteloos wandelde hij verder, ogenschijnlijk recht naar huis. Maar in zijn gewoonte om iedere dag een andere route te lopen realiseerde hij zich na de zoveelste hoek en bocht dat hij onnodig tijd aan het rekken was.

Hij hield stil.

Het was weerzin, pure onwil om oog-in-spiekgat te komen met zijn eigen voordeur.

'Ondankbaar manmens,' mompelde hij en zette zich weer in beweging. Zoveel mensen die om niks de laan uit werden gestuurd, die zonder werk met hun huisraad en kinderen op handkarren over straat zeulden, op zoek naar een baan, een kamer. Ziekte, armoede en sterfte overal. Hij had een respectabele betrekking, een gezinswoning van twee verdiepingen met vijf kamers. En als er iets misging kon hij altijd terug naar zijn *fazenda* in de provincie. Wat gaf hem het recht om te klagen?

Maar op de hoek van de volgende straat hield hij weer stil. Hij moest scherp naar rechts, honderd meter door naar zijn voordeur. In plaats daarvan ging hij flauw naar links, met een glooiende zwier de straat omhoog, onderwijl zuchtend om zijn eigen machteloosheid.

Haar naam was Artura en naar verluidt ontving zij discreet. Nee, niet alleen discreet, ook tamelijk exclusief. Ze was geen gevallen vrouw maar een moeder die haar kinderen moest onderhouden. En hoewel hij haar niet kende, stond hij inmiddels voor de tweede keer in één week naar haar voordeur te staren. Vanuit het duister, als een stalker verscholen langs de blinde muur van een tegenovergelegen woonhuis. Wat kwam hij hier in godsnaam doen?

Achter de groene lattenluiken van Artura's huis brandde een zwak licht. Zou ze ontvangen of las ze de *Estado*, een boek wellicht? Kon ze niet in slaap komen? Misschien verstelde ze de kleding van haar kinderen. Als Eliades zijn nicht in Rio de Janeiro moest geloven, groeiden kinderen sneller dan bamboe en kostte het meer dan gezonde inspanning om ze presentabel te houden.

Hij had geen kinderen en wist niet of hij een kinderwens had. Het beeld uit zijn jeugd was dat kinderen gewoon kwamen. Ze hoorden bij het huwelijk zoals onkruid bij de achtertuin. Dat dit fenomeen geen onderdeel van zijn huishouden uitmaakte deed de wereldpopulatie geen geweld aan. Maar ach, dat was zijn verstandslezing en zulke lezingen liepen zelden synchroon met de buik.

Eliades was op leeftijd, middelbaar. Niet smakelijk belegd met een gladde huid zoals Valentino, niet bedeeld met een strakke kaaklijn of zelfs maar enig besef van de invloed van charme of mode, en zich gelijktijdig ten volle bewust van het ontbreken van al die zegeningen, was hij blijkbaar op een kruispunt in zijn leven beland.

Een kruispunt óf een breekpunt.

Welke van dc twee het ook was, verandering leek onvermijdelijk. Het geluk en succes dat zonder kritiek werd toebedeeld aan de schonen en sluwen onder ons, alsof alle voorspoed hen op de voorjaarsbries kwam aanwaaien... Maar lag er nu niet een exemplaar van dat geprivilegieerde volk te ontbinden onder de pulserende lamp van het mortuarium, terwijl Gomès een kogel uit z'n hart peuterde en de jonge Valentino vervolgens openreet om te zien wat hij als avondmaal gegeten had. Kaviaar misschien? Eliades dacht van niet. Nee, zo zat het niet. Uiteindelijk kwam het aan op volharding en een beetje geluk, en soms was het daarbij beter dat je geen prachtig hoofd had dat boven het maaiveld uitstak.

Het was opnieuw een diepe, melancholische tegenstelling die hem voor de tweede keer deze week van het pad af bracht. Afgunst voor de ander terwijl hij niets te klagen had. En nu weer hier, weifelend staande in de vestibule van leugen en overspel, te ver om terug te gaan, te timide om door te gaan. Desondanks kwam dan eindelijk het besluit.

Theresa moest vertrekken. Niet omdat hij niets om haar gaf... jawel, dat was het eigenlijk wel. Het was niet omdat hij geen medelijden meer met haar had, maar na dertien jaar lijden onder een vrouw die wel de keuken met hem had willen delen maar niet de slaapkamer, was het nu wel klaar. Want wist hij niet dat zij al die tijd liever een ander had gehad? En dat hij evengoed schuld had door dit gegeven al die jaren te negeren.

Toch, moest hij haar een pijnlijke vernedering bezorgen? Haar kwetsen met de affecties van een ander om afscheid van haar te kunnen nemen? Ook zonder Artura was er reden genoeg om zijn huwelijk te ontbinden. Was er wel een andere reden dat hij diep in de nacht lonkte naar de versleten voordeur van een courtisane?

Eliades draaide zich langzaam op de hak van zijn schoen om en besloot om de confrontatie met het spiekgat in zijn voordeur aan te gaan. Hij had hier niets te zoeken.

Terwijl hij het ene been voor het andere plaatste, schoot bij de woning van Artura de deur uit het slot. Een dunne, zwakke lichtstreep viel op de verlaten straat. Ze had hem opgemerkt. Eliades vermande zich, zij het met tegenzin. Vervolgens zette hij zich opnieuw in beweging en wandelde traag naar de gekierde deur.

'Het spijt me als ik u gestoord heb, mevrouw,' zei hij, eenmaal binnen gehoorsafstand. 'Ik stond alleen mijn gebreken te overdenken.'

De deur piepte, de streep op de straat verbreedde zich, vernauwde zich weer. Een gestalte was nauwelijks zichtbaar.

'Ik heb u eerder op die plek gezien,' antwoordde een vrouwenstem. 'Eerder deze week, nietwaar?'

Eliades stemde in. Als een man die een eerlijk antwoord waardeerde kon hij het niet laten iemand van een gelijke gunst te voorzien.

'Moeilijkheden thuis,' verklaarde hij. 'Nogmaals mijn excuses, mevrouw.'

'Ik heb momenteel geen plaats,' antwoordde ze. 'Maar ik kan u schrijven als het zover is.'

'Dat is vriendelijk van u.' Enigszins verbaasd om haar reactie probeerde hij weg te lopen, maar hij was zo mogelijk nog verbaasder toen hij uit zijn eigen mond 'Eliades, bureau Rua Sevilla' hoorde komen.

Ze maakte een instemmend geluid. 'Prettige nacht, senhor Eliades.'

'Ook voor u, mevrouw.'

Woorden en zinnen drongen zich op en dropen weer af. De weg naar huis was niet lang, toch lang genoeg om zowel Artura's vrijpostige aanbod als Valentino's goedkope talk te vergeten. Hij wilde van het hoge woord verlost zijn en de gedachte aan nog één dag in de farce van zijn huwelijk was ondraaglijk.

De afgelopen dertien jaar had Theresa de meest onnavolgbare streken uitgehaald, uit onmacht of omdat ze niet beter wist? Sinds hij was aangesteld als inspecteur moordzaken had ze voor het eerst gelachen, met hart en ziel hun nieuwe woning bejubeld en minstens een halfjaar besteed aan het naaien van gordijnen, het haken van kleedjes. Ze had sierlijke bloemen op oud, goedkoop tafellinnen geborduurd en de keuken van alle moderne gemakken laten voorzien. Maar de schade bleek onomkeerbaar. Theresa kwam uit een beter huis dan Eliades, ze was een telg van een van de grootste koffie-Coronels in Minas Gerais. Haar vader had de bruiloft betaald – met zichtbare tegenzin – omdat Theresa hém met alle geweld moest hebben, hoewel hij eigenlijk niet degene was die ze wilde, maar zijn jongere broer Zeca. Dat was zijn vermoeden, de onuitgesproken verdachtmaking die sindsdien tussen hem en Theresa, maar ook tussen hem en zijn broer Zeca in hing.

Tijdens de bruiloft al liepen de spanningen zo hoog op dat Eliades zijn kersverse schoonvader aan het eind van de middag vriendelijk bedankte voor alle egards en met zijn bruid op de trein naar São Paulo stapte. Een noodzakelijkheid, meende hij, om moord en doodslag tussen hem en zijn broer te voorkomen. Dat deze zich op het feest volgoot met champagne en Theresa luid bezong was tot daaraan toe. Maar Zeca woonde ook op de fazenda van hun ouders en met z'n allen in één huis was vragen om problemen. Theresa was in tranen om hun vertrek, Eliades in diepe twijfel. Ze had een vermogende vader, maar was ze alle potentiële drama's waard?

Het tweekamerappartement dat hij destijds voor zijn aanstelling als agent had geregeld bleek de ondergang van hun prille verbintenis. Regelmatig stortten kalkplakken van de muur af. De houten vloer was oud, buigzaam en op sommige plaatsen ronduit rot. Het stonk er naar blaaswater, de losse bedden waren doorgezakt en vuil. En dat alles was gelegen in een rumoerige buurt met discutabele *cantina*'s en koffiehuizen. Wat Theresa in gedachten had bij 'klein en gemoedelijk' was eigenlijk 'klein, gemoedelijk maar toch luxueus, te midden van de gegoede burgerij die hen op zon- en feestdagen zou uitnodigen voor diners en soirees'. Haar vader had ze na aankomst in hun kot prompt gelijk gegeven; Eliades was niet goed genoeg. Theresa sloot zich met haar koffers op in de enige slaapkamer die er was en kwam er niet meer uit. En hijzelf? Veroordeeld tot het bed in de kleine woonkamer, pal naast een wiebelige tafel, twee versleten stoelen en een petroleumbrander, die de komende jaren zijn beste vriend zou worden.

Op de hoek van de straat rookte Eliades nog een sigaret. Hij zou alle langdradigheid vermijden, haar gemakshalve in alle laster gelijk geven en haar de gordijntjes, kleedjes en tafellakens laten meenemen. Dat was het minste waarmee hij haar onvermijdelijke schande kon verlichten. Ondanks alle ellende zat ze avond na avond op hem te wachten, als een weduwe die tegen alle verwachtingen in naar de opstanding van een gehate echtgenoot verlangt. Na middernacht pendelde Theresa steevast tussen keuken en hal, naar de voordeur, en dan begon het ritueel met het spiekgat. De koperen sluitschijf van de kleine patrijspoort ging omhoog en omlaag. Ze tuurde door het draadwerk de onverlichte straat in, maar moest zelden iets meer dan een schaduw gezien hebben. Iets gehoord, dat wel.

Zodra Eliades' voetstappen naderden, sloot de sluitschijf, doofde het keukenlicht en ging ze naar haar kamer. Anders dan Theresa, kon Eliades het licht door het spiekgat aan het eind van de straat zien, en omdat hij haar met zijn vroege thuiskomst meerdere malen de stuipen op het lijf had gejaagd, liep hij gewoonlijk met luide stappen midden over de weg op zijn voordeur af. Zodat ze hem kon horen en weg zou zijn als hij de deur opende, veilig verschanst in haar boudoir, en hij zijn avondmaal op de petroleumbrander kon opwarmen en rustig kon eten.

Theresa klampte zich vast aan de voorstelling die ze zich in haar jeugd van het huwelijk had gemaakt. Hoe kon het ook anders? Op de fazenda van haar vader was ze altijd door bedienden omringd, met een moeder die achter haar aan rende met zijden jurken, strikken en schoenen. Vaak had ze over verstikking gesproken, dat ze zo graag van de plantage weg wilde. Het romantische beeld van vrijheid, leven met een man van een minder vermogende, maar desondanks respectabele klasse, een mooie, sprankelende stad als São Paulo...

Vanaf zijn rookplek kon Eliades het licht door het spiekgat zo nu en dan zien. Hij stond moed te verzamelen en redenen. Nog meer redenen, en het liefst had hij een harnas aangetrokken.

In hun tweede huis, na de periode van noeste handarbeid van kleedjes en borduurwerk, was het Eliades duidelijk geworden dat zijn vrouw hem eindelijk een vorm van respect toekende: de geschilderde wanden in zandkleur met bruine arceringen, een gebruikt maar nog schitterend servies, het nieuwe, geëmailleerde doosje voor het huishoudgeld, ook nog eens goed gevuld... Op een avond had ze haar slaapkamerdeur opengelaten. Eliades had naar binnen gestaard, naar het zachte lamplicht en de zwoel dansende vitrages voor het openstaande venster. Bijna even zwoel als Theresa, die halfverholen onder een klamboe op de lakens van haar bed lag, als een filmster, in een negligé. De geur van parfumolie dreef hem tegemoet. Om haar mond speelde een glimlach, haar intenties waren duidelijk: na al die tijd had hij het eindelijk verdiend.

Eliades had zijn hoofd geschud, de klink gepakt en de slaapkamerdeur gesloten, verbaasd dat ze geloofde dat hij nog interesse in haar had, beledigd, omdat ze kennelijk dacht dat zijn eer alleen samenhing met haar goedkeuring, met het verwerven van een sociale status. Maar die haven lag al ver achter hem.

De daaropvolgende dag vond hij zijn avondeten in een hondenbak op de keukenvloer. Een hond hadden ze niet, maar het was wel duidelijk tot welk niveau Theresa hem om zijn afwijzing degradeerde. Brood was er ook niet, dus moest hij het voedsel vanuit de hondenbak in een kookpot scheppen voordat hij het op de petroleumbrander kon opwarmen. Vreemd, hij dacht dat hij haar stille vernederingen inmiddels ontgroeid was. Maar die streek beet hem als de hond die er niet was, onzichtbaar, en liet een stinkende wond achter.

De dag erna kwam hij thuis mét een hond – een schattige blonde spaniël – en merkte op dat hij haar subtiele verzoek om liefdevol gezelschap had begrepen. Ze siste boos. Het diertje scheet en zeek overal en werd het onderwerp van alle daaropvolgende ruzies. Geen verbetering, maar minder erg dan de uitgeholde stiltes die ze tot dan toe hadden moeten verduren.

'Je moet haar uitlaten, Theresa,' had hij meermaals gezegd. Ze vertikte het weken achtereen, maar zwichtte uiteindelijk omdat ze het beu was om poep en pis van het linoleum te boenen. Niet lang daarna begonnen haar andere treiterijen: de rechtermouw van een hemd die ineens een stuk korter was; knopen op een colbert die een centimeter hoger dan de knoopsgaten zaten. Ze schreef een afscheidsbrief – van het dramatische soort – en liet hem een nacht lang door de straten van São Paulo naar haar zoeken, maar lag toen hij tegen de ochtend thuiskwam in bed alsof er niks gebeurd was. Een andere keer haalde ze de streek opnieuw uit maar die keer was ze ingecheckt in een pension. Ze kookte drie weken aaneen niets dan gepureerde waternoten met rijst, een gerecht waarvoor Eliades voor die overdosis al weinig enthousiasme had. Hij hield vol, at alles op, zij het met hulp van zijn kleine spaniël.

Om Theresa te temperen had hij het geëmailleerde doosje voor het huishoudgeld achter slot en grendel gezet, vier mil-réis op tafel gelegd voor haar wekelijkse brood en haar gezegd dat hij voortaan buiten de deur zou eten. Haar wraak was onvoorzien en wreed, maar dat merkte hij pas toen hij zondagochtend wakker werd en hij de kleine spaniël niet kon vinden. Terwijl het begon te dagen dat Theresa het beestje mogelijk iets had aangedaan, stond ze ineens voor hem, onverschrokken.

'Ik weet wat je zoekt, maar ze had vlooien,' zei ze. 'Die hoef ik niet in huis.'

Bij het zwerfhondendepot was het te laat. Een hoop hondenlijken smeulde na op de verbrandingsbelt. De beambte herinnerde zich Theresa goed: een mooie dame, had hem twee mil-réis geboden om het diertje de nek om te draaien... De moeite die ze nam om hem te kwetsen – het was een dagtaak geworden, haar levensdoel. Het was ook de enige keer dat hij Theresa ervan langs had gegeven. Geschreeuwd had hij, totdat ze met haar bloedende neus de trap op rende. De zes weken erna liet ze zich niet zien.

Eliades was er niet trots op. Integendeel, het speet hem zeer. Nadat ze later schoorvoetend had bekend dat ze te ver was gegaan en een wapenstilstand had aangeboden, stemde hij in. Maar in plaats van haar ook zijn excuses te maken accepteerde hij haar vredesofferande met opgeheven vinger.

'Nog één zo'n streek en ik zet je op straat!'

Het lukte hem niet meer om naar zijn eigen mores te handelen. Daarom moest ze weg.

Tegen alle verwachtingen in ging de deur open toen hij een voet op de veranda zette. Het felle ganglicht leek haar te breken; ze was mager, stond ineengedoken.

'Mijn moeder is ziek,' zei Theresa gekweld vanuit de deuropening. Ze frommelde nerveus aan een brief en het leek alsof ze de hele avond had gehuild. Al Eliades' ingestudeerde zinnen en argumenten sneuvelden. Hij stak zijn handen in zijn zakken. Dat was het mens dat hij bij godsgratie zijn vrouw mocht noemen. Bijzonder dat hij zo'n angst voor haar had.

'Laten we gaan zitten,' zei hij na een onvermijdelijke stilte.

Theresa knikte en stapte opzij zodat hij erlangs kon.

'Ik denk dat je naar je moeder moet gaan,' zei Eliades terwijl hij twee glazen wijn inschonk.

'Ze neemt me nooit terug, niet na deze grote mislukking. Na jou.'

'Waarom zou ze je schrijven als ze je niet zou missen, niet van je zou houden?'

Ze knikte en dronk de wijn alsof het limonade was.

'En ik denk ook' – hij pauzeerde even – 'dat het een goede gelegenheid is voor je definitieve vertrek uit São Paulo.'

Geschrokken keek ze op.

'Ik geef je in alles gelijk. Je hebt in alles gelijk.' Eliades stak zijn handen voor zich uit. 'Wat jij wilde en wenste heb ik je nooit kunnen geven. Daarvan was ik me altijd pijnlijk bewust. En toen ik het wel kon, wilde ik het niet meer... In die twee fasen van ons leven heb ik evenzeer gefaald.' Het waren enge, lege woorden, alleen uitgesproken om de last van de breuk te verlichten, om een nieuw conflict te vermijden. Geen etterende wonden meer, geen opengereten zielen.

Er viel een doodse stilte.

Voor het eerst zaten ze om de keukentafel, tegenover elkaar, alleen afgeschermd door de treurig flakkerende vlam van een olielamp. Ironisch, niet? De breuk die hen om tafel bracht.

'Ik bewijs je geen eer door deze farce door te zetten. Je ouders nemen je terug en ons huwelijk kan ontbonden worden. Je hebt nog tijd, je kunt opnieuw beginnen. Hier blijven maakt de mislukking alleen maar groter.' Dat was het ingestudeerde stuk. Het klonk veel te lang en wollig.

Theresa knikte traag.

Natuurlijk wist ze het, verlangde ze naar huis. Er was niets zo verstikkend als te moeten leven in de stinkende rook van je eigen falen. Thuis kon ze zich tenminste troosten met de luxe van haar vader en de liefde van haar moeder. Het was de enige liefde die ze ooit had gekend en die kon ze inmiddels vast beter op waarde schatten.

'Bij je ouders kun je tevreden zijn,' zei Eliades. 'Nu het geluk hier voor altijd buiten bereik is. Is dat niet het meest voor de hand liggend? Hier...' Hij hief zijn handen op en keek de keuken rond. 'Wat heb je hier nog te zoeken?'

'En wat als ze me wegsturen?'

'Houdt dat je wakker, Theresa? De angst dat papa je wegstuurt? Het enige wat papa verlangt is dat je hem overal in gelijk geeft, geloof me.'

Ze begon te snikken.

'En zeg hem anders dat het knettert van onvrede in de stad, dat het niet meer veilig is. Voor je het weet branden de *Tenentes* de straten af.'

'Dat kan ik wel zeggen, maar is het ook waar?'

'Het zijn nog geruchten. Maar zo ging het de vorige keer ook, weet je nog? De politieke traktaten groeien weer aan de bomen. Die jongens zinnen op wraak.'

Theresa reikte naar de wijn. Eliades schoof de fles door en liet haar zijn glas bijvullen. Zijn vingers tintelden, een sensatie die hij wel vaker had, meestal na het oplossen van een ingewikkelde zaak. Voor hem een teken dat de spanning doorbroken was, het einde van een proces. 'En als je wilt mag je al het linnen en kant meenemen,' zei hij met een zucht.

Ze keek op van haar glas, haar geëpileerde wenkbrauwen nog hoger dan anders. Ze was een mooie vrouw en hij was in geen tijden in de gelegenheid geweest om haar van dichtbij te bekijken. Hoge jukbeenderen, een goedgevormde mond en mysterieuze, donkere ogen. De afgelopen jaren had ze zich steeds meer als een socialite gekleed. De lange haren hadden plaatsgemaakt voor een kortere coupe die krullend op haar schouders viel. De lange rok was ingeruild voor voorgevormde rokken tot net over de knie, ze droeg zijden blouses met ruches en hoge hakken van lakleer. Alles in de geest van de laatste trends uit New York en Hollywood. Het was allemaal niet mis. Jammer alleen dat ze elkaar niet zo aardig vonden.

'Vind je het linnen en kant niet mooi?' vroeg ze een beetje gekrenkt.

'Ik vind het natuurlijk prachtig,' loog hij. 'Heel mooi. Je hebt zo je best gedaan om het huis aan te kleden, dat ik vind dat die spullen jou toekomen, niet mij.' Het compliment kaatste af op een onwennig doel.

'Ik zal morgen mijn spullen pakken,' besloot ze.

Maria

São Paulo, 5 januari 1924

Lieve Artura,

Laatst, in september, heb ik vriendschap gesloten met de zee. Ik gaf haar mijn voeten en voelde hoe ze het mulle zand eronder wegzoog. Wanneer de golven braken in de branding, spatte het water en de nevel soms zo hoog op dat ik er een regenboog in zag. Op het strand spoelde bolletjeswier aan. Ik kon het niet laten om ze te pletten en de groenbruine smurrie over mijn handen uit te smeren. Ik heb schelpen verzameld. Roze waaiertjes, witte scheermesjes en vleugelhoorns, die laatste liggen verscholen in het zand. Er zat soms nog een slakje in; die stopte ik terug onder de zoute blubber. Tegen zonsondergang zag ik krabbetjes omhoogkruipen, met opgeheven scharen over het strand. Ze stopten bij iedere beweging die ik maakte.

Het was een sensatie om de zon voor het eerst in lange tijd op de kim te zien landen. Nooit eerder voelde ik zo duidelijk de afname van warmte op mijn huid, kippenvel, terwijl ze van heldergeel omsmolt naar een roodgouden schijf, om daarna in een zweem van dieprood naar donkerblauw in het eind van de wereld te zinken. Klem in het eeuwige drama van haar ondergang en de niet falende belofte van haar opgang. Ik had die opgang graag afgewacht, maar het was koud en ik moest terug.

Je zal wel denken: wat een spektakelstuk. Maar ik was blij om dat gezien en gevoeld te hebben. De zee, al die kracht en beweeglijkheid. De zon, die eeuwig vlucht heeft, elk uur boven een ander landschap, aan blauwe luchten, achter grauwe wolken. De hele avond spookte die wereldlijke voorstelling door mijn hoofd. Zelfs 's nachts droomde ik ervan. En ik was diep geraakt en vertederd, dat ik de zon en de zee aanbidden kon. Ik zou voor altijd aan hun voeten kunnen liggen, daar bij de kustlijn voor Santos. Maar ik kon helaas niet blijven. Vader had een kleine kamer voor mij gereserveerd in São Paulo.

De hospita is senhora Pessoa, een oude dame die als iemand op de deur van haar appartement klopt eerst van het bed in de salon moet komen en haar haren en rok moet fatsoeneren voordat ze zich laat zien. Ze was vriendelijk, maar ze leek vermoeid, ziekelijk wellicht. Ze waggelde door de salon als een trage gans, gaf vader de sleutel van mijn kamer en knikte mij gemoedelijk toe. Daarna sloot ze de deur zodat ze terug kon naar de warmte van haar nest. Vader stuurt haar wekelijks geld. Zelf krijg ik ook een envelop met geld over de post. Vanuit de haven van Santos, waar hij sinds kort werkt en woont als bureauklerk bij een commercieel bureau voor de koffie-export.

Hij schrijft me twee keer per week en vraagt zich steeds af hoelang hij daar kan blijven: de regering koopt steeds meer koffie op om de prijzen hoog te houden. Daardoor hebben tussenhandelaren het moeilijk. Nu hebben ze nog veel arbeiders die de koffiebalen in de scheepsruimen laden, maar dat kan snel veranderen. Hij schrijft dat die mannen lange dagen maken en dat het werk zwaar is, dat hij daarover vaak met hen spreekt. Ze denken aan staken, maar vrezen voor de gevolgen. Het houdt in elk geval nooit op, de eeuwige aan- en afvoer van koffiebonen. Schepen komen vanuit de hele wereld: Europa, Scandinavië, Australië, Amerika en Canada.

Dus ik ben nu net als jij in São Paulo en ik hoop dat ik je tegenkom. De gedachte dat je hier bent – dicht bij mij – sterkt mijn hart en geeft me een doel. Dat ik helaas niet weet waar je woont voelt wel ellendig. En hoewel onze buurt klein is, maar São Paulo zelf zoveel groter dan ik had gedacht, weet ik niet goed waar ik moet beginnen. Omdat ik je mis heb ik vandaag een dagboek gekocht. Eigenlijk is het geen dagboek, maar een oud, leeg breedkwarto. Het heeft minstens vierhonderd geel gevlekte pagina's, maar het voldoet. Gevonden op de markt in de buurt, 400 centavo. Ondertussen houd ik me bezig met het verdelen van mijn geld onder de marktverkopers. Het is geen doel op zich, maar je moet jezelf iets te doen geven. Ik vrees anders verzwolgen te worden door nietszucht of onbeduidendheid. Ik denk dat veel mensen daaraan lijden en ik zie er zat die zich met zichzelf geen raad weten. Lui die gebukt gaan onder een soort gebrek aan belangrijkheid. Hoe het ook zij, in het begin stuitte ik op nogal wat onbegrip. Maar na enkele dagen leken de marktlui het te begrijpen. Ik koop meestal brood, zuivel, groenten en noten. Soms vis of vlees, als het vers is en ik als eerste op de markt ben. Ik volg mijn neus. Als het ergens zuur of bedorven ruikt, loop ik door.

Het begon bij de dame van de groenten: een klein, mollig geval met vreemde blauwige ogen. Ik gaf haar 400 centavo. Ze keek me aan en vroeg natuurlijk wat ik van haar wilde. Ik haalde mijn schouders op – dat ik het niet wist en dat het me ook niet kon schelen.

Eerst was ze verbaasd, maar toen er nieuwe klanten aansloten verzamelde ze in haar schort een flinke aardappel, een groene paprika, twee tomaten en een kleine mango die een beetje beurs was. Ze wees op de plek en zei dat ik die eraf moest snijden. Ik was meer dan tevreden en liet haar alles in mijn mandje stoppen.

De visboer snapte er niks van. Eerst wilde hij mij het geld teruggeven omdat ik niets koos. Hij stond maar te praten en te gebaren en kwam uiteindelijk in actie toen de dame van de groenten hem van verderop instrueerde.

Ik had wel plezier in zijn gekkebekkentrekkerij en nam niet veel later twee in kranten gewikkelde sardines aan. Ogenschijnlijk vond hij mij maar raar en dat ben ik natuurlijk ook. Maar goed, ik heb ook alle tijd en zoals ik al zei: aan nietszucht en onbeduidendheid wil ik lijden noch sterven. Zo heb ik mijn plezier, mijn tijdelijke doel en de mensen van de markt hebben iets om over te praten.

Die eerste dag kwam ik verder nog thuis met een stuk zwetende kaas, een handjevol noten, die de gefrustreerde notenman los in mijn mandje had gekwakt, en een stapel slecht gebonden boekpagina's. Verzen zijn het, gedichten van ene Onegin die kwijnt om een jongedame. Het boek ruikt een beetje. Het is niet compleet en de woorden zijn vreemd. Ze rijmen wel maar passen slecht. Misschien is het een vertaling van een buitenlands werk en is het daarom uiteengevallen en in stukken op de markt verschenen. Nu ben ik er de halftrotse eigenaar van: mijn eerste zelf gekochte boek. Of een stuk ervan tenminste.

São Paulo, 15 januari 1924

Als het weer goed is en de afwas en de marktronde is gedaan, ga ik twee keer in de week naar het huis van senhor Raoul de Henestrosa. Hij is er een van stand, een Spanjaard, hoewel ik hem nog nooit heb gezien. Hij is de helft van zijn leven al op reis. Niet dat er een oord zo ver weg ligt dat je een half mensenleven nodig hebt om er te komen. Hij reist om het reizen. Ik denk dat hij zich thuis verveeld moet hebben. Dat zou mij met een huis als het zijne niet overkomen. Het is een echte Spaanse stadsvilla met een bloementuin en binnen is het prachtig: zuilen en schilderijen als plafonds, er is geglazuurd tegelwerk in lichtgroen, lichtblauw met zwarte sierlijsten. Grote bloeiende planten in oriëntaals beschilderde potten staan in de open ruimten. Alleen de vestibule is al groter dan de wachtruimte tweede klasse op het treinstation van São Paulo.

Als je vroeg bent, zijn de geuren van het huis het meest aanwezig: potgrond, bladgroen en bloemengeuren in de vestibule en hal. Vanuit de keuken drijft de lucht van gebakken broodjes en soep je tegemoet. Soms ruik ik flarden gewassen linnen – vanuit de bijkeuken of het souterrain misschien. Dichter bij de trap, achter in de hal, ruik je een mengeling van boenwas, badlotions en parfumolie. Maar die laatste komen van verder, van boven denk ik. Je kunt er met je ogen dicht rondlopen en toch vinden wat je zoekt. Waarschijnlijk loop ik dan recht op de warme broodjes af.

Maar laat ik bij het begin beginnen. Dit alles kwam zo omdat ik in mijn gehavende *Onegin* een briefje vond. Er stond alleen een adres op, dus ben ik erheen gegaan, compleet met mijn halve boek. Het was lang lopen en zoeken, maar na wat rondstruinen vond ik een groot hek waarop een nummer stond dat overeenkwam met mijn briefje: nummer 417 op Avenida Paulista.

Een heer aan de andere kant van het hek vroeg wat ik wilde. Ik kon niet veel anders dan hem de halve bundel en het briefje geven. Hij keek mij wat teleurgesteld aan, ik hem waarschijnlijk ook. Daarna liep hij ermee weg en vreesde ik dat ik mijn aanwinst alweer kwijt was. Ik had ook niet goed nagedacht over de reden waarom ik daarheen ging. Ik ben gewoon gegaan. Maar terwijl ik stond te wachten vroeg ik het me toch af. Wilde ik stiekem een compleet boek, of gebood de eerlijkheid mij om het halve werk terug te brengen naar een mogelijke eigenaar? Wellicht had ik me aan heling schuldig gemaakt. Maar ergens hoopte ik de andere helft te krijgen, omdat het boek voor zo'n chique meneer toch beneden zijn stand was gevallen. En ik werd niet teleurgesteld.

Terwijl mijn tenen in mijn schoenen knelden van het lange voetgebruik, kwam de kerel terug en schoof hij de complete band door de spijlen van het hek. Mijn deel van het boek had hij er los bij ingestoken. Op de rug van het boek stond met vergulde letters: *Jevgeni Onegin, Aleksandr Poesjkin*.

Hij knikte naar me en ik moet hem met mijn meest glorieuze glimlach hebben geantwoord, want hij bloosde tot aan z'n kruin. Weg was de pijn in mijn tenen. Ik liep als op wolken terug naar het huis van senhora Pessoa, zo blij omdat ik nu het hele boek kon lezen. Thuis zag ik wel dat de binddraden waren losgeraakt. Het deel van het boek dat nog aan de kaft zat, kwam een stuk van de rug af. Mogelijk was mijn helft er gewoon uit gevallen, misschien op straat of in een koffiehuis. In elk geval heb ik sindsdien een heel boek, Artura. Ik ben er gelukkig mee, ook al is het stuk.

Ik stuurde natuurlijk ook een briefje om de dame of heer te bedanken. Ik twijfelde nog even of ik eraan moest toevoegen dat ik het met veel 'iets' zou lezen. Maar ik kon niet besluiten wat dat iets moest zijn. Met veel plezier? Te simpel. Verwondering? Wie leest er tegenwoordig nog met verwondering? Met veel moeite? Dat leek gezien Poesjkins taalgebruik het aannemelijkste, maar dat kon je zo'n hoge dame of heer moeilijk zeggen. Dus liet ik het briefje maar zo, ondertekend met mijn naam en adres. Voor het geval ze van gedachten veranderden en ze het toch nog terug wilden.

Artura! Tot mijn grote verbazing schreef het huis terug. Eerst dacht ik dat het een brief van vader was, maar het was van een dame. Ik heb het briefje hier in de pagina gestoken, maar voor het geval het zoekraakt en je je voor eeuwig zou afvragen wat ze schreef:

Beste Maria Marguiris da Silva,

Ik dank u hartelijk voor het terugbrengen van het boek van mijn zoon, senhor Raoul de Henestrosa. Hij is op reis, al vele jaren, en komt slechts zelden thuis. Het boek is veel gelezen en met plezier! We hebben het destijds al laten vervangen en het doet ons deugd dat wij een jonge, eerlijke dame als uzelf ermee kunnen verblijden. Schrijft u mij nadat u het gelezen hebt? Ik ben benieuwd wat u ervan vindt.

Hoogachtend,
Senhora de Henestrosa. Adres bekend.

Zo kwam het goed uit dat ik de andere dag niet die rare zin had geschreven. Nu kon ik haar brief beantwoorden met de mededeling dat ik het ook met veel 'plezier' zou lezen en haar zeker zou schrijven zodra ik het uit had.

Terwijl ik de brief wegbracht naar het postkantoor op de hoek, vond ik een openbare bedrijvenlijst met alle ondernemers in de stad. Hierin stond een boekbinder, die ik vervolgens schreef met de vraag hoeveel het kostte om een boek opnieuw in te laten binden. Hopelijk was het niet al te duur. Maar zekerheidshalve sloeg ik de ene week de visboer over, de andere week de groentedame, en de week daarna de notenboer – de overgebleven muntjes spaarde ik in een klein doosje. Dat deed ik net zo lang tot er een brief terugkwam van de boekbinder. Twintig mil-réis! Daar kon ik een week van eten. Dus schreef ik dat ik het boek zou brengen zodra ik het geld bij elkaar had.

Tegelijkertijd kreeg ik in huis wat problemen: doordat ik 's avonds zoveel las, verbruikte ik meer olie dan mijn eerste weken in São Paulo. De olie is duur. Ik probeerde goedkope vetkaarsen, maar die stonken verschrikkelijk, zo erg dat mijn bovenbuur zich met een briefje onder de deur beklaagde: of ik wilde ophouden met het uitbakken van reuzel of schapenvet en fatsoenlijke olie of boter wilde gebruiken want we woonden in een fatsoenlijke buurt, in een respectabel huis... Zo'n dwaas. We mogen niet eens in de kamers koken.

Ik schreef vader of hij in de haven aan goedkope olie kon komen, dat het in de stad zo duur was. Dat hielp, hij stuurde een grote fles, maar ik kreeg die keer ook minder geld opgestuurd en tevens het commentaar dat ik niet bij avondlicht moest lezen. Onderaan de brief moedigde hij mij aan om senhora de Henestrosa te vragen om werk. Dat kwam hem veel beter uit nu hij dubbele lasten had, omdat ik niet zoals hij in het havengebied kon wonen. Te gevaarlijk met al die mannen.

Ik moet zeggen dat ik me eerst een beetje schaamde, senhora de Henestrosa was zo vriendelijk geweest. Toch schreef ik haar en zei ik dat vader het zwaar had als havenklerk, dat ik het idee had opgevat om hem te helpen en of zij mogelijkheden zag om mij voor één of twee dagen in de week van werk te voorzien. Ter afsluiting meldde ik dat ik *Onegin* bijna uit had en dat ik het tot dusver zowel tragisch als verwonderend vond, zeker nu ik aan het bijzondere taalgebruik gewend was geraakt en beter begreep dat het verhaal van Jevgeni en Tatjana niet alleen een gedicht, maar ook een soort kunstwerk van de schrijver was, een schilderij in woorden.

Die dame, Artura, schreef terug dat ze het zelf voor het eerst met wat moeite had gelezen en dat ze net zo verwonderd was over Poesjkins kunstwerk als ik. Het boek werd volgens haar steeds beter naarmate je het vaker las, naarmate je ouder werd. Ik geloofde het direct. Ze schreef dat ik ook op dinsdagen en vrijdagen mocht komen om de bibliotheek schoon te maken als ik daar wat voor voelde. Daar kwam de huishoudster niet omdat ze hoogtevrees had. Maar niet eerder dan tien uur 's ochtends, meldde ze; voor die tijd was ze nog niet op.

Hoogtevrees?

Die maandag kreeg ik kleding opgestuurd. João, de portier en chauffeur van senhora die ik bij het hek had ontmoet, had vier donkerblauwe rokken, witte schorten en kanten boorden bij mijn hospita afgeleverd. Er zat ook een wit gesteven hoofdtooi van kant bij.

In het bijzijn van de oude gans worstelde ik me door de stapel heen. Het waren vier sets kleding en ik had geen idee wat ik ermee aan moest. Maar senhora Pessoa wist het wel. Het waren niet vier, maar twee sets kleding: een onderrok en een jurk met stofknoopjes op de rug. Ze liet mij mijn eigen jurk uittrekken en hielp me de kledingstukken aan te trekken. Met bibberende handen sloot ze de knopen. Het zat allemaal iets ruim, maar dat werd verholpen door het schort aan te snoeren. Het boord en de tooi zouden we doen voordat ik echt aan het werk ging.

Die vrijdag stond ik in mijn nieuwe kloffie voor de deur van mijn hospita en klopte aan. Mijn rug was nog los, die kon ik niet zelf sluiten. De buurman van de zolder – die van het stankoverlastbriefje – passeerde me op weg naar buiten en staarde ernaar. Ik knikte een groetje. Ik zweer het je, in die toestand: 's ochtends vroeg half gekleed in de hal van het huis… en dan zo'n buurman.

Senhora Pessoa vlocht mijn haren in een knot, stak ze met spelden vast in mijn hoofd. In mijn hoofd, Artura, maar taaie kuikens piepen niet. Ik kreeg het kanten boord omgestrikt, mijn jurk was nu netjes dicht en als laatste stak ze de tooi met nog meer spelden vast.

Ze klopte me goedkeurend op mijn schouder en ik keek haar aan – ze zag er tevreden uit. Daarna zwaaide ze me vanaf het bordes uit. Ze klapte in haar handen terwijl mijn rok om mijn benen zwierde. Ik was er toch onwennig mee. De rok was zoveel langer dan ik gewend was, van victoriaanse snit, geplooid en zwaar.

São Paulo, 25 januari 1924

Lieve Artura,

Nog zoveel achterstallig nieuws dat ik je moet melden. Waar begin ik? Ach, laten we met senhora de Henestrosa beginnen. Ik zou je willen vertellen hoe ze eruitziet, maar ik werd zo opgeslokt door de hele toestand, dat ik me haar gezicht en haar jurk slecht kan herinneren. In het kort: ze is een spektakel. Ronduit prachtig!

Van veel werken komt het alleen niet.

Ze was blij met mijn verschijning en mijn knicksje werd goedgekeurd. In antwoord boog senhora haar hoofd eerst iets schuin en daarna naar voren, als een oude wilg die door een windvlaag in vervoering wordt gebracht. Het was schitterend. Ze riep een van de andere dames. We gingen een kamer in en ze liet de vrouw al mijn kleding weer uittrekken. Alles, behalve mijn tooi! Ik stond er wat verbaasd bij in mijn hemd en fleurine. Senhora zat rustig in haar zetel bij het raam en zei de hele tijd niets. Een tweede dame kwam binnen, een met blond haar: nieuw setje kleding. Even later stond ik er weer gestoffeerd bij. Deze keer paste de jurk precies en was mijn onderrok vervangen door een ruisende petticoat van tule, die alles bij de voeten liet uitwaaieren en de hele jurk nog zwaarder maakte. Nadat ik het kanten kraagje omgestrikt had gekregen, stond senhora op. Ze liep langzaam op me af, licht leunend op een stok, bekeek me van dichtbij en duwde mijn kin iets omhoog. Ze knipoogde en glimlachte. Daarna werden we geacht te gaan. Alle drie maakten we een knicksje en verlieten de kamer.

De blonde dame heet Erna of Enna. Ik houd het bij het eerste. Ik denk dat ze Duitse is, maar ook dat weet ik niet zeker. Ze kijkt niet heel vriendelijk, maar ze maakte me wegwijs in de bibliotheek en daarvoor moet je iemand toch dankbaar zijn. Hoogtevrees, schreef ik je. Ja. Eén ruimte, twee verdiepingen. Balkons met schuiftrappen en boeken van de vloer tot het plafond. Hier wil ik iedere dag wel schoonmaken. Erna duwde mij een plumeau in handen en wees op de bovenste hoek, de hoogste ladders. Ik boven, zij beneden.

Lieve Artura, hier vind je de hele wereld: prentenboeken, manuscripten, atlassen, globes, romans, bladmuziek, reisverslagen en encyclopedieën. Bij nader inzien snap ik senhor Raoul wel. Het enige wat tegen deze bibliotheek op kan is de wijde aardkloot zelf!

Ik stond daar met mijn onhandige rok op die smalle ladder maar binnen een paar uur had ik de hele bovenverdieping gedaan, terwijl Erna beneden op de helft was. Het was stoffig, maar niet zo stoffig als de kasten in vaders winkel. Vies op stand is altijd nog minder vies dan vies in de burgerij. En de banden zijn zoveel mooier dan de papieromslagen van onze stuiverromans.

Je weet nog hoe moeder altijd op mij zat te vitten dat ik de boeken niet te ver mocht openslaan, dat de klanten de vouw in de rug zouden opmerken en er dan minder voor betaalden? Alle banden hier zijn van leer of van stof, sommige zelfs van gesneden hout. Ik zou onopgemerkt kunnen lezen tot ik erbij neerviel.

'sMiddags eten we warm in de bediendezaal. Het is er niet groot en niemand lette echt op mij, behalve portier João dan, die af en toe oogjes geeft. Er werken zes vrouwen en vier mannen. De mannen buitenshuis, de vrouwen binnen. Het eten is goed: warme rijst met bouillon, groenten en grote stukken kippendij. Als dessert werden er verse, zoete maisbroodjes met room verdeeld. Ik denk dat die over waren van het ontbijt of het koffie-uurtje van senhora.

Die middag had ik niet veel meer te doen. De leestafels glommen nog van de was, een droge doek volstond. De vloer was gedaan. Erna had de bibliotheek al verlaten. Ik durfde alleen niet goed van mijn post af te dwalen, maar een boek pakken en lezen durfde ik ook niet. Ze zou me toch betrappen... Dus bleef ik maar rondkijken om te zien of ik iets gemist had, of Erna iets gemist had. Ineens zag ik de grote kroonluchters, drie stuks, verdeeld over de lengte van de bibliotheek. Als ik daar nu een ladder onder kon krijgen. De deur ging open, senhora schreed binnen. En als ik schrijf 'schreed', dan bedoel ik als een zwaan over het water. Haar rokken golven langzaam achter haar aan. Blauw was die jurk! Ik weet het weer. Lichtblauw met donkerblauwe accenten en ruches, zo uit een Spaans sprookjesboek.

Ze schudde haar hoofd. 'Mannenwerk, Maria,' zei ze, geloof ik. 'Kom.'

Ik volgde de zwaan, denkend dat ze een nieuw klusje voor mij had, maar in de vestibule kwamen we Erna tegen en senhora maande haar om mijn plumeau aan te nemen. Het deed de Duitse weinig goed dat ik werd voorgetrokken. Mij op dat moment ook niet. Maar ik volgde de zwaan netjes naar de salon. Een warme, in verschillende houttonen betimmerde ruimte, waarin varens over grote potten uitwaaierden en openslaande deuren een kijkje in de diepe tuin boden. Het was meer Europees dan Spaans, cognac en sigaren, dacht ik meteen, een herensalon. Senhora haalde een spelbord tevoorschijn, een doosje steentjes en legde deze op een kleine ronde tafel waar twee fauteuils bij stonden.

'Backgammon?' vroeg ze.

Ik schoot in een nerveus lachje maar schoof toch graag aan.

Senhora rookte sigaartjes door een ivoren pijpje, dronk sterkedrank en we speelden backgammon zoals kerels dat in koffiehuizen doen.

Ik kwam thuis met een boek onder mijn arm. Om te lenen deze keer. *Iracema,* door José de Alencar. Senhora vond het een waardig opvolger van *Onegin*. Dat ik het al had gelezen kon ik goed in het midden laten. Met deze mooie, in leer gebonden versie, geïllustreerd nog wel, krijg ik die oliefles van vader wel leeg.

São Paulo, 5 februari 1924

Ik liep met mijn hoofd in de wolken van de markt. Ik had een goede oogst die dag en mijn mand was zwaar... Maar eerst nog even dit: ik heb nog maar weinig over mijn eigen huis verteld. Het is bourgeois, Artura, een kleine villa in een goede wijk. Vader wilde dat zo, dat ik niet zou afglijden zoals... ja, zoals wie? Dat zei hij dan weer niet. Verkeerde invloeden buiten de deur houden, zei hij.

De benedenverdieping wordt bewoond door de gans. Zij heeft daar haar salon, de grote keuken en een slaapkamer met een boudoir dat aan de tuin grenst. De tuin is niet voor ons, die is ook compleet overwoekerd. Beneden gebruiken wij alleen de hal en de trap. Naast het huis, buitenom, staat een gebouw dat wij als keuken gebruiken. De vloer is betegeld en er staan snijtafels, een waterpomp en een gietijzeren oven. Ik probeer altijd zo vroeg mogelijk mijn rijst of aardappels te koken en de groenten te blancheren, voordat de andere bewoners komen. Ik ken ze niet, maar we wonen met z'n vijven boven. Drie zijn vrouwen die lange dagen werken. Coupeuses, bij de grote modeateliers. Over de meneer op zolder heb ik al genoeg gezegd.

De kleinste kamer is voor mij. Hij heeft een groot raam én

een balkon, vanwaar ik bijna recht in een van de kamers van de achterliggende villa kan kijken. Daar woont een jongeman, zag ik.

Maar ik liep dus weer eens met mijn hoofd in de wolken. Het was de bouillon. Na die maaltijd bij senhora de Henestrosa wist ik ineens wat er aan mijn maaltijden ontbrak en een bouillon moet lang trekken, vandaar dat ik vroeg de keuken in wilde (en ik je ter verheldering op dat intermezzo hierboven trakteerde). Dus had ik bij de poelier op een kippenbout gehint en niet veel later liep ik met een bescheiden bout door naar de dame van de specerijen. Ik had haar nooit eerder ontmoet, maar ze keek vriendelijk en toen ik haar 200 centavo gaf, bond ze van meerdere kruidensoorten een mooi struikje en vouwde een handvol kruidnagels, peperkorrels en gedroogde rode pepertjes in krantenpapier. Daarna liep ik de markt af. En hoe het gebeurde weet ik niet, maar ineens lag ik met een smak op straat. Het was zuur, heel gênant en vooral heel pijnlijk. Mijn enkel, elleboog en pols waren stuk en het bloed droop van mijn kin. Natuurlijk lagen mijn boodschappen over de straatstenen.

Ik stond op. Een jongen van een jaar of dertien hielp mij alles te verzamelen, maar toen ik verder wilde lopen suisde het in mijn hoofd. Noodgedwongen bleef ik staan. De jongen bleef ook staan, z'n armen half naar mij uitgestoken, en toen het na enkele momenten nog niet ging, liet ik mij voorzichtig naar een van de cantina's aan de overkant van de straat begeleiden.

Binnen nam een oudere man mij bij de arm en liet me op een stoel plaatsnemen. De cantina rook naar voedsel. Het was een grote zaal met een houten vloer en gemêleerd rode wanden. Er hingen melkglazen bollen aan de wand met elektrisch licht en zakkroonluchters aan het plafond. De tafels stonden alleen rondom, langs de wand en ik stelde me voor dat er gedanst werd. Ik was wat huiverig toen die oude man vanachter de bar met een kom warm water kwam aanlopen en mijn wonden schoonmaakte, ook op de enkel. Maar hij was vriendelijk. Hij wees op mijn jurk, dat die gescheurd was.

Het is vreemd, Artura, dat er in zo'n kleine aanvaring met de aarde zoveel gevoelens leven. Ik was angstig. Het is de onzekerheid, denk ik, en blootgesteld aan de zorg van vreemden wist ik me ook geen raad. Ik was zo van streek dat ik ze bij mijn vertrek niet eens heb bedankt. De rest van de dag heb ik in onze keuken naast een smeulende oven gezeten terwijl de bouillon trok en ik steeds minder trek in kip, groenten en rijst kreeg. Maar ik heb de maaltijd afgemaakt. Een bescheiden kunstwerk dat ik zo vanuit de keuken naar mijn lieve gans heb gebracht, want als je even niets voor jezelf kunt betekenen, kun je maar beter iets voor een ander doen.

Ze nam het bord aan en kneep me in mijn wang. Die schaafwond op mijn kin heeft ze niet eens gezien. Ik heb brood gegeten van de dag ervoor, met een laagje boter. Daarna heb ik nog wat noten gesnoept en mijn jurk uitgewassen.

Ik hoopte dat een van onze bewoonsters mij kon helpen de jurk te repareren, maar bij de eerste poging kreeg ik de deur in mijn gezicht. Aan de andere twee durfde ik het daarna niet meer te vragen.

Eliades

2

Theresa droeg haar vilten hoed met voile schuin op haar hoofd en staarde recht van het perron af, emotieloos. Eliades stond een eindje bij haar vandaan en las de *Estado*, die hij in de kiosk bij de vertrekhal had gekocht. Iedereen zou denken dat ze volmaakte vreemden waren: een uitgedoste dame en een middelmatige vent met krant. Tussen hen in hing de perronklok, die vandaag schoorvoetend ging. Zo traag dat het leek of de wijzers terugliepen.

Het was vroeg, tegen halfzeven. Eliades werd verwacht op de plaats delict waar de odyssee van jongmens Valentino onverwachts was geëindigd. Maar hij kon niet weg voordat Theresa in de trein zat. Niet alleen vreesde hij dat ze anders niet zou vertrekken, maar hoffelijkheid gebood hem om de koffer van zijn vrouw tot aan het perron te dragen en voor haar een eersteklaskaartje te kopen. Hij hechtte dus nog wel enige waarde aan de mening van zijn hooggeplaatste schoonvader.

De afgelopen nacht had hij nauwelijks geslapen. Theresa was continu met haar koffer in de weer geweest, piepend en dralend. Opvallend daarom, dat ze er nu zo smetteloos uitzag. Dat masker van verf en poeder zou ongetwijfeld breken als ze glimlachte. Maar glimlachen deed Theresa zelden en mocht ze onverhoopt in huilen uitbarsten, dan stond hij ver genoeg om iedere betrokkenheid geloofwaardig te ontkennen.

Eindelijk begonnen de rails te zingen. Van verder kwam het geluid van ijzer op ijzer aanwaaien, van de zware locomotief die snelheid minderde en remschoenen op de massieve wielen drukte. Onder hen begon het perron te dreunen. De stuwende aandrijfassen minderden vermogen terwijl de stoommachine onder hoge druk door ijverde; de trein denderde met een toch nog indrukwekkende snelheid het station van São Paulo binnen. Fluitend blies hij stoom af en na een laatste, gillende collisie tussen remschoenen en wielen kwam hij tot stilstand.

Terwijl de deuren van de houten coupés openden en de passagiers zich door de waterdampen van het perron af worstelden, keken Eliades en Theresa elkaar een lang moment aan. Het was gedaan, geen ontkomen meer aan. De stoommachine dramde stationair door en nieuwe passagiers stapten in. Een steward nam Theresa's koffer van het perron met de bedoeling haar naar de juiste coupé te begeleiden. Eliades klemde de krant onder zijn arm en stak zijn handen in zijn zakken, blij dat zijn zucht van verlichting onder de stuwing van de trein verloren ging. Theresa keek nog een laatste keer, volgde toen de steward. Ze verbeet de vernedering en vocht zichtbaar tegen de tranen.

Niet lang daarna reed ze hem voorbij, statig zittend in een schandalig dure coupé terwijl de grond onder het perron dreunde. Zo ging Theresa uit zijn leven en Eliades hoopte voorgoed.

Zijn concentratie was niet optimaal, maar Victor had goede vorderingen gemaakt en de jonge agent leek blij dat Eliades hem eens niet onderbrak. Het was vooralsnog ook redelijk standaard. Valentino was in de hal van zijn woning van buitenaf beschoten, twee keer. Eén keer was mis, daarvan getuigde een gat in de wand waar Victor in alle vroegte de kogel had uitgestoken. De tweede keer was raak. Er was vanaf een redelijke afstand geschoten, aangezien de kogel het lichaam van het jongmens niet via de rug had verlaten. Op de grond naast het slachtoffer was een struikje lentebloemen gevonden. Volgens de bewoners van het huis had de jongeman – die Rodrico Granados heette – omgang met een respectabele jongedame die bij hen verder niet bekend was. Volgens de knorrige hospita daarentegen was die jongedame niets meer dan een uitgewrongen vaatdoek en dat bazuinde ze graag aan iedereen rond. Vast stond wel dat Rodrico even tevoren in zijn kamer ruzie had gehad met de hospita, dat hadden alle bewoners gemeld.

Eliades wilde de dame graag spreken, maar ze was niet aanwezig. Nadat Victor haar voor zijn komst een paar verkennende vragen had gesteld, had ze kennelijk een hevige aanval van hysterie gekregen en hadden ze haar naar het ziekenhuis laten afvoeren.

'Wat heb je haar in hemelsnaam gevraagd, Victor?' vroeg Eliades verbaasd.

'Niks bijzonders, inspecteur. Wat haar relatie met Granados was...'

'Opmerkelijk.'

Ze doorzochten haar woning. Het was vooral kitsch, prullaria en een standaard krultang met wat haren, maar verder niets verdachts.

'Die hospita zou zomaar eens heel jaloers geweest kunnen zijn op dat grietje,' zei Victor terwijl hij de tang in een bruine zak deed.

'Daar ga ik wel van uit,' reageerde Eliades. 'Maar was het dan niet zinvoller om dat grietje neer te schieten?'

Victor knikte. 'En wat als Rodrico de hospita afwees? Dan zou wraak op hem logisch zijn.'

'Is niet uit te sluiten, zeker niet als die haren overeenkomen. Maar zeg nou zelf: hoe vaak hebben we te maken met wapenhoudende vrouwen die ook nog bereid zijn om een moord te plegen? Laten we eerst dat pistool vinden.'

'Goed punt, inspecteur, goed punt.'

Ze verschaften zich toegang tot Rodrico's kamer op de eerste verdieping; een grote, pas gestoffeerde ruimte in verschillende tinten groen; fris, vierkant meubilair en een porseleinen wandbassin met afvoer en stromend water. Aan de muur hingen twee impressionistische aquarellen; een havenaanzicht van Santos met stoomschepen en een paulistaans stadsaanzicht; de brede Avenida Paulista met de statige, neoclassicistische villa's.

Eliades siste. 'Grand Tour potpourri.'

'Wat?'

'Die zogenaamde neoclassicistische architectuur. Een ratjetoe van Europees jatwerk.'

'Wat u zegt,' reageerde Victor en haalde zijn schouders op.

De kamer bood zicht op een achterliggende, licht vervallen villa waarvan de tuin op een oerwoud leek. Ze doorzochten een commode en garderobekast, keken onder het bed en tussen de verzameling boeken op een wandplateau. Het meest belanghebbende – naast de parfum van cederhout en de goedkope talk – was een stapel politieke traktaten en brieven. Eliades vond ze in de voering van een oude koffer.

De traktaten waren redelijk banaal en openden nog net niet met 'boeren, burgers en buitenlui!', maar de tendens was duidelijk: het coronelismo had zijn langste dag gehad en moest op alle fronten bestreden worden. Corruptie, nepotisme, ongehoord geweld en deportatie van de mondigen werden zwaar veroordeeld. Sommige teksten waren wervend, geënt op medestand en fysieke aansluiting, andere meer filosofisch, waarin nieuwe rechten voor burgers en arbeiders werden beschreven en het belang van vrijheid van ondernemen werd betoogd. De brieven waren anoniem, aan niemand gericht en qua inhoud meer van hetzelfde. Ze leken zelfs meer op verslagen van bijeenkomsten dan op correspondentie. Maar uit niets bleek echt dat Rodrico actief was in een militie. Niets was van zijn hand. Nergens werd tot staking of burgerlijke ongehoorzaamheid opgeroepen... maar toch, de aanwezigheid van zulke pamfletten was reden genoeg om het onderzoek naar zijn moord lam te leggen. Niemand zou het Eliades kwalijk nemen. Moorden met een politiek motief onderzoeken was wroeten in de broekzakken van de Coronels zelf. Dat was vanzelfsprekend geen vreugdevol discours.

Eliades smeet het stapeltje traktaten op zijn bureau en liet zijn handen door zijn haren glijden. Ging hij door? Ging hij niet door? Victor begreep zulke zaken gelukkig goed, pienter als hij was.

'Gaan wij dat grietje zoeken?' riep Eliades door de openstaande deur terwijl hij tevergeefs zijn sigaretten zocht.

'Ja, inspecteur. Laten we dat eerst doen.' Hij wist dat als Eliades 'wij' zei, hij eigenlijk 'Victor' bedoelde. De jonge agent kwam aanlopen en stak zijn hoofd om de hoek van het kantoor. 'Staat er nog iets boeiends in die traktaten?'

'Wel, oordeel zelf...' Eliades spitte er enkele door en citeerde uit een van de briefverslagen:

> *De Orde wil ons doen geloven dat het werkende volk zich slecht tot ons, intellectuelen, verhoudt. Men kan hen wegens 'ontbrekende manieren' niet met gelijksoortige privileges bedelen: 'Geeft men hen soms vrijaf van werk of een hoger loon, dan zullen zij deze vrije uren en gelden doden met doelloze, dierachtige gedragingen: vreten, copuleren en zuipen. Daarmee de veiligheid en openbaarheid van de straat, waar zij gewoonlijk leven, verder verloederend...' Maar niet het volk maar onze politici ontbreekt het aan moraal! Zij noemen het volk 'dierachtig' alleen om de lange werkdagen, het slechte loon en de tragische leefomstandigheden te rechtvaardigen. Hiertegen zeggen wij, Tenentes, neen! Verbetert de werklasten, de toegankelijkheid van het onderwijs, de woningmarkt en de commercie. Zodat eenieder hierin wegwijs kan worden en zo een betere levensweg kan bewandelen. Juist zo werkt men de doorslaande verloedering en groeiende armoede effectief en langdurig tegen...*

'Och, heden,' zei een andere stem. 'Wil de Orde ons ervan overtuigen dat zij zelf niet vreten, copuleren en zuipen? Die zogenaamde manieren van hen betekenen in de regel niet meer dan handelen met discretie...' Gomès, de lijkschouwer, had zich in stilte bij hen gevoegd en was weinig bescheiden met zijn commentaar.

'Twee uitersten,' vond Eliades. 'De Orde wil de macht behouden door de massa neer te slaan, de Tenentes willen de macht winnen door dezelfde massa te mobiliseren. Zelfde liedje, nieuwe tekst. Wacht maar af, zodra de Tenentes macht hebben is het uit met de mooie beloftes.'

'Ik weet het zo net nog niet,' reageerde Victor terwijl hij door het stapeltje traktaten ging. 'De Orde heeft wel een punt. Neem nou die Japanners; ze komen hier met scheepsladingen, werken zich op de plantages en in de fabrieken ongans voor een hongerloon, leven op straat en verzuipen en vergokken iedere overgebleven centavo... die sterven op den duur toch uit?'

'Dat komt omdat er geen Japanse vrouwen meekomen.' Eliades stak het verslag terug in de envelop en gooide het op de stapel. 'Een man moet iemand hebben om voor te zorgen, vrouw en kinderen. Anders heeft het totaal geen nut.'

'Moeten we misschien Japanse vrouwen laten overkomen?' vroeg Victor.

'Ja, prachtidee,' vond Gomès. 'Alleen vrees ik dat ze de vrouwen zullen verhandelen in plaats van huwen.'

'Altijd de optimist, nietwaar Gomès?' reageerde Eliades. 'Hoe staat het met mijn haarmonsters, verdomme!'

'Het is waar, inspecteur, in New York en San Francisco weten ze er alles van...' De lijkschouwer klonk verontwaardigd, maar Eliades wuifde zijn opmerkingen weg.

'Ze komen overeen,' zei Gomès toen. 'Die haar die je vond op Rodrico Granados is van zijn hospita.'

'Wel wel, een dispuut op zeer geringe afstand.'

'Waren ze minnaars?'

'Het spijt me, senhor Gomès,' antwoordde Victor, 'ik heb de hospita gezien maar ze is geen partij voor iemand als... ehm...'

'Rudolph Valentino?' vulde Eliades aan.

De lijkschouwer keek hem verbaasd aan. 'Va-len-ti-no?' herhaalde hij.

'Ja, vind je niet? Zelfde bakkes, zo'n geoliede kop...'

Victor schoot in de lach, besloot dat het tijd was voor koffie en verliet de kamer. Gomès stond er hoofdschuddend bij.

'Zeg, als je nou niks te doen hebt, zoek die hospita voor mij op in het sanatorium. Jij bent arts en ik wil weten hoe authentiek dat hysterische infarct van haar is.'

'Wil ik voor u doen, inspecteur,' antwoordde Gomès. 'Maar ik waarschuw wel: ik heb ervaring met dode mannen, niet met hysterische vrouwen. Wereld van verschil.'

'De arts ter plaatse kan je vast wijzer maken. Overigens is ze toch dwaas van de opiaten, dus maak je niet druk.' Hij gaf zijn collega een knipoog en een broederlijk schouderklopje. 'Ik knijp er even tussenuit.'

Gomès trok zijn witte jas uit en hing die over zijn arm. 'Theresa?' vroeg hij.

'Nee, die zit in de trein naar de provincie; moeders is ziek. Maar ik heb slecht geslapen dus ik wil even rustig eten en een halfuurtje mijn ogen dichtdoen. En mijn sigaretten zijn op, verdomme.'

'Sigaar?'

'Graag, Gomès, dolgraag.' Hij nam een rokertje aan en liet zich bijlichten.

'Hoe ver bent u overigens van plan in dit onderzoek te gaan? Ik bedoel, wat als de Orde problemen met dat kleverige jong had...'

Eliades liet de sigarenrook in zijn mond cirkelen en blies langzaam uit.

'U weet waar dat op uit kan lopen...'

'Zeker weet ik dat, Gomès. Zodra we uitgesloten hebben dat die hysterische tante er iets mee te maken heeft,' antwoordde hij. 'En ik wil z'n meisje spreken. Daarna kan Rodrico wat mij betreft in het vooronder.'

'Lijkt me een goed uitgangspunt,' vond Gomès. 'Zijn werkgever al gehoord of gesproken?'

‘Nee, maar die telefoneert vanzelf naar het bureau als z’n klerk niet komt opdagen. Dat is vroeg genoeg wat mij betreft.’

Dat moment van ultieme opluchting en vrijheid kwam maar niet. Voor Eliades’ gevoel stond hij nog steeds op het perron te kijken naar Theresa’s albasten gezicht, dat in zijn herinnering nu langzaam scheurtjes opliep. Af en toe draaide ze haar blik naar hem met een dreiging die zei: ‘Mijn naam is niet Theresa Eliades, maar Theresa Caetano da Rocha, en dat zal ik je snel doen heugen.’

Het was waar natuurlijk, haar vader was niet iemand die je voor de voeten moest lopen. Toch was de oude Coronel inmiddels over zijn hoogtepunt heen. Hij had vast nog wel ergens een knokploeg rondlopen, maar zonder zonen was het onmogelijk om jezelf in het machtsmoeras drijvend te houden. Ongetwijfeld had Caetano da Rocha gehoopt dat Eliades, of zelfs Zeca, de handjes voor hem zou vuilmaken, al was die hoop van korte duur geweest.

Nee, Eliades’ betweterige hoofd weet het uitblijven van de opluchting over Theresa’s vertrek eerder aan zijn vermoeidheid. Maar ergens vrat er nog iets anders. Je losmaken van een ellendige verbintenis was één ding, voorsorteren op een nieuwe verbintenis was een tweede. En hij wist het: hij was maar een middelmatig figuur, niets waarvoor een zichzelf respecterende vrouw zich zou interesseren. Hoe anders had het zover als de voordeur van Artura kunnen komen? Hij kon wel hardop vinden dat zij geen gevallen vrouw was, maar zei dit niet vooral iets over zijn eigen neiging om de dingen gunstiger voor te stellen dan ze waren? Desondanks raakte hij er langzaam van overtuigd – of het nu in zijn aard of aan zijn opvoeding lag – dat hij was voorbestemd als het hoofd van een gezin: een gedegen plek aan die eettafel, een goede vrouw en een klein stel herriemakers. Een of twee was voldoende.

Eliades’ overpeinzingen voerden hem naar de oever van de Rio Tietê, die met enkele sierlijke slagen langs São Paulo gleed. Zoals altijd speelde ze met de spiegeling van zonnestralen als een kind met een vliegerlijn, een fijn spel waarin hij zich graag verloor. Even voorbij de drukte van het dagelijks verkeer richting regattaclub Esperia was het gewoonlijk rustig. Daar werd de Rio Tietê geflankeerd door een ranke, groene strook van waaierpalmen, palissander en gouden iepen, waartussen hoge Braziliaanse kastanjebomen hun topgroen uitstaken, deinend in de wind. In het lage loof van zachte mossen en gras bloeiden bromelia's, orchideeën en lelies, zoals op het achterland van zijn vader.

Het was een benauwde dag, de eerste dag van juli. Bonte ara's kwetterden en ruzieden tussen de bladeren, de Rio Tietê kabbelde levenslustig tegen de rivierbedding, regatta's toerden de rivier op en neer, oefenend voor de weekendraces.

Gemoedelijk liet Eliades zich wegzakken in het hoge gras aan de rivierkant, een arm onder het hoofd, hoed over zijn ogen, luisterend naar een kritische verhandeling van zijn maag over zijn lunchkeuze. Hij voelde zich wegglijden, zag kleuren en beelden die even nietszeggend als geruststellend waren. Flarden van Engelse rozen, die hij als kind met steel in een aardappel had gepoot – omdat zijn moeder zo van rozen hield. Elke keer als vader rozen meebracht, nam hij er eentje uit de vaas en pootte die met een aardappel in de tuin. Hij gaf ze water, zorgde voor ze, zoals zijn moeder voor hem had gezorgd.

Was ze nog maar hier.

Na drie seizoenen domineerden zijn rozen het vooraanzicht van de fazenda, bloeiden ze bijna het hele jaar door rondom de veranda, klommen ze langs het broze zandsteen van de muren omhoog. Naar de zon, immer naar de zon. Rode, roze, soms gele rozen...

Maria

São Paulo, 10 februari 1924

Lieve Artura,

Ik had mij moeten herinneren dat die kleine kwetsuren tijdelijk zijn. Toch was ik het blijkbaar vergeten en denk ik dat ik me heb aangesteld. Senhor Salvatore – ik ga ervan uit dat hij zo heet, aangezien zijn cantina Salvatore's heet – heb ik bloemen en een kaartje gestuurd, als dank voor zijn goede zorgen. Hopelijk heb ik mijn wanstaltige manieren zo goedgemaakt.

Hoewel ik mij snel beter voelde wilde ik vader graag zien. Dus stuurde ik een telegram naar zijn kantoor, dat ik de navolgende dag op het strand van Santos bij de vissersboten zou zijn, met de vraag of hij na zijn werk wilde komen. Je begrijpt dat ik niet alleen vader maar ook de zee weer wilde zien. Dus reisde ik per trein af naar Santos – zelf betaald van mijn eerste loon – en zwierf er bijna de hele dag rond; gravend, struinend, schelpjes verzamelend in mijn oude leren tas... De zon was nog net zo mooi als de vorige keer. Hoewel het deze dag kouder was en ze verdoezeld boven de horizon hing. Het licht was ook scherper aan mijn ogen en de zilte wind irriteerde mijn neusvliezen.

De vissersboten liggen hoog op het strand aan palen. Allemaal zijn ze hetzelfde, behalve van kleur, anders waren ze niet uit elkaar te houden. Rode, gele, blauwe en groene: fel, zodat je ze bij nacht en ontij goed kunt zien. De vissers zijn verweerde mannen en jongens, hoe jong of oud ze ook zijn; hun huid getaand en hun ogen tot spleetjes geknepen vanwege het licht. Ze dragen driekwartbroeken met hun voeten bloot en verkleurde tunieken met koorden om hun middel.

Ze slepen hun netten af en aan, boeten de gaten en halen er wier en vastgeraakte schelpen uit, meestal hoorntjes en grote waaierschelpen. Een jongen, niet ouder dan acht, zei me dat die laatste 'pecten' heten. Hij schreef het in het zand omdat ik het niet begreep en gaf me een mooie toen hij zag dat ik ze zocht. Later kwam hij ook een gedroogde zeester brengen.

Vader kwam niet.

Het is lastig inschatten hoelang je moet wachten op iemand die niet komt opdagen. Mijn gedachten werden een sliert van dramaturgische ingevingen, een eindeloze reeks scenario's waarbij het onderscheid tussen werkelijkheid en fantasie volledig zoekraakte. Ik stond als een stemloos regisseur tussen de coulissen en zag mijn vader in decors en aktes variërend van een slecht verlicht kantoor met een drammende, sigaren rokende baas die hem niet van zijn werk liet gaan; een rokerige cantina, waar hij met zijn oor aan de half ontblote borsten van een roodharige Ierse furie gekluisterd zat, in zijn hand een vaasje calvados. Een straatdecor, waar hij onder grof geweld van zijn zuurverdiende centavo's werd beroofd door drie havenarbeiders, die hem daarna lachend en honend voor dood achterlieten. En de laatste uit die nare reeks: hoe hij thuis in zijn kamer zat, mijn telegram achteloos terzijde wierp en zonder enig gevoel van schuld of verplichting vurig passages reciteerde uit *Paulicéia Desvairada*. Voor wie? O, de scenario's daarover liepen volledig uit de hand. Maar vaststond: niet voor mij.

Waarschijnlijk is het allemaal niet zo dramatisch en heeft iemand hem om de staakplannen in de haven verlinkt.

Heb ik trouwens al geschreven dat mijn moeder vertrokken is? Heb ik al geschreven hóé ze vertrokken is? Op een ochtend kwam er een grote automobiel aanrijden en zag ik door mijn slaapkamerraam hoe ze met haar leren koffer het zijpad langs de winkel afliep. Een duur uitziende senhor stapte uit, die zijn gezicht gedurende dat bedrijf in twee varianten droeg: zelfgenoegzaam en adorerend, die laatste natuurlijk voor moeder, die het manspersoon met haar *gewisse Etwas* moeiteloos in haar rok opzoog. Hij droeg zo'n smal, in het midden onderbroken snorretje, dat met zijn gezicht meebewoog. Je had het moeten zien, Artura, hoe hij haar omarmde en als een poedeltje vertroetelde. Moeder speelde het allemaal prachtig mee.

Maar ach, daar komt hij later wel achter.

Hij nam haar koffer, laadde die in de auto en hielp haar met instappen. Daarna keek ze naar boven en zag ze mij, en schoot de eerder nog zo zijige expressie van haar gezicht. Na enig aarzelen zwaaide ze, blies ze me een handkus toe en drukte vervolgens een wijsvinger op haar lippen. Maar wat had ik over dat moment tegen onze vader willen zeggen? Wat had ik er in godsnaam over kunnen zeggen?

Daarna reed de auto de straat uit.

De zon kwijnde die avond weg in een beangstigende bles van mistig, oranje aardvuur, waarnaar ik zo lang keek dat de vuurlinie zich over mijn hele gezichtsveld verspreidde. Ze gooide het vuur als woedende lava over de kim. Het dreef naar me toe over nerveus deinende golven en leek mijn voeten te willen verzwelgen, ze tot stompen te willen afbranden en de as ervan over alle windstreken te willen meevoeren.

Die jongen van de pecten greep mijn arm en ik schrok zo hevig dat mijn ledematen ervan tintelden, maar hij bedoelde het goed. Veel boten waren teruggekomen en zijn familie stookte een vuur van drijfhout voor een verdroogd, met schelpenslingers behangen kot boven op het duin. Ik was zo opgegaan in mijn apocalyptisch visioen dat ik niet had gemerkt dat ze mij hadden geroepen. Dus volgde ik hem.

Ze roosterden verse kreeft en vis op spies en ik liet me dankbaar voeden. Het mooie was dat ze veel belangstelling hadden voor de schelpen die ik had gezocht. Ze waren werkelijk zo aardig.

Weer later liep die jongen met mij mee, helemaal tot aan het station van Santos, waar ik nog net de laatste trein naar São Paulo haalde en hij mij uitzwaaide alsof we elkaar al een leven lang kenden.

Als ik een man neem, neem ik een grote versie van hem, Artura, eentje die lachend schelpen voor me zoekt, die weet hoe je vis en kreeft boven een vuurtje roostert en die mij netjes naar het station brengt. Wat meer kan een jongedame zich wensen op een dag als vandaag?

Zodra senhora de Henestrosa mijn kapotte kin zag en opmerkte dat ik traag liep door mijn gezwollen enkel, was het gedaan met mijn loopbaan als schoonmaakster.

Weet je nog dat ze me meetroonde naar de herensalon voor een middagje backgammon? Wel, ze had nog meer noden en dat maakte mij in de bediendehal niet erg geliefd, behalve voor João, die – denk ik – kleine bloemen uit de tuin in mijn omslagdoek in de garderobe steekt. Maar ik deed netjes wat ze vroeg want ze betaalt goed. Senhora schrijft commentaren voor een vrouwencirculaire. Het blad heet *Lux Femina* en het gaat er allemaal nogal verdekt aan toe. Inmiddels had ze wel gemerkt dat ik niet tot de spraakzame types behoor, dat ik niet meeroddel in de keuken en tijdens de koffiepauzes de *Estado* lees. Discretie is een waardevolle troef, zoals moeder altijd zei. Dus ben ik nu medeplichtig aan een nieuw soort schuinsmarcheerderij: het afbreken van de mannelijke excellentie, bij schering en inslag!

Senhora is niet meer de jongste en hoewel ze een prachtig monument van vrouwelijkheid en elegantie is, lijdt ze kennelijk aan een gewrichtsaandoening. Haar handen zijn vaak gezwollen en dan zie ik dat ze pijn heeft. Ik denk dat ze daarom zo laat opstaat en graag sterke herenmelk drinkt, om de klachten te verminderen en haar gemoed tot rust te brengen. Ze schrijft goed, heel helder, hoewel ik nog niet weet wat ik ervan moet denken. Het is allemaal zo scherp. Wel, dat schrijven kost haar dagen. Gevlekte hanenpoten zijn het en daarom wil ze dat ik het overschrijf.

'Je schrijft zo mooi,' zei ze laatst en gaf me haar dure vulpen. Ik pen het allemaal netjes over en verlaat de villa aan het eind van de dag in een vreemdsoortige gemoedstoestand.

In ons huis heb ik mijn plek wel gevonden. Dat komt door senhora Pessoa, die mij op werkdagen nog steeds helpt met mijn haar en met aankleden, en die aan het eind van de dag mijn rug losmaakt en de spelden weer uit mijn hoofd trekt.

Af en toe wil ze mijn haren wassen. Er is haar denk ik veel aan gelegen dat ik bij senhora de Henestrosa goed voor de dag kom. Ongetwijfeld leest ze de krant en weet ze hoe moeilijk het is om een goede positie te behouden, niet alleen voor mij maar ook voor vader.

Als wederdienst kook ik nu twee keer in de week voor haar; soms zoete aardappels met vlees of vis, soep met gepocheerde eieren, dan weer rijst, of met kip en rozijnen gevulde maisbroodjes.

Het viel me al eerder op dat ze weinig van haar keuken gebruikmaakt. Ze is wat minder mobiel en lopen naar de markt is misschien te ver. De oven goed op hitte krijgen is ook een flinke klus. Het enige voedsel dat ik bij haar gezien en geroken heb, is brood en soms gebakken eieren. Werkelijk, daar kan een mens niet gezond van blijven. Geen wonder dat ze zich zo zwakjes voelt. Laatst had ik haar ook wat noten gebracht, maar die zag ik daags daarna onaangeroerd liggen. Ik dacht eerst dat ze ze niet lustte, maar kwam later tot de conclusie dat ze misschien te weinig kracht in haar handen had om ze te kraken. Dus bracht ik mijn notenkraker mee. Vervolgens gingen ze erin als suikerwerk. Fruit eet ze ook graag, vooral papaja en ananas, die we dan samen snijden.

De meneer van de zolder houdt haar houtvoorraad op peil. Ik denk dat dit de enige reden is waarom hij in een vrouwenhuis woont. Hij verzorgt de aankoop en laat het hout netjes in de opslag stapelen. Ik vind het nog steeds een engerd, maar verder heb ik geen last van hem.

De coupeuses maken lange dagen en zijn daarmee niet meer dan schimmen op de vroege ochtend en late avond. Ik heb mijn jurk inmiddels zelf maar gerepareerd, het is niet heel mooi geworden maar hij is in ieder geval weer draagbaar.

Als ik geen markttaken heb, de afwas gedaan is en mijn bedlinnen en werkkleding gewassen zijn, lees ik de boeken van senhora. Dido en Aeneas, Popocatépetl en Iztaccíhuatl, Tristan en Isolde, Anna Karenina en graaf Vronski... Ze geeft me de ene liefdestragedie na de andere en ik vraag me af of ze daar iets mee wil zeggen.

Van vader geen bericht.

Eliades

3

Die ochtend bemerkte Eliades tot zijn grote weerzin dat Theresa nog lang niet weg was. Bij zijn poging zichzelf in het halfdonker van zijn fysieke spanning te verlichten, dook haar beeltenis steeds voor zijn geestesoog op: haar minachtende lach, dat ontevreden gezicht, haar ziekelijke obsessie met het spiekgat in de deur... Het was een bekend fenomeen dat hem al zo vaak het plezier ontnomen had, hem van de zo nodige ontlading weerhield.

Eliades probeerde *het meisje* voor zich te halen, een jonge vrouw met zwoele mond en losse, lange haren dat zich op straat eens lachend naar haar partner had omgedraaid. Zo vrij en ongedwongen, haar lach als een klaterende regenbui op een warme zomerdag. Maar ze wilde vandaag niet om Eliades dansen, niet naar hem lachen, hem niet liefdevol kussen en in zijn arm knijpen.

Vervolgens hoorde hij niets anders dan het ritmische ruisen van het bedlinnen terwijl hij zijn geslacht bijna werktuigelijk onder druk probeerde te houden. *Theresa*, vals lachend. *Theresa*, die zijn spaniël naar het hondendepot bracht, *Theresa*, die binnensmonds fulmineerde: *hoerenjong*. Hij sloeg de lakens abrupt weg en smeet alles wat hij binnen handbereik kon krijgen woest door de kamer, zijn lid in nog half erecte staat. Uiteindelijk zeeg hij neer op zijn knieën, huilend. Een moment van diepe vernedering, het onvermijdelijke breekpunt waartegen hij zo lang had gevochten. Waarom had ze zoveel macht over hem? Waarom ging ze niet weg?

Niet veel later liep Eliades de kortste route naar het bureau aan de Rua Sevilla, zijn hoofd in een roes van frustratie en een vaag, ongewenst besef dat het zwaarbevochten breekpunt zich eindelijk had aangediend. Een zekere ontlading, maar niet zoals hij had gehoopt en ergens vreesde hij voor wat er nog moest komen.

Hij luisterde geduldig naar de getuigenverklaringen van Rodrico's medebewoners, Victor schreef intussen mee. Ze zaten in zijn kantoor, een gelambriseerde ruimte met donkerhouten meubilair op de tweede verdieping van het bureau – aan de schaduwzijde van het pand. Leren lamellen hingen langs de ramen, opengeschoven, vensters deels open om de luchtstroom op gang te houden. Aan het plafond bromde een ventilator. Zijn kantoor had zicht op een ruime binnentuin waar Osmosis, afkomstig uit een oud Afrikaans geslacht, met chirurgische instrumenten de rozenstruiken trimde. Eliades had een even groot zwak voor de man als voor de rozen zelf. Als hij in de tuin wilde ontspannen, zijn sigaret kwam roken, maakten ze altijd een praatje.

Eliades stond bij het raam en keek naar Osmosis en de rozen terwijl de getuigen hun verhaal met de gebruikelijke nervositeit deden. Victor knikte rustig en vroeg waar nodig om toelichting. Hij deed het goed, een waardevolle knaap. Vooraf had Eliades hem gezegd dat zijn interesse vooral uitging naar de ruzie tussen jongmens Rodrico en de hospita: een ruzie met de ramen open, die iedereen had kunnen horen. De verklaringen logen er niet om, de hospita had zich aan hem opgedrongen, ze had wellicht zelfs haar jurk opgetild, haar borsten ontbloot, wat viel af te leiden uit het feit dat Rodrico afkeurend en luid had geroepen: 'Dat wens ik niet te zien, en dát al helemaal niet, ga alsjeblieft weg!'

Er werd gesproken over gestommel en het klonk alsof ze zich daarna aan hem had vastgeklampt. Rodrico had haar de kamer uit gewerkt en zij had gegild, gesmeekt. De herinneringen van die medebewoners kwamen bijna woordelijk overeen, zeven verklaringen, ijzingwekkend eenduidig zoals dat zelden voorkwam. De een had het drama door de muren aangehoord, een stel anderen waren gealarmeerd de gang ingelopen, weer twee anderen hadden alles door hun eigen openstaande ramen gehoord.

Daarna had de hospita zich in haar appartement teruggetrokken en het op een huilen gezet.

Rodrico moest misschien eerst wat van dat voorval herstellen. Maar toen hij een klein halfuur later zijn kamer verliet, de trap af ging en in de hal kwam – het bosje ruikers in zijn handen – was daar ineens dat schot en, na een kleine pauze, nog een. Daarna viel het stil. Lange tijd durfde niemand iets te doen.

Uit ervaring wist Eliades dat dit uitgerekte moment een verwrongen tijdsbeleving was, meestal niet meer dan enkele seconden. En het eerstvolgende, door allen geregistreerde moment was de zenuwinzinking van dezelfde hospita. Zij had haar appartement op de benedenverdieping en was als eerste aanwezig om Rodrico hartstochtelijk te bewenen. Pas toen hadden de andere medebewoners zich om haar en het lichaam verzameld. Een van hen had naar de politie getelefoneerd.

De ingang van haar appartement was recht tegenover de voordeur van het huis, met daartussen een lange hal en vestibule. Dat de deuren ervan bij drukkend weer tegen elkaar openstonden was gebruikelijk, maar iedere vreemde kon er feitelijk ook binnenlopen. De grote vraag was of de hospita de tegenwoordigheid van geest had gehad om bij de voordeur te gaan staan en het object van haar begeerte in de borst te schieten. Om daarna terug naar haar appartement te lopen om het wapen te verbergen en aansluitend dat hysterische infarct op te voeren. Had ze namelijk vanuit haar appartement geschoten, dan was het jongmens in de rug getroffen.

Gezien elk spoor van het wapen ontbrak, had Eliades er een hard hoofd in. De crime passionnel werd zelden geregisseerd. Die vond plaats in een vlaag van mentale absentie, je dacht er niet aan om je sporen uit te wissen. Het enige wat je wilde was voldoening. Even zo belangrijk waren de bevindingen van Gomès, die op Eliades' verzoek naar het ziekenhuis was gegaan om de artsen te consulteren. De dame was ernstig in de war en mocht voorlopig niet naar huis. Van veinzen was dus geen sprake. Ze was oprecht geschrokken en volledig onthutst door de moord op Rodrico Granados. Jammer genoeg wisten ze aan het eind van de ochtend nog steeds niets over het grietje.

'Ik dank u vriendelijk voor uw tijd, senhor Carvalho.' Victor en Eliades namen plaats aan het chique bureau van de bankier en keken rond naar de gelakte en gepolijste meubels en een serie klassiek ogende schilderijen en kleden.

Ze waren bij een kleine commerciële bank beland. Carvalho, eigenaar en voorman, had zijn medewerker als vermist opgegeven. Het was een kleine, beweeglijke man in een wit tropenkostuum van linnen met een lichtblauw zijden gilet waaraan een gouden horlogekettinkje bungelde.

'Kon u mij niet eerder van deze tragedie verwittigen?' verweet de bankier Eliades, vreemd genoeg zonder enige interesse in het antwoord. In plaats van het hoe of wat over Rodrico af te wachten vulde hij drie bokalen van geslepen glas met een goudkleurig goedje. Hij nam er een ter hand en zakte in zijn leren fauteuil, die sissend onder zijn gewicht leeg leek te lopen. Carvalho zwierde zijn hand bij wijze van uitnodiging langs de overige glazen op het bureau; dat de heren zich zelf maar bedienden.

Victor veerde op, voor de verandering eens niet het groentje dat over het hoofd werd gezien. Eliades bedankte doorgaans vriendelijk voor zulke afleidingen, maar knikte nu aimabel en nam ook een glas. Gelukzalig volgde Victor zijn voorbeeld.

'Laat ik maar direct ter zake komen,' begon Eliades. 'We verkeren in de veronderstelling dat uw klerk zich interesseerde voor – hoe zal ik het verwoorden – opstandige retoriek jegens de Orde?' Hij trok een wenkbrauw op naar de bankier en nipte uit het glas. Cognac. Even onderdrukte hij de neiging om achterover in de fauteuil te zakken en zijn smarten luid te verzuchten.

Carvalho keek hem gepijnigd aan.

'U suggereert een moord met een politiek motief?' Bij het woord 'motief' boog de bankier zijn zin overdreven hoog af.

'Is helaas niet uit te sluiten. Hopelijk kunt u ons meer over uw klerk vertellen? Dan komen wij wellicht op andere gedachten.'

'Wel hier.' De man goot zijn glas achterover en stak van wal. 'Rodrico Granados was een voorbeeldige klerk. Zeer toegewijd, scherp van geest en enorm behendig in de gespreks- en overredingskunst. Hij heeft zeer belanghebbende cliënten bij ons binnengebracht... maar u weet' – hij zweeg even om de juiste formulering te vinden – 'dat de handel in koffie – excuseert u mij – dat de *vrije* handel in koffie momenteel ernstig onder druk staat. Het beleid van het café com leite houdt de gemoederen bezig onder de handel en arbeiders. Vanzelfsprekend is mijn klerk zich bewust van de druk der sentimenten hierover, als ik het zo mag zeggen. De salons staan er immers bol van.'

Eliades keek naar zijn assistent. Victor knipperde bedachtzaam en nam nog een slok cognac.

'Ik weet dat de regering balen koffie opkoopt en opslaat om zo de handel en de prijs te reguleren,' zei Eliades. 'Heeft dit veel invloed op uw dagelijkse bedrijvigheid?'

Carvalho proestte het bijna uit. 'De regering? De Coronels, bedoelt u. En veel invloed? Veel invloed? We hebben veel klanten, en die klanten hebben ook klanten, internationale klanten met een grote vraag naar koffie, maar vervolgens hebben ónze klanten geen koffie om hún klanten aan te bieden! De koffiebalen liggen er als grafheuvels bij, velden vol, onder bewaking van het leger!'

Eliades knikte gemoedelijk, met alle begrip voor de frustratie van de bankier. 'U had rustig met een ja kunnen antwoorden.'

Carvalho knorde geïrriteerd en greep naar de karaf.

Eliades dronk zijn glas leeg en schoof het over tafel richting de bankier. 'Kek spul,' zei hij.

'Si, si...'

Carvalho vulde de twee glazen opnieuw bij. Hij priemde Victor kort in de ogen om te zien of hij een beetje doordronk, maar zette de karaf weg.

Victor kreunde wat teleurgesteld. Eliades hoorde het en keek hem schuin aan.

'Zijn er specifieke bijeenkomsten, senhor Carvalho, waar uw klerk aan deelnam?' ging hij daarna verder.

'Natuurlijk niet,' zei de bankier. 'Wij zijn niet achterlijk. Maar feit is wel dat – zoals ik al zei – de salons er bol van staan, en dat naarmate de uren verstrijken en Bacchus de overhand krijgt, de een na de ander opstaat met een zoveelste redevoering om ofwel de heldenmoed van de Tenentes ofwel de communisten op te hemelen.' Hij nam een flinke slok en sloeg zijn glas luid op het bureaublad. 'U weet wat die revolutie in Rusland teweeg heeft gebracht. Het kan hier ook zó gebeuren! Het hangt in de lucht, inspecteur Eliades!'

Eliades kon zich er van alles bij voorstellen. Die behendig zwengelende arm van Carvalho, het gemak waarmee hij de pis van Bacchus naar binnen smeet en de gelikte redevoering die er met hetzelfde gemak weer uit kwam... hij zag het helemaal voor zich.

'Toch,' merkte hij op, 'denk ik dat uw vergelijking een beetje mank gaat. Ziet u, wat de communisten er ook eufemistisch over mogen roepen: het was een militaire coup, geen revolutie van het volk zoals de Fransen die kennen. Een COUP, senhor Carvalho, geen re-vo-lu-tie.' Eliades pauzeerde en dronk zijn glas na die overgearticuleerde zin leeg.

De bankier keek hem met grote ogen aan.

'Wat denkt u dat de Tenentes, onze gegoede luitenants, gaan

doen?' vervolgde Eliades. 'Salonpolitiek bedrijven, sociale akkoordjes rooien? We hebben het al gezien toch, twee jaar terug, bij de opstand in het Fort Copacabana? Bloed op de straat, senhor, alsof dat de handel goeddoet. Ze willen de oude snorren eruit, de jonge snorren erin... *com violência*!'

'Ja,' beaamde de bankier schaapachtig. 'Maar wij leveren daaraan toch echt geen bijdrage zonder dat ze ons, de intelligentsia, een warm plekje bezorgen.'

'Ach,' zei Eliades. 'Zit het zo?'

'Ja!' besloot Carvalho nijdig. 'Zo zit het. En nu eruit!'

Eliades knikte langzaam en stond op.

'Senhor Carvalho deed zeer gedurfde uitspraken,' vond Victor toen ze buiten stonden.

'Dat deed hij zeker. In vino veritas.'

'Gaat u er werk van maken, inspecteur?'

'Ben je bedonderd? Dan sta ik straks met een promotie op zak mijn medemens te deporteren en af te ranselen. Ik heb al genoeg om me voor te schamen. Kom.' Eliades ging hem voor de straat op.

'Waar gaan we heen, inspecteur?'

'Naar die villa achter het huis van Rodrico. Ik wil weten wat zij gehoord en gezien hebben.'

Maria

São Paulo, 20 februari 1924

Lieve Artura,

Van vader geen berichten en ik ben diep bezorgd. Ik heb zijn werk- en thuisadres een brief gestuurd. Tot mijn schrik kwamen die ongeopend terug. Er is ook geen geld meer gekomen, maar senhora Pessoa zegt er niets over. Mijn eten kan ik nu zelf betalen, de huur waarschijnlijk niet. Geen idee wat ik moet doen, óf ik er iets aan moet doen. Ik kook nog steeds twee keer in de week voor mevrouw en zij doet nog steeds mijn jurk voordat ik naar senhora de Henestrosa ga. Misschien vindt ze het in orde zo. Toch ben ik bang en ben ik nu niet alleen jou kwijt, maar ook onze vader.

Er is wel een nieuwe ontwikkeling, waarvan ik vrees dat je die afkeurt. Het gaat om senhor Salvador de Villa-Lobos, van Cantina Salvatore's. Hij is de oudere heer die mij nadat ik gevallen ben heeft geholpen.

Enkele dagen geleden stuurde hij een brief. In de avond geeft hij tangolessen en milonga's in zijn cantina, maar er zijn te weinig vrouwelijke danspartners; of ik daarin interesse had. Hij beloofde drie mil-réis per avond en absolute discretie. Ook zou hij ervoor zorgen dat ik door niemand werd lastiggevallen mocht ik daarvoor huiverig zijn. Ik moest alleen wel eerst bij hem op les om de basis onder de knie te krijgen voordat ik aan het avondprogramma kan meedoen. Veel deelnemers hebben blijkbaar al wat vaardigheid. Ik ben maar gegaan, Artura. Liever zo wat geld sparen voor het geval dat de gans over de huur begint.

De Tango, ik zucht. Wat kan ik je erover schrijven? Misschien ken je de dans? Je was altijd zo bruisend en eigengereid. Het zou me niks verbazen.

Senhor Salvador is rustig, zachtaardig en als hij lacht heeft hij glimmertjes in zijn ogen. Ik meen dat hij uit Argentinië komt, als de tango zelf. Hij is helemaal grijs, gekleed in kaki of bruin, met gilet maar zonder das. Een lange, oude man, dacht ik. Maar wacht tot je hem ziet bewegen. Hij leert me tellen en volgen. Achteruit, vier passen, vooruit, vier passen, draaien. Zo dichtbij, Artura. En dan de arabesque - die is moeilijk - maar ik vind het erg leuk.

Er is nog een andere dame, die doet ook de verlaagde passen, waarbij je steeds een stukje door je knieën gaat, én ze kan haar bovenlijf heel elegant draaien. Ze heeft haar haren kort krullend in de hals, vol kleur op de lippen. Ze is zo zeker van zichzelf en durft werkelijk alles. Als ik haar zie vind ik mezelf echt nog een kuiken.

Iedere vrije middag, dus ook zondag, ben ik een paar uur bij senhor Salvador, meestal na de markt die pal achter de cantina ligt. Dan leg ik mijn boodschappen in senhor Salvadors kantoor en dansen we heel wat af. De band speelt - een gestreken bas, viool, bandoneon en een gitaar - en ze staan tijdens het oefenen zo dichtbij dat ik de muziek in mijn lijf kan voelen.

Nadat ik na de tweede of derde les thuis wat passen oefende gebeurde er overigens iets vermakelijks. Die jongeman die in de villa achter ons woont had me gezien, en hij danste in tegengestelde richting in zijn kamer met mij mee. Eerst dacht ik, wat is díé aan het doen? In het zachte lamplicht was het nogal moeilijk te zien of hij aan het ijsberen was of dat hij mij belachelijk probeerde te maken. Maar toen ik stilstond, stond hij ook stil en nadat ik besloot dat ik me van hem niets moest aantrekken en verder danste, danste hij in zijn kamer opnieuw met mij mee. Het was vreemd, het leidde af, maar het was ook wel spannend. Alsof we een paar waren, gescheiden door muren, glas en de overwoekerde tuin van senhora Pessoa. Hij wist precies de juiste passen, maar ik denk dat hij al verder is dan ik, hij bewoog veel chiquer. Toen ik niet meer goed durfde heb ik gezwaaid en nadat hij terugzwaaide, sloot ik de gordijnen.

São Paulo, 27 februari 1924

Lieve Artura,

Dan over de verhandelingen van senhora de Henestrosa. Ik weet niet of ik er goed aan doe om die hier te vermelden, maar als we samen in haar werkkamer zitten en ik haar werk overschrijf, lijkt het of ze niet alleen wil dat ik de teksten kopieer, maar ook dat ik het ermee eens ben. Eentje heb ik inmiddels zo vaak overgeschreven dat ik de inhoud ervan wel kan dromen. Ik schrijf hem hieronder vanuit het klad over, dan kun je het ook lezen.

De liefde is een gekunsteld treurspel geworden

De man streeft in alles de schoonheid na. En waar deze zich niet in levenden vorm kan manifesteren, omdat ze onbereikbaar of ontoereikend is, wordt ze tot kunst verheven. Zo gaat het in de schilderkunst, beeldhouwkunst en in de poëzie. De hunkering naar het schone, om haar vast te grijpen en te vereeuwigen, om haar van verval en bederf, voor ouderdom te behoeden, heeft geleid tot een onmetelijke collectie van alles wat mooi is. Onsterfelijk. Zowel van het aardse, als van wat de man vermeent dat hemels en goddelijk is. Een nodeloos en ijdel streven, een tentoonstelling. Leeg, koud. Niets meer, niets minder.

Helaas, dames, is het de liefde evenzo vergaan. Zij is door ons manvolk tot kunst verheven, beschreven sinds de begindagen: Paris en Helena, Dido en Aeneas, Abélard en Héloïse, Arthur en Guinevere – tot aan de onmogelijke liefdes en tragedies van de zeventiende en achttiende eeuw. Eenzelfde hunkering, eenzelfde dwang om de onbereikbare liefde te willen grijpen, te consumeren, te vereeuwigen en – om haar uiteindelijk in beeldende woorden uit te moorden. Want zoals echte schoonheid, levende schoonheid, zo denkt de man, is zij vergankelijk. De hunkering wordt gestild door de verovering, de consumptie van het vleselijke en de voldoening, zijn even zo tijdelijk. Dan breekt de aard van het beest los, wanneer de kinderen gevoed moeten worden, de vaderrol als kostwinner zijn tol eist en het gemoed door de eeuwige wederkeer der dingen tot pulp wordt vermalen. Dan begint ze weer: de hunkering naar vrijheid, naar een object van schoonheid dat opnieuw begeerd kan worden, veroverd, geconsumeerd… en vermoord.

De man is verloren geraakt in zijn eigen kunst. Begrijpen doet hij de ware liefde, de duurzame liefde niet. Maar proberen om ze te begrijpen doet hij evenmin. Verstrikt in die eeuwige tragedie van de liefdeskunst, die aan zijn noden en ervaringen tegemoetkomt, die hij onderschrijft, en waaraan hij toegeeft. Door zijn onvermogen om de ware liefde te herkennen houdt de man de eeuwige tragedie in stand.

Leren doet hij niet.

Wij, vrouwen, monddood en willoos gemaakt door kerkelijke halfmannen, die de liefde nog minder begrijpen dan hun copulerende broeders, blijven vermoord, verlaten, verteerd door wrok, uitgemergeld of in schande achter. Vaak krijgen wij ook nog de schuld van alle tragedie, dat wij ons manvolk niet tevreden kunnen stellen. Laat de man – in al z'n vermeende grootheid – zich eens in de liefde verdiepen. Ze komt niet aanwaaien als een hemels genot, onder engelengezang of als een tastbare reeks sonnetten. Ze is de kiem van een boom, die met de juiste zorg en toewijding honderden jaren kan doorstaan. Als de man zijn zotte hunkering naar de eeuwige schoonheid maar kon laten varen... De eeuwigheid ligt immers in de voortzetting van de familielijn, in de toewijding van het ouderschap, waardoor ons nageslacht ons voor eeuwig op handen zal dragen. Maar ik vrees, lieve dames, dat de man voordat deze inzichten bij hem beklijven nog eens tweeduizend jaar of meer nodig heeft. En zo zal de liefde voor velen tot in lengte van dagen nog een gekunsteld mannentreurspel blijven, en blijven wij vrouwen onderhevig aan hun ellende.

Ik weet nu ook waartoe mijn gehavende boek diende. Senhora geeft mij de uitgeschreven teksten mee in een boek waarvan de inhoud deels is weggescheurd.

'Zo valt het niet op,' zei ze laatst.

Ze gaf me ook een dikke stapel biljetten, een velletje papier met een naam en een adres waar ik de kopij moest afleveren. Het is een weggestopt pand dicht bij mij in de buurt. Daar nam een vrouw de bundel van mij aan en vroeg om het geld. Vreemd genoeg kende ze mijn naam en vroeg ze of ik wilde binnenkomen. Maar dat heb ik geweigerd. Misschien een andere keer.

Eliades

4

Op de eerste verdieping keek Eliades door de openstaande balkondeur. De kamer zelf was leeg. Het hele huis was leeg. Op de houten vloer zag hij sporen van water, het had naar binnen geregend en de balkondeur stond minstens een paar dagen open. Aan de overzijde, in de andere villa, zag hij de aquarellen in Rodrico's kamer hangen.

'Wanneer heeft het voor het laatst geregend?' vroeg hij Victor terwijl die binnenkwam.

'Twee nachten geleden,' sprak een onbekende stem.

'Dat is de nacht nadat Valentino...' Victor maakte een knikje met zijn hoofd.

Eliades mompelde instemmend. Onwetende burgerij, die moest je niet wijzer maken. Het was een lange kerel met een smoezelig voorkomen, een beige kostuum dat niet geschikt leek voor het wisselvallige weer. De inspecteur liep op de onbekende af en stak zijn hand uit.

'Inspecteur Eliades, bureau Rua Sevilla.'

'Costa,' antwoordde de man, 'makelaar in onroerende zaken.'

'Knap pandje.'

'Behoeft wat werk, maar zeker niet slecht. Er is al wat belangstelling.'

'Dat is mooi. Dat is mooi.' Eliades had weinig zin in verdere beleefdheden en kwam ter zake. 'Kunt u mij iets over de vorige bewoner vertellen, senhor Costa?'

'Heel graag zelfs,' antwoordde de man. 'Haar naam was senhora Pessoa, een oudere dame van het aandoenlijke soort. Ze is een week of drie, vier geleden in haar slaap overleden. Er is destijds nog iemand van uw bureau bij geweest, ene Alberto?'

'Ah, onze Pedro Albreto,' verklaarde Eliades. 'Die zit niet op moordzaken.'

'Goed, goed. Maar Pessoa verhuurde de kamers apart dus het duurde even voordat alle bewoners een ander onderkomen hadden. Enkele dagen geleden is het pand helemaal opgeleverd.'

'Enkele dagen geleden?'

'Drie dagen geleden, om precies te zijn. En dat is de dag voor de nacht nadat Valentino...' De makelaar deed een knikje met zijn hoofd en maakte opzettelijk zijn zin niet af.

'Senhor is op de hoogte?' informeerde Eliades verwonderd.

'Wie niet, inspecteur? U kent de buurt, het is net een klein dorp.'

'En u weet wie wij met Valentino bedoelen?'

'Natuurlijk, inspecteur. Zulke jongemannen blijven niet onopgemerkt. Zeker niet onder ons. Dat slag volk houden we goed in de gaten.'

Eliades glimlachte toen Costa veelzeggend knipoogde. 'Dan kunt u ons wellicht vertellen met welke respectabele dame hij omgang had.'

'Dat weet ik dan weer niet, helaas. Ik weet wel dat hij geregeld te vinden was in de cantina van Salvador de Villa-Lobos, de Argentijn die sinds een maand of zes aan de markt zit. Oudere kerel, geschikte man. Ik heb hem de cantina verkocht. Ik zou het eens bij hem proberen.'

'Salvatore's?' opperde Victor.

'Die bedoel ik, agent.'

'Tango?'

'Tango en diner. Hoewel niet noodzakelijk in die volgorde.'

‘En drank, natuurlijk,’ vulde Victor aan.

‘Drank, vrouwen, voedsel en tango,’ somde Eliades op. ‘Net wat voor Valentino.’

‘Zo denk ik er precies over, inspecteur.’ De makelaar leek nogal ingenomen met het idee dat hij Eliades zo goed lag. Hij wipte op zijn hakken en stak zijn handen in zijn broekzakken, zichtbaar gretig naar de volgende vraag die hij kon beantwoorden.

‘Kunt u mij aan een lijst van de huurders helpen, senhor Costa?’

‘Als u daar nood aan heeft, zeker wel. Het kan alleen even duren. De zoon van senhora heeft de boedel meegenomen naar Rio de Janeiro. Ik heb het pand voor hem in de verkoop.’

‘Doet u wat u kunt. Ik ben alvast dankbaar.’ Eliades liep naar de vensterbank en pakte er een rozig, plat voorwerp vanaf.

‘Geen moeite, geen moeite…’ antwoordde Costa.

‘Zeg zo nodig maar dat een van de huurders iets kostbaars is vergeten. We willen immers geen onrust veroorzaken.’ Hij speelde met het voorwerp in zijn handen.

‘Wat is het, inspecteur?’ vroeg Victor, die net uit het zicht stond.

Eliades hield een grote schelp omhoog. ‘Dit, mijn beste Victor Munhoz, is een pecten.’

In de binnentuin van het bureau kropen getakte schaduwen van rozenstruiken langs de muren omhoog en daalden weer. Veel tropische bloemen hadden de gewoonte om hun kelken te sluiten naarmate het licht dimde. Rozen daarentegen waren sterk. Gehard op het Europese continent konden ze de nachtelijke koelte van São Paulo moeiteloos verdragen. Het was eerder de felheid van de zon waartegen ze met voldoende water en nevel beschermd moesten worden. Dat had Eliades vroeg geleerd en ook Osmosis was op dat gebied kundig.

In de ochtend en de avond besproeide hij de siergewassen liefdevol. Overdag werd ieder bruingerand bloemblad of loof littekenloos weggesneden. Op de grond was geen spruitje onkruid te bekennen. Bladluis? Eliades verdacht Osmosis ervan dat hij die met een pincet van de stelen plukte.

Hij rookte zijn sigaret in een verweerde rotan fauteuil op de patio met op de achtergrond het ijverige getik van Victor, die de gespreksverslagen uitwerkte. Pedro Albreto liep groetend langs en vertrok. De meeste agenten waren al naar huis. Het was een redelijk rustige buurt, doorgaans hadden ze er niet meer werk aan dan wat huiselijk geweld en dronken manschappen. Iedere dag was er wel een dode, maar die bleken doorgaans natuurlijk. Dat was in de voorsteden en in het havengebied van Santos wel anders.

Eliades overwoog om naar huis te gaan. Hij was tevreden met de voortgang van de zaak en zijn maag knorde. 'Thuis' klonk hem alleen weinig aantrekkelijk in de oren. Zeker omdat hij zijn slaapkamer die ochtend als een slagveld had achtergelaten en hij geen zin had om zijn episode van zwakte te moeten aanzien, laat staan op te ruimen.

Hij wachtte op Osmosis, die zijn gieters en verstuivers opborg, hopend op een praatje dat hem zou afleiden van de knoop in zijn maag, die baksteen die er al zo lang op lag en die maar niet weg wilde, zelfs niet nu Theresa al twee hele dagen en één nacht uit zijn leven was.

Misschien voelde Osmosis aan dat hij in een vreemdsoortig gemoed verkeerde en durfde hij hem niet goed te benaderen. Eliades kon opvliegerig zijn, dat wist hij van zichzelf. Hij was geen kwaaie en geen zuiper, bezat geen opgeblazen ego dat iedereen om hem heen continu moest bevestigen met eigenaardige hommages van angst en onderdanigheid. Maar hij schoot soms uit de heup, zoals zijn lijkschouwer het ooit had gezegd.

'Osmosis.'

De tuinman draaide de deur van het schuurtje op slot en stak de sleutel in zijn zak.

'Verdenk je ons nog steeds van diefstal?' grapte hij vanuit zijn stoel. Hij wees op de andere fauteuil en stak nog een sigaret op.

'O, de mensen vergeten weleens wat terug te brengen,' antwoordde hij vergoelijkend en ging wat verlegen in de vrije stoel zitten.

Eliades lachte.

'Die onopgeloste verdwijning van je tuinschep is een smet op ons blazoen, Osmosis. Maar vertel eens, hoe is het met je moeder, Ola? Werkt ze nog steeds in het laboratorium?'

'Al zo lang ik me kan herinneren, inspecteur. Het gaat goed met haar. Maar ze vindt het wel wat eentonig, almaar tussen die papieren en rommel en buisjes schoonmaken.'

'Misschien wil ze dan bij mij thuis komen werken,' suggereerde Eliades. 'Ik zweer je dat ik niet aan buisjes en papieren doe.' Hij keek Osmosis aan en trok aan zijn sigaret.

Het gezicht van de man klaarde op, zijn eerdere, wat afwachtende houding maakte plaats voor een glimlach. 'Meent u dat?' reageerde hij. 'Hebt u geen bediening thuis?'

'Nee,' verklaarde Eliades, 'het leek me altijd beter om mijn vrouw bezig te houden. Anders, vrees ik, had ze uit pure verveling het vlees van mijn botten geplukt.'

Osmosis keek met een frons voor zich uit en had duidelijk een veel te letterlijke voorstelling bij die opmerking.

'Mijn vrouw is geen vriendelijke dame,' lichtte Eliades toe. 'Maar ze is terug naar haar ouderlijk huis en ik zit om hulp verlegen. Kan je moeder goed koken?'

'Heel goed! Creools en Braziliaans. Lekkere cactussoep en stoofschotel van leguaan.'

'Wel, vraag haar maar,' besloot Eliades. Hij was geen kenner van de Creoolse keuken, maar het was een fijn idee dat hij aan het eind van de dag een schoon – niet naar Theresa ruikend – huis zou binnenlopen waar de exotische geuren van vers eten hem tegemoet dreven. En dan was Osmosis een opgewekte ziel, zijn moeder Ola zou zeker van dezelfde snit zijn en het huis wat opvrolijken. Ook daar had hij behoefte aan.

Osmosis zat intussen hevig te knikken. Hij zou haar vragen, het zou allemaal goed komen.

'En hoe gaat het met úw moeder, inspecteur?'

Eliades blies de rook hoorbaar voor zich uit. Hij sprak niet graag over zijn moeder, maar het was Osmosis dus kwam het antwoord toch, zij het met een terughoudendheid en traagheid die hij niet van zichzelf kende.

'Ze is twee jaar geleden overleden.' Het sigarettenstompje verdween in een verkalkte bloempot, een handeling die vloeiend overging in het opsteken van een volgende sigaret. In gedachten verzonken streek hij een lucifer af, lichtte de droge tabak bij en gooide het houtje nog brandend in dezelfde pot.

'Ze hield van rozen...'

De sigarettenrook kwam van woorden vergezeld uit zijn mond en bleef hangen in de onbeweeglijke lucht onder de avondschemer. Er landde een blauw-gele ara op een van de rozenstruiken. Ongetwijfeld hadden de dieprode bloemen er van boven aantrekkelijk uitgezien, maar de halfgesloten knop paste niet in het dieet van de papegaai en zal dan ook niet lekker geroken hebben. Het beestje vloog op en verdween uit de binnentuin, een moment later gevolgd door een kleine zwerm foeragerende ara's.

'Zoals u,' glimlachte Osmosis.

Eliades knikte instemmend. 'Mijn vader nam ze mee, op lange stelen natuurlijk. Ik pootte ze in de tuin van onze fazenda, met aardappels. Na een tijdje hadden we er heel wat en ik stak er ieder vrij uurtje in.' Een tevreden glimlach kroop om Eliades' mond. Het waren fijne jeugdherinneringen aan de pachtersgemeenschap waarvan zijn ouderlijk huis het centrum was. Zijn moeder had de landerijen altijd bestierd, zijn vader deed de handel en politiek. Van kleine invloed, maar hij was wel een Coronel.

In zijn vroege jeugd hadden hun pachters voornamelijk vee gehouden, maar onder druk van Theresa's vader, die in de wijde omgeving het meeste land bezat en het meest te vertellen had, waren ze langzaam op koffie overgegaan. Gefaseerd, omdat de planten veel tijd nodig hebben om tot vrucht te komen en er tijdens die jaren anders te weinig geld binnenkwam. Voor Eliades had die steeds verder uitdijende koffieplantage de romantiek van het plattelandsleven geweld aangedaan; het vee, de ruimte en de boerenfamilies waar hij graag op het erf kwam.

Waterbassins, irrigatiesleuven, jute balen, aftandse kotten waarin verwaarloosde, onderbetaalde knechten sliepen als sardines in een blik, grote schuren voor opslag, bewaking, honden... Hij kon en wilde zich niet conformeren. Als oudste werd van hem verwacht dat hij de fazenda zou overnemen, maar hij had al vroeg besloten dat hij iets anders wilde.

Op de dag van zijn dertiende verjaardag stierf zijn vader aan een hartaanval. Op die dag kwam hij gevoelsmatig los van het brandende koord dat hem aan zijn lot verbond. Het eigenlijke besluit om met zijn familie te breken viel niet lang daarna.

'Mijn moeder hield meer van mijn vader dan goed voor haar was,' begon Eliades nog half in die gedachte, voor zich uit starend. 'Ze koesterde zijn rozen alsof ze mijn vader zelf waren. Ze sneed ze af, deed ze in vaasjes en zette ze overal in huis om zo de geest van zijn toewijding aan haar levend te houden. Meestal als hij voor zaken in São Paulo verbleef. En dat was vaak.'

Hij keek opzij. Osmosis zat onbeweeglijk in de stoel. Meestal was hij het die de onthullingen deed en zijn zorgen uitte over de troosteloze vooruitzichten van zijn familie.

Eliades herinnerde zich zijn sigaret en nam een trekje. 'Ik trok altijd met mijn moeder op. We werkten samen, konden lezen en schrijven met elkaar, zolang ik me heugen kon. Die rozen kweken deed ik voor haar, alleen voor haar, omdat zij ze zo mooi vond. Toen mijn vader plotseling overleed en ze niet lang daarna met de nodige heimwee en smart door zijn spullen ging, vond ze een lange briefwisseling. Van jaren. Een dame in São Paulo. Vader had haar kennelijk in zijn stadsappartement onderhouden. Ik kan me haar naam niet eens meer herinneren... merkwaardig.'

Het duister van de avond verzwolg de laatste levendigheid van kleuren. Een wassende maan weersprak de diepblauwe lucht en het vale licht kaatste tegen de muur van het bureau. Eliades keek naar de rozen, nu vagelijk verlicht als schimmen uit het verleden.

'Die dag trok ze al mijn rozenstruiken uit de grond. Allemaal. Ze was in een roes van het een of ander, haar blote handen bloedend, gekneusd en geschramd. Ik stond erbij en snapte het niet. Ik snapte er niets van. Dat die rozen voor mij een eerbetoon aan haar waren kwam niet in haar op. Ze had ze als niets anders gezien dan de liefde van mijn vader. Een liefde die niet meer bestond en die nu misschien wel nooit had bestaan.'

Er viel een stilte. Het tikken van de machine was gestopt. Blijkbaar was iedereen vertrokken of op patrouille.

'En zo wees ze u eigenlijk ook af,' merkte Osmosis op.

Eliades reageerde verwonderd op zijn stem, alsof hij vergeten was dat de tuinman daar naast hem zat. Even voelde hij weer die tintelingen in zijn vingertoppen, alsof hij een zwaar object losliet dat hij te lang met grote kracht en inspanning in balans had gehouden.

'Ik denk niet dat ze mij echt afwees,' verklaarde hij toen. 'We hielden oprecht van elkaar...' Het gloeiende puntje van zijn sigaret brandde tegen zijn vingerkootjes. Hij liet het peukje in de pot vallen. 'Maar,' vervolgde hij, 'ik denk wel dat ik het zo gevoeld heb, Osmosis. Helemaal goed gekomen is het nooit meer.'

'En u houdt nog steeds van rozen.'

Eliades lachte zachtjes, reflecterend op dat zojuist verworven inzicht. 'Natuurlijk. Ik koester ze zoals het vervlogen wezen dat mijn moeder is. Als de herinnering aan haar aanwezigheid.'

Maria

São Paulo, 5 maart 1924

Lieve Artura,

De avonden in de cantina zijn anders dan de dagen. Het geurt er naar tabak, wijn en rumpunch, en de kristallen van de zakkroonluchters spelen met het licht op de wanden en het plafond.

De vloer is een bron van trillingen en bewegingen van al het hongerige manvolk dat zich met galanterie en mooidoenerij op het schaarse vrouwvolk stort. De sfeer is broeierig, dreigend zelfs, hoewel dat aan de gezichten van de muzikanten niet is af te lezen. Zij spelen alsof er iets te vieren valt; een vrolijke jacht, de aanspraak op geluk, of iets tijdelijks wat daarvoor doorgaat.

Er gebeurde iets vreemds toen ik voor het eerst met iemand anders dan senhor Salvador danste. Het was haast alsof ik ontrouw was, of niet loyaal. Op hetzelfde moment voelde ik me ook door hem in de steek gelaten. De nabijheid van een persoon – terwijl je danst – is toch iets bijzonders. Ik ben gewend geraakt aan zijn zachte handen, die hij altijd openhoudt wanneer hij mij leidt. Ik voel zijn goedaardigheid in zijn bewegingen, maar dat weet ik alleen omdat ik nu bij andere mannen iets anders voel en dat staat me vaak tegen. Dwingende ogen of knijpende handen, een duw om te draaien eerder dan een geste. Senhor Salvador ziet mijn verwondering en ook mijn verwarring. Dan grijpt hij in en dansen we samen verder. Soms heb ik het idee dat we hetzelfde voelen en denk ik: hij is als die jongen aan de zee, van de pecten, weet je nog? Alleen is hij dan al ouder geworden. Maar in wezen zijn ze dezelfde.

São Paulo, 10 maart 1924

Ik heb geprobeerd je een kaart te sturen, met daarop de groeten, mijn adres en jouw naam. De beambte bij de post plakte er een zegel op, maar riep me terug om te zeggen dat er geen verzendadres op stond.

Ik ben ermee naar een ander postkantoor gegaan en heb 'm zo in de bak gegooid. Hopelijk weet iemand waar je woont en wordt de kaart bij je afgeleverd. Ik weet het anders ook niet.

Lux Femina wordt nu bij mij thuis onder de deur geschoven. Het blad staat vol akelige brieven van vrouwen die door hun echtgenoten bedrogen zijn, geslagen, achtergelaten met kinderen, driehoog achter in een stinkende buurt. De meeste verhalen zijn anoniem, maar ze zijn schrijnend en niet bemoedigend voor een vrouw die van plan is zich aan een man te binden. Ik denk niet dat ik tot die soort behoor. Ik zie het niet voor me. Natuurlijk herken ik ook de teksten van senhora, waar vaak lovende reacties op worden geschreven.

Er was ook een stuk over het kiesrecht voor vrouwen in Engeland, waar vrouwen vanaf eenendertig jaar mogen stemmen en kennelijk zijn zij niet de enigen in Europa. Bij ons staat het er nogal treurig voor, aangezien hier zelfs niet alle mannen mogen stemmen. Daarnaast – zo meldde *Lux Femina* – is onze democratie toch een farce van intern gesjoemel van de *coronéis* en ontbreekt het ons vrouwen aan moed en armslag om de situatie aan te pakken, alle galante pogingen van voorvrouw Bertha Lutz ten spijt. Ze roepen op tot verandering, maar over het hoe en wanneer wordt weinig vermeld.

São Paulo, 20 maart 1924

'Ik heb je gevonden,' zei hij met een brede lach op zijn gezicht en ik denk dat hij de jongeman is die achter mij woont. We dansten de hele avond en senhor Salvador werd er een beetje treurig van. Hij is groot, rook naar gedroogd hout en sinaasappeltjes, maar hij is vooral heel erg knap. Vaak keek hij me aan, maar dan durfde ik niet goed terug te kijken. Waarschijnlijk bloosde ik steeds. Wel voelde ik me vereerd dat hij met mij wilde dansen en niet met Leandra, de vrouw over wie ik je eerder vertelde. Voor haar staan ze echt in de rij, maar dat komt denk ik ook door haar gewaagde coupe en rode mond. Ik dans meestal met de wat rustige heren, zo ziet senhor Salvador het ook graag. Ik zie de meesten wel een paar keer per week terugkomen. Maar goed, de jongeman (ik zucht). Ik ga ervan uit dat hij de volgende keer op Leandra wacht.

São Paulo, 25 maart 1924

Wel Artura, hij komt hier bijna iedere avond en van Leandra wil hij tot haar grote frustratie niets weten. Hij praat niet veel en we dansen aan één stuk door. Ik denk dat ik de ontbrekende schakel tussen de pectenjongen en senhor Salvador heb gevonden. Hij danst even rustig en soepel en af en toe proberen we wat nieuwe passen. Als je in de hal nieuwe dingen wil leren, moet je of senhor Salvador en zijn partner volgen, of Leandra. Meestal volgen wij even de eerste, maar Rodrico – zo heet hij – wil vaak algauw in alle rust over de dansvloer zweven. Ik volg alleen maar, in een vreemde roes die ik niet goed kan omschrijven.

Soms bestelt hij ineens een drankje en drinken we iets om af te koelen, meestal een rumpunch of ijsthee. Maar senhor Salvador heeft liever niet dat we te veel alcoholhoudende drankjes aannemen, om te voorkomen dat we zwalkend over de dansvloer gaan. We zijn inmiddels met zeven vrouwen, de andere vrouwen komen met hun partners mee. Senhor Salvador regelt de betalingen en als mannen vervelend worden, wat vaak bij Leandra gebeurt, zet hij ze de hal uit.

Nu we elkaar kennen, sta ik iedere ochtend stralend op. Hij zwaait naar mij vanuit zijn kamer voordat hij naar zijn werk gaat en soms komen we elkaar onderweg tegen – als ik bijvoorbeeld vroeg naar de markt ga. Eén keer kwam ik hem aan het eind van de dag tegen, toen ik net van senhora de Henestrosa's huis kwam, natuurlijk met een boek onder mijn arm. Hij wilde weten wat ik las, het was weer een of andere liefdestragedie. Intussen heb ik er zoveel gelezen dat ik er wat wanhopig van word. Maar het viel me toen pas op hoe aantrekkelijk hij is. Zijn ogen zijn donker, lange wimpers en hij heeft zo'n blik – alsof hij iets weet wat ik niet weet – maar op een aangename manier, alsof het een prettig geheimpje is. Zijn mond is goed gevormd, niet te vol, niet te smal en zijn mondhoeken krullen altijd een beetje naar boven. Volgens mij stond ik alleen maar stom te hinniken in mijn victoriaanse tenue. Ik had zelfs nog mijn schort om. Hij vroeg of hij me mocht schrijven. Dat vond ik natuurlijk geen probleem.

In de middag ga ik nog geregeld naar senhor Salvador, ik denk om te laten blijken dat ik hem niet vergeten ben. Vaak wacht hij al op me en wil hij dat ik eerst iets eet – empanada's of iets anders – voordat we de dansvloer op gaan. Hoewel hij denk ik wel weet dat Rodrico belangstelling heeft, zegt hij er niets van.

PS Je kaart is teruggekomen. Geen bericht van vader.

São Paulo, 29 maart 1924

Lieve Artura,

Het is senhora, ze was zo van streek vandaag. Iemand had een reactie gestuurd op een van haar stukken, haar eeuwige commentaar op de aard van de man om liefdestragedies te blijven opvoeren in de kunst en in het echte leven. Nu vroeg een dame per brief wat senhora dacht van Colettes roman *Chéri*. Colette is immers een vrouw en zij schreef onlangs – zo meent de dame – een van de meest tragische liefdesgeschiedenissen van onze tijd: een courtisane op leeftijd die uiteindelijk om haar aftakelende lichaam wordt afgewezen door haar minnaar, hoewel de twee blijkbaar erg veel van elkaar houden. En het erge van de roman was dat de courtisane er begrip voor had. Ze accepteerde het en liet het gebeuren! Hoe kon het toch, wilde de dame weten, dat vrouwen ook meewerken aan de voortzetting van onze liefdestragedies?

Senhora de Henestrosa was verloren. Ze zat aan haar prachtige meubilair in haar prachtige werkkamer, met haar tijdloze schoonheid in een struisvogel van een jurk, compleet met veren en een polswaaier, voorzien van sigaartjes en sterk geurende likeuren… toch deed ze niets dan grienen en kreeg ze de pen niet op papier. Ik had zo met haar te doen, Artura.

Ze vroeg mij de brief te lezen en ze wilde natuurlijk dat ik iets zou zeggen, zou opschrijven voor haar… Maar ik wist er geen zinnig woord over te schrijven.

Terwijl ik onderweg probeerde uit te denken waarom Colette die roman had geschreven, kreeg ik een redelijk goede ingeving en toen ik later thuiskwam wist ik het ineens. Dus rende ik naar de post en liet nog snel dit bericht telegraferen:

HORIGHEID. STOP. BERUSTING IN DE ONVERMIJDELIJKHEID. STOP. GEEN RUIMTE VOOR FEM. KUNST IN SALONS. STOP. DAAROM VERLAGEN TOT MAN. KUNST. STOP. GEBREKKIG INZICHT COLETTE. STOP. WACHT OP ANTWOORD. STOP. M.

Die telegrafist keek me nogal glazig aan, zeker omdat ik op het antwoord bleef wachten. Dat doen ze normaal gesproken alleen in de handel of bij noodgevallen. Wel, voor ons was dit een noodgeval. Maar telegrafisten mogen zich niet met de inhoud bemoeien dus ik liet hem het zijne ervan denken. Niet lang daarna kwam ze door, onze zwaan:

M. JE BENT BRILJANT. STOP. KOM MORGEN OM TE SCHRIJVEN. STOP. S.D.H.

Morgen dus opnieuw naar het huis en ik verwacht dat ik binnenkort *Chéri* wel te lezen krijg.

São Paulo, 5 april 1924

Lieve Artura,

Ik vraag me af waartoe dit alles moet leiden. De ogenschijnlijke maakbaarheid van het leven, de kunst en ons lijden wanneer blijkt dat deze onnavolgbaar zijn. Na dat te hebben gelezen en mijn meer dan stilzwijgende bijdrage aan senhora's repliek, vraag ik me af waar ze op aanstuurt. Het is waar dat zelfs wanneer het deurtje van de volière – achteloos of uit medeleven – wordt opengezet, niet alle vogels uitvliegen. Zo gaf Colette, die niet uitvloog maar als een paradijsvogel boven op de kooi klom en alle ogen op zich wist te richten, niets anders dan een bloemlezing van de omgeving waarin ze zich al jaren bevond. Hooguit vanuit een ander, bevoorrecht perspectief. Hooguit alsof ze in hetzelfde theater van een staanplaats in de zaal naar het podium werd gepromoveerd. Maar was het de vrijheid die ze beschreef, was ze vernieuwend? Nee, ze versloeg die eeuwige, zelfde voorstelling van verlangen, verzuren en versterven.

De kunst opnieuw uitvinden maar dan realistisch? Of de kunst opnieuw uitvinden maar dan vanuit een ander ideaal? Hoe zou dat eruitzien? Zou Michelangelo zich door onze grieven verplicht voelen om in plaats van de jonge, schone David een krankzinnige koning Nebukadnezar die naakt, op handen en voeten door de paleistuinen grasduinde, in marmer te vereeuwigen? Zou Auguste Rodin zijn *Kus* met liefkozende oudjes hebben uitgebeeld? Misschien zouden we bij de aanblik ervan beledigd, gechoqueerd of verdrietig worden, verstoord in ons eeuwigdurend verlangen naar liefde en schoonheid. Alsof die twee werkelijk niet zonder elkaar bestaan. Hangende kinnen en uitgelubberde armen, uitgerekte scrotums, tepels die onderaan een borst hangen, verloren haar, de ogen troebel en triest – alles verzakt. Is er liefde te vinden in zo'n voorstelling? Of is alles voor ons dan voorbij, het wachten alleen nog op de genadige dood?

Senhora is diep gegriefd en teleurgesteld. Ze schrijft nu niet alleen over Colette, de leegte en vernedering die haar moedwillig is aangedaan door iemand die zichzelf boven haar heeft geplaatst, maar ze schrijft ook over een zoon die haar verlaten heeft. Alsof het allemaal niets gekost heeft, ontstaan is uit niets, gewassen uit niets. Maar ze heeft voor haar liefde geleden. Wellicht is dat het wat zij ware, langdurige liefde noemt: de bereidheid om voor elkaar te lijden.

Ik twijfel er niet aan dat het grijpgrage manvolk verkwistend en argeloos rondspeelt met liefde en schoonheid, haar verzamelt alsof het uit steen gehouwen kunst en tijdloos is. Maar ach, Artura, ergens in die onbezonnenheid zal zo nu en dan het besef ronddolen dat ze zichzelf wat wijsmaken. Zo dom kunnen ze immers niet zijn. Ook bij een matroos in een bordeel zal het knagen, die gevreesde ziekte zich op een dag manifesteren. En dan volgt het gevecht met de echte eenzaamheid, de spijt en vernedering, met de tijd, met de uren. Lijdend aan een gebrek aan belangrijkheid.

Rico schrijft. Hij vraagt of ik binnenkort mee wil naar de regatta. Maar dan heb ik een nieuwe jurk nodig. Wat zal ik doen?

Eliades

5

Er hing een nerveuze sfeer in de stad. Op de boulevards en avenues stroomden de rijtuigen en gemotoriseerde lastwagens van de grote villa's af en aan; kunst, vrouwen en kinderen, minnaressen en kluizen vol geld en juwelen werden naar de fazenda's en buitenhuizen geëscorteerd. De ratten verlieten het schip. Het plebs daarentegen werd zoals altijd in de fabrieken en in de havens verwacht. Voor hen gold geen respijt, was er geen uitweg. Erger nog, velen hadden waarschijnlijk geen idee.

Eliades had zich erbij neergelegd, met enig schuldgevoel, dat wel. De werkelijkheid van de situatie had hij verdrongen met zijn gemijmer over Theresa, zijn falende rol als echtgenoot en zijn ontbrekende rol als vader. Maar na het gesprek met Carvalho, de nijdige bankier met zijn vloeibare goud en losgebroken tong, was het Eliades meer dan duidelijk geworden: het stond allemaal al vast. De ophanden zijnde opstand was geregeld. Het hoefde zich alleen nog maar te voltrekken. En wat ging hij daaraan veranderen?

Victor was er die ochtend stamelend over begonnen maar Eliades had zijn hoofd misnoegd geschud. Ze moesten het fort bewaken. Ofschoon het hem ergens speet dat ze deel van de heersende orde uitmaakten, was het wachten op de uitbraak, op de orders.

'Rustig blijven ademhalen,' suggereerde hij. 'Controleer onze voedselreserves, controleer de munitie. We komen er wel doorheen.'

Hij werkte zich zoals altijd door een forse stapel post. Uitnodigingen voor soirees op het stadhuis, de vorderingen van de bouw van de nieuwe bibliotheek en de daarbij horende verkeershinder, overlijdensberichten, geboortekaarten van hooggeplaatste personen… en dan was daar ineens een onbeduidend kattebelletje van een dame die zichzelf Artura noemde: of hij bij gelegenheid voor een kennismaking naar haar huis wilde komen. Die avond of de navolgende avond rond acht uur. Ze zou met koffie wachten.

Eliades las de tekst een keer of zeven en herinnerde zich de lichtstreep onder haar voordeur. Meer beeld van de vrouw had hij niet. Hij stak het briefje in de binnenzak van zijn colbert, stond op, voornemens nog een kop koffie te halen.

Gomès was bezig zijn instrumentarium te reinigen en keek verstoord op toen Eliades aan de deurpost verscheen.

'Had je ook koffie gewild?' vroeg hij, zich enigszins verontschuldigend toen de lijkschouwer naar zijn eigen kopje keek.

'Straks misschien, dank u vriendelijk,' antwoordde deze en borg een paar klemmen op. Eliades stapte het lokaal binnen en snoof de geur van lysol op. Een tweede en derde onderzoekstafel stonden opgesteld. Gomès bereidde zich voor op een invasie van doden.

'Victor Munhoz zei dat er belangstelling voor Rodrico was?'

Gomès begon te stamelen. 'Vanmorgen vroeg, ja. Drie jonge kerels in uniform… ze wilden hem zien… u was er nog niet. Ik kreeg de indruk dat ze voor zichzelf al hadden uitgemaakt wie de schuldigen waren, opgefokt, boos eerder dan aangeslagen. In ieder geval zouden ze contact met Rodrico's familie opnemen. Die wonen ergens in de buurt van Campinas.' Gomès zweeg en keek hem vragend aan, wellicht wachtend op het moment dat Eliades de handdoek in de ring zou gooien. Rodrico zat tot over zijn oren in de politieke tegenstand en Eliades wist het.

'Heb je al een indruk van het vuurwapen?' vroeg hij.

Gomès krabde zich verwonderd aan het hoofd.

'Inspecteur,' begon hij, 'we weten denk ik wel wat hier is gebeurd, nietwaar?'

Eliades klemde zijn kaken opeen en zuchtte luid. De lijkschouwer verstarde traag, bijna als uithardend gips, en leek even steun te willen zoeken bij zijn anatomische schema's, het periodiek systeem, tekens aan de wand, maar nu van weinig specifiek nut. 'Inspecteur Eliades...' begon hij opnieuw.

'Dwing me niet om tegen je te *godveren*, Gomès,' onderbrak deze hem. 'Je had je werk moeten doen.' Het klonk onderkoeld, dreigend.

De lijkschouwer begreep zichtbaar dat hij plicht en plaats verzaakt had door de kogels niet te onderzoeken. Eliades nam de beslissingen, niet hij, en voorsorteren op dat voor hem onvermijdelijke besluit was geen geleerde ingeving.

'Mijn verontschuldigingen, inspecteur,' erkende Gomès, 'ik ga direct aan de slag.'

'Mooi.' Eliades draaide zich om en liep weg, maar op de drempel hield hij even in. 'Als de Orde hierachter had gezeten, Gomès, – tussen jou en mij – dan had ik dat inmiddels wel uit eerste hand vernomen.'

Gomès trok grauwbleek weg, zijn gezicht pijnlijk verwrongen. Het was alsof er een nieuwverworven inzicht door de complexe infrastructuur van zijn hoofd galoppeerde.

'Gomès, begrijpen wij elkaar?' Eliades trok zijn wenkbrauwen op en liet de lege koffiekop in zijn hand ronddraaien. Hij had er een hekel aan om zijn ondergeschikten te moeten herinneren aan het feit dat hij een van hen was; stamoudste en landeigenaar. Hij was een Coronel. Dat hij ervoor koos om dat gegeven nu te benadrukken had alleen weinig met Gomès' gevallen spaander te maken; Eliades wilde absolute orde op het bureau wanneer de pleuris uitbrak.

Gomès knikte gehaast. Hij had het begrepen, meer dan begrepen.

De zon toog langzaam naar haar zenit. De markt was rumoerig, druk. Hier was geen enkel vermoeden van wat er in de lucht hing. Stallen stonden er in normale aantallen, de waren breed uitgestald en het volk liep in lichtgekleurd linnen af en aan door de snel opwarmende straten. Victor ging zijn baas voor naar de cantina waar de naam Salvatore's op de gevel stond geschilderd; een moderne hal, groot, waarvoor onder twintigers een groeiende belangstelling was. Veel Italianen, had Victor weten te vertellen, maar of hij er zelf kwam, had de agent wijselijk in het midden gelaten.

Tango uit het zuiden, film en schmink uit het noorden; Eliades was op zich niet tegen trends en noviteiten, maar tango en film hadden wel iets vulgairs. De edele wereld van theater en opera, van het diner dansant en gestileerde recitals door vingervlugge pianisten of gearticuleerde poëten werd langzaam maar zeker aangetast. Goedkoop variété had natuurlijk altijd een beruchte plaats in de samenleving gehad, zij het redelijk verdekt. Maar nu leek het alsof de onderste lagen van de bevolking er naarstig werk van maakten om de stijve, pompeuze schoonheid van de klassieken belachelijk te maken. Opera werd eerst operette en vervolgens cabaret, komedie werd flauwe slapstick op celluloid, romantiek werd realistisch, dof, als een slag in het gezicht. Maar herkenbaar voor een nieuw, weerbaar publiek dat kennelijk niet verlegen zat om al die verdoezelde lusten en vergrijpen.

Tango was volgens Eliades een nieuw dieptepunt in het verval van de traditie, maar wel een die desondanks, vanwege het erotische karakter ervan, uit alle lagen van de bevolking belangstelling kreeg. Als hij er lang over nadacht was die belangstelling ook niet verwonderlijk. Uit angst voor hel en verdoemenis hadden de heren van fatsoen zich er eeuwenlang toe laten dwingen om hun vrouwen en dochters kies, zuiver en bedeesd te laten opgroeien; nonnen en heilige maagden liever nog dan eerbare moeders. Het tragische daarvan was dat die perfecte vrouw onuitstaanbaar vlak, preuts en volledig onverenigbaar met het robuustere karakter van de man was geworden. En nu verschoven de grenzen. Arbeiders en de bourgeoisie kozen hun eigen keurslijf, tot de aristocratie werden ze toch niet toegelaten, dus waarom zouden ze moeite doen? Ze waren klaar met dromen over paleizen, villa's en andere rijkdommen. Ze gingen het zelf wel regelen, hun afleiding en vertier, en hadden daarbij niet zelden het nazien van de hoge heren. Ze vreeën in slecht verlichte steegjes, ze lonkten openlijk naar zowel mannen als vrouwen en gingen op in balorige seances van dronkenschap en apentrots. Een echte heer kon zich zulk gedrag alleen maar in de beslotenheid van een discreet bordeel veroorloven, waar hij niet alleen voor het sussen van de lust betaalde, maar ook voor het behoud van zijn reputatie.

Kennelijk had iedereen steeds meer lak aan iedereen.

Een jongedame botste Eliades wat onbeholpen tegen het lijf. Ze kwam uit de veel donkerder hal lopen en had hem door de felle lichtovergang vermoedelijk niet gezien. Eliades zag haar wel. Haar ogen waren licht, tegen goudkleurig aan en haar lange, donkerbruine haar droeg ze los, in slagen tot ver over haar rug. Ze deed hem denken aan *het meisje* met haar sprankelende lach. Maar Eliades moest toegeven: dit wezen overtrof haar vele malen.

De jonge vrouw kwam met een lichte schok uit haar vergissing en verontschuldigde zich met een glimlach. Terwijl ze passeerde raakte ze zijn pols even aan. Eliades' huid tintelde onder de vluchtige afdruk van haar hand. Hij ving een vleug op van lichte transpiratie vermengd met de geur van rozen. Het liefst had hij haar tegengehouden, in een onnavolgbare impuls om zijn gezicht in haar hals te drukken. Niet alleen ruiken, ook voelen; een klamme huid, de zachtheid van haar haren, de lome buiging van haar taille... Maar het was niets dan beleefdheid waarmee ze hem had aangeraakt, ze keek niet meer om en wandelde met lichte tred het trottoir af.

Victor riep hem terug naar het uur van de dag.

'Poëzie,' resumeerde Eliades nog wat verdwaasd.

'Van ongrijpbare aard,' vond Victor en liep naar binnen.

Salvador was kwistig met de inhoud van de fles, maar niet met zijn antwoorden. Ze lagen elkaar niet, zoveel was duidelijk, maar Eliades liet zich de rum graag bijschenken en luisterde intussen naar het epos van de zelfverklaarde Argentijnse gentleman over zijn komst naar São Paulo. Iedere vraag over Rodrico deed hij af met een 'dat is mogelijk' of 'dat kan natuurlijk zijn, maar is mij niet opgevallen'. Er kwamen zoveel dandy's en bijna-dandy's in de cantina dat het voor de oudere heer onmogelijk was ze allemaal te kennen. Namen wist hij al helemaal niet, ofschoon hij de toestand vanzelfsprekend tragisch vond en graag had willen helpen.

'Nog een laatste vraag,' zei Eliades terwijl hij onder zijn gebruikelijke zucht opstond. Hij was het gelubriceerde gezwets van de Argentijn zat en de alcohol had zijn lichaam dusdanig ontspannen dat enkele, eerder slecht werkende lichaamsfuncties ineens van zich lieten horen. Ongetwijfeld had de jongedame van zojuist er ook iets mee te maken, maar de tintelingen die tijdens het gesprek bij vlagen aanwaaiden, kwamen nu niet zo goed uit.

'En welke is dat?' vroeg Salvador onderkoeld.

'De jongedame met de gouden ogen die wij zojuist bij de deur tegenkwamen. Hoort zij hier?'

Salvador was in navolging van Eliades en Victor opgestaan en kleurde zichtbaar, een hele prestatie in die slecht verlichte hal. De reactie verbaasde de inspecteur, al realiseerde hij zich met een korte, elektrische schok dat hij zojuist waarschijnlijk de beste van alle vragen had gesteld. Niemand zag Rodrico immers over het hoofd, zelfs oude heren niet, zéker oude heren niet. Ze wisten dat Rodrico zich geregeld in Salvatore's liet zien. Dat hoefde alleen nog maar door twee of drie regelmatige bezoekers bevestigd te worden. Eliades legde tevreden beslag op datgene waarnaar hij de afgelopen dagen op zoek was geweest: tomeloze hartstocht.

‘Maria,’ verklaarde de Argentijn. ‘Ze helpt soms met de tangolessen.’

Het antwoord kwam er ondanks de rosse wangen feilloos uit, maar Eliades wist het; hij had een fijne naald tussen de tandwielen van een argeloos draaiend uurwerk gestoken en de vraag was nu niet meer óf het spaak zou lopen, maar wanneer.

Maria

São Paulo, 10 april 1924

Lieve Artura,

Vandaag was ik in Santos met een brief voor vader. De secretaresse van zijn werk nam de brief aan, maar schudde vrijwel direct haar hoofd. Ze schreef een nieuw adres op, een andere vrachtreder, waar ik het moest proberen. Maar daar kenden ze vader niet. Op zijn huisadres deed een vreemde vrouw open. Ook zij had geen idee. Ik denk dat hij toch gewoon is vertrokken, zoals moeder.

In de middag heb ik aan zee mijn jonge vriend weer ontmoet. De vissers waren met de netten bezig toen ik het strand op kwam en ze leken blij om mij weer te zien. Het is altijd fijn om ergens welkom te zijn, nietwaar?

De jongen had schelpen voor mij verzameld die hij snel ging halen zodra hij me zag. Carlos, schreef hij in het zand, zo heet hij. Hij had een mooie hoorn met stekels en een paar zee-egelschelpen. Later mocht ik mee het water op. Enkele kreeftfuiken van de vorige dag moesten nog naar binnen en zo kreeg ik mijn zeedoop. Het was een korte, wiebelige expeditie. Ik zat voor in de boot terwijl Carlos' vader en zijn oudere broer met lange spanen uitroeiden, een zeil was niet nodig. Voorbij de branding is de zee kalmer; kleine, groenblauwe golfjes die met gouden en witte zonneglitters bestrooid lijken.

Mooi, maar ik voelde me wat vreemd zo voor in die boot. Je kunt niet uitstappen als iets je niet zint en daar had ik van tevoren niet over nagedacht. Even vroeg ik me af of ik te goed van vertrouwen was, maar de branding lag al achter ons. Het was gelukkig niet ver uit de kust en al snel zag ik de drijvers liggen. Ze worden met aas uitgezet. De kreeften klimmen in de fuiken om het aas te eten en kunnen er daarna niet meer uit. We haalden er met gemak zes in een fuik naar boven, maar de kleintjes werden teruggegooid.

Carlos mocht de laatste fuik optrekken, wat hij blijkbaar graag deed. Alleen was hij onvoorzichtig of waren zijn armen niet lang genoeg. Toen de fuik boven kwam drijven, trok hij aan de verkeerde kant en kantelde het ding. Kennelijk ging daarbij het luikje los, ik had het niet gezien, maar toen zijn broer hem te hulp schoot en de fuik de boot in kwam, zat er nog maar één kreeft in. Zijn vader werd boos, en niet zo'n beetje ook. Hij greep Carlos bij zijn shirt en begon op zijn hoofd te slaan, zo erg dat de boot ervan slingerde. De broer deed niets. Ik ben opgesprongen en trok Carlos uit zijn vaders greep. Waarschijnlijk heb ik ook iets geschreeuwd. De jongen huilde zo verschrikkelijk. We waren allemaal van streek. Die vader keek me aan, geschrokken, boos. Ik denk dat niemand zich ooit tegen hem verzet heeft. Dus wendde ik mijn blik af. Eerst deed hij niets, niemand deed iets. Niet veel later pakten ze de riemen op en roeiden we naar de kust.

De route terug ging langs me heen; de zee en de zon… Voorheen had ik zoveel over ze te vertellen. In de leegte en onwetendheid van enkele maanden geleden kwamen ze mij als groots en machtig voor. Ongetwijfeld zijn ze dat nu nog steeds.

Maar ik zie en voel nu ook andere dingen. Op dat moment zag ik in de zon niets dan een herhaling van onvermijdelijkheden. Ze komt groots op en gaat dramatisch onder en of we wel of niet in staat zijn om daar elke dag onder grote beroering voor te applaudisseren is misschien niet zo belangrijk.

Het afscheid van Carlos was nogal pijnlijk. Ik hielp hem uit de boot maar wilde hem niet achterlaten. Toch moest ik. Zijn vader wuifde me als een zwerfhond weg. Dus liet ik Carlos alleen, terwijl zijn gezicht zwol en het blauw langzaam optrok, zijn lip gescheurd en zijn ogen rood en betraand. Hij stond daar maar, verloren, terwijl ik het strand af liep en alle andere vissers mij meewarig nakeken. Ik voelde me zo triest. Hopelijk zie ik hem weer.

São Paulo, 20 april 1924

We zijn datgene waarover we niet spreken, nietwaar? Wel, in dat geval heb ik nog wat goed te maken met je. Maar eerst wat dagelijkse aangelegenheden. Senhora de Henestrosa loopt over van genegenheid en toewijding. Ik moet toegeven dat ik ook erg op haar ben gesteld. We schrijven nog steeds tweemaal in de week aan haar kritieken en dan breng ik ze naar de drukkerij. Het gaat nog altijd over de ondergeschikte rol van de vrouw, de vrouw die zichzelf wegcijfert zodat een man zich volledig kan ontplooien.

'We moeten ze massaal verlaten,' sneerde ze laatst op papier. Ik schrijf zulke dingen gewoon over. Ergens bewonder ik haar om het gevecht. Zelf noemt ze het beschaving, de noodzaak van de man om zijn stompzinnige driften te overstijgen. Het leven tot kunst verheffen is niet beschaafd genoeg, vindt ze, dat is even onecht en problematisch als de kunst zelf.

In de bibliotheek kom ik alleen nog maar om de boeken, niet

meer om schoon te maken. Erna schijnt sinds mijn komst haar hoogtevrees te hebben overwonnen en ze werkt ook veel sneller dan eerst. Ik denk dat ze een beetje om haar aanstelling in de rats zat.

In de bediendehal was tot voor kort weinig veranderd. Iedereen was vriendelijk maar tot vriendschappen kwamen we niet. Ik las de krant en hielp na het eten met de afwas. João probeerde nog steeds mijn aandacht te trekken met bloemetjes en zoetsappig getrek met z'n wenkbrauwen. Maar het zal hem wel zijn opgevallen dat het me weinig deed. Vorige week werd ik – voordat ik naar huis ging – meegetroond naar zijn werkruimte naast de vestibule, waar de telefoon en de telegraaf staan en waar hij de post afhandelt. Hij liet me een handwapen zien, kennelijk om inbrekers en andere onverlaten mee af te schrikken. Hij zei dat het wapen uit Spanje kwam en van de *oude senhor* was. Het deed me niks, senhor Salvador heeft ook zo'n ding liggen, dus zo bijzonder kan het niet zijn. Toen ik weg wilde lopen pakte hij me ineens beet en probeerde me te kussen, maar daar moest ik echt niets van hebben. Ik gaf hem een duw en heb me uit de voeten gemaakt. En omdat ik senhora pas dinsdag weer zou zien heb ik haar over het voorval geschreven. Ik vond dat ze het moest weten. Wel, op mijn eerstvolgende werkdag was hij weg. Je kunt je voorstellen dat de stemming in de bediendehal tot het vriespunt daalde. Ik lag al niet te best bij de dames en heren, maar daarna dus helemaal niet meer. Het kan me weinig schelen. Ik heb niets om me voor te schamen.

Senhora Pessoa is nog steeds de liefste gans en het euvel over de huur lijkt te zijn opgelost. Van geld wil ze niets weten zolang ik voor haar kook en af en toe met het huishouden help. Dat is natuurlijk geen probleem. Ze weet daarentegen niet van Salvatore's en dat ik de huur inmiddels wel kan betalen, en ik heb besloten dat het zo beter is.

Ik liet haar weten dat ik een nieuwe jurk nodig had voor mijn uitje naar de regatta. Ze heeft een kast vol oude jurken en hoeden, allemaal tragisch uit de mode, maar gelukkig mottenvrij en van goede kwaliteit. Ze liet mij er drie uitzoeken. Eerst maakte ik me nogal zorgen: in een jurk van veertig jaar oud aan de kade verschijnen leek me niet zo geschikt en ze waren ook veel te groot. Maar toen haalde ze er een van de coupeuses bij. Mijn maten werden genomen en de vrouw – Miquela – had grootse ideeën om ze aan te passen naar een meer modieus model. Ik moest natuurlijk wel iets aan Miquela betalen, maar lang niet zoveel als wanneer ik een nieuwe jurk had gekocht. Senhora Pessoa wilde helemaal niets hebben, dragen zou zij ze zelf toch niet meer.

Het regent nu. Ik leg mijn hand tegen het koude glas en voel het tikken van de waterstrengen op mijn palm. Buiten dat is er niets dan het geluid van mijn eigen gedachten. Ik had gewild dat ik je eerder kon schrijven over Rico, maar we zijn dat waarover we niet willen spreken, nietwaar? In dat geval moet ik bekennen: ik ben hem. Ik probeer me vast te houden aan senhor Salvador, aan zijn rustige bewegingen op de dansvloer, zeker en veilig. Ik bewonder de gracieuze zwaan die senhora de Henestrosa is en probeer volgzaam te leren omdat ik geloof dat haar ideeën wel degelijk op waarheid berusten. Haar waarheid, dat wel, maar niettemin een waarheid. Senhora Pessoa waggelt zorgzaam door mijn leven en ik door dat van haar. We zijn met elkaar verweven, uit vriendschap, waardering en omdat we elkaar nodig hebben. Maar waar ik ook ben, ongeacht op welk uur van de dag, en ook wanneer ik 's nachts in het duister en de stilte wakker word, terwijl mijn dromen nog vol van kleur en geluiden echoën in mijn hoofd… altijd denk ik eerst aan hem.

Het is evenmin een wens als een keuze en ik vecht tegen de onvermijdelijkheid van het scenario dat voor mij ligt. Nee, ik zeg het verkeerd. Ik verkeer in diepe angst, Artura. Ik durf geen ja te zeggen maar kan ook geen nee zeggen. Of andersom, of... weet ik veel. O, was je maar hier.

Eliades

6

Osmosis stapte met terughoudendheid door de oncharmante tuin achter Eliades' huis. Waaierpalmen, kleine bananenpalmen, verwaarloosde bromelia's en orchideeën; bladeren gelig en bloemen halfdor, alsof ze niet tussen leven en sterven konden kiezen. De rest was overwoekerd door pluizige grassen en verdroogde strengen. Een wirwar van wortels van een eerder gerooide boom stak boven de grond en doorkruiste een groot deel van de tuin. Over het terras woekerde een onbekende bodembedekker. Her en der stond verweerd tuinmeubilair.

'Geen rozen, inspecteur?' Osmosis nam een glas sodawater aan en keek veelzeggend om zich heen.

'Geen rozen,' verklaarde Eliades. 'Misschien binnenkort. Als ik zeker weet dat senhora Eliades niet meer terugkomt.'

Ze dronken terwijl de zon achter een nabijgelegen villa verdween. Een kolibrie zoemde de tuin in en gleed langs de planten.

'Zou ze nooit moe van al dat schijnen worden?' merkte Osmosis ineens op.

'De zon?' vroeg Eliades. 'Ik hoop het niet. Dat zou onaangenaam zijn.'

Ze dronken hun glazen leeg, het blikveld vol van het rebellerende groen dat zich Eliades' tuin noemde.

'Voor als het een troost is, Osmosis,' zei hij, 'het kriebelt wel, deze jungle van Kipling. Ik moet er nodig mee aan de slag.'

'Wat is Kipling?'

'Wie is Kipling, bedoel je. Rudyard Kipling, schrijver van *Jungle Book*? Over dat jongetje in de Indiase jungle dat door wolven wordt opgevoed?'

Bij Osmosis ging geen belletje rinkelen.

'Kun je lezen?'

Hij schudde zijn hoofd.

'Dat is jammer. Je zou het een leuk boek vinden. Een beetje uit de tijd wellicht, maar toch leuk.' Er viel een stilte en het speet Eliades dat hij het onderwerp had aangeroerd. 'En?' opperde hij toen voorzichtig. 'Wil je moeder komen werken?'

Osmosis glimlachte wat timide. 'Ze wil wel,' antwoordde hij. 'Ze kan alleen niet opzeggen bij het laboratorium.'

'Hoe bedoel je?'

'Ze zegt dat het niet hoort en dat het daarom niet kan. Ze moet dankbaar zijn voor haar werk in het lab.'

Eliades keek van Osmosis naar zijn glas en probeerde te begrijpen hoe en waarom die uitspraak tot stand was gekomen. 'Ik denk dat we iets sterkers nodig hebben dan sodawater, mijn vriend,' besloot hij en maande Osmosis mee naar binnen.

Artura leek nerveus en glimlachte iedere keer als ze zichzelf daarop betrapte. Eliades voelde zich verplicht om haar koffie te drinken, dat was wel het minste wat hij kon doen nu hij besloten had om niet van haar diensten of gunsten, of hoe je het ook wilde noemen, gebruik te maken. Haar woning was onderdeel van een complex, maar wel met een eigen ingang. De muren waren witgeschilderd, hoewel afbladderende verf suggereerde dat er iets van oker onder had gezeten. Door het keukenvenster groeide een verdwaalde spruit van een klimplant naar binnen, waarschijnlijk omdat het sluitmechanisme kapot was. Zelf was ze daarentegen goed verzorgd. Ze geurde naar een bloemachtige zeep en droeg een nette jurk die haar figuur nauw omsloot. Ze had fijne trekken en lichtbruine, sprekende ogen. Haar bewegingen waren gecontroleerd en afgewogen, elegant. Al met al een dame die het voor het kiezen had.

'Voordat we over de financiële kant en de frequentie beginnen,' zei ze nadat ze Eliades een zoet broodje had aangeboden, 'heb ik eerst een praktisch verzoek.'

Eliades trok een wenkbrauw op en nam het broodje van de schaal. Dat klonk op z'n minst interessant genoeg om zijn afwijzing voor uit te stellen.

'En dat is?'

'Wel...' Ze liep met de schaal naar het keukenblad, zette die neer en pakte haar eigen koffiekopje. 'Het is belangrijk te weten of u eerder betrekkingen hebt gehad met dames van de *andere soort*. Zij die op straat lopen, ziet u? Ze hebben vaak ziektes bij zich en ik zou u noch mezelf ermee plezieren als we daarover in het ongewisse bleven.'

Eliades knikte tijdens het kauwen en merkte de lichte blos op Artura's wangen op. Hoe meer hij van haar zag, hoe meer hij ervan overtuigd was dat ze allesbehalve losgeslagen was.

'Het liefst zou ik "het" daarom eerst even bekijken...' Ze liet haar handen wat ongecontroleerd voor haar schoot vallen, de meest abrupte beweging die hij haar tot dan toe had zien maken.

'Het?' vroeg Eliades toen hij zijn mond leeg had.

'Ja, ehm...' Ze schroomde duidelijk. 'Ik bedoel uw mannelijkheid.'

'Ah.'

Nu was het Eliades die rood aanliep en toen Artura dat zag was de gêne over en weer compleet. Hij haalde diep adem en dronk in één beweging zijn koffiekop leeg.

Hij stond op. 'Dan zal ik u maar vertellen dat ik niet nader op uw aanbod van diensten zal ingaan,' reageerde hij nogal cru.

Artura pakte haar pols geschrokken beet en kneep zichzelf. Het liep duidelijk niet zoals ze bedoeld had. 'Mijn verontschuldigingen als ik u heb beledigd, senhor Eliades,' zei ze schuchter.

Hij schudde zijn hoofd.

'Geen nood, Artura,' verklaarde hij nader. 'Ik vind het een goede zaak dat u om uw welzijn denkt, en het mijne – ik bedoel, als ik niet de enige zou zijn.' De rand van Eliades' hoed gleed door zijn handen terwijl hij besloot wat en hoeveel hij van zichzelf moest blootgeven om Artura van haar zichtbare ongemak te bevrijden.

'Mijn vader bedroog mijn moeder een goed deel van hun huwelijk,' begon hij ineens. 'Toen ze daar na zijn dood achter kwam hield ze op te bestaan...'

Artura keek verwonderd op van een kort intermezzo met haar voeten.

'Mijn vrouw en ik zijn uit elkaar, maar ik ben nog niet van haar... hoe zal ik het zeggen... verlost. Begrijpt u? En ik haat mijn vader om wat hij mijn moeder heeft aangedaan. Om wat hij ons heeft aangedaan.'

'Ik begrijp het,' verzuchtte Artura terwijl ze een pas vooruit deed. 'Ik begrijp het helemaal, senhor.'

'U bent een heel mooie en vriendelijke vrouw,' zei Eliades en hij meende elk woord. 'Maar ik kan niet aan uw en mijn verval bijdragen. Dat wilde ik u graag persoonlijk komen zeggen.'

Een schuifdeur in de kamer gleed van zijn plaats. Vingertjes friemelden tussen de ontstane kier in een poging contact te maken. Even zwaaiden ze. Artura liep op de suitedeuren af, boog om de handjes te kussen en stak ze liefdevol terug in de andere ruimte.

'Ben zo terug,' fluisterde ze. Daarna schoof ze de deur weer op zijn plaats.

Theresa had die zachtaardige, schijnbaar onbelangrijke handeling nooit kunnen herhalen, al had Artura het haar honderd keer voorgedaan. Eliades overviel zichzelf met die gedachte en realiseerde zich ineens waar het hem al die tijd aan had ontbroken; menselijkheid en ongekunstelde interesse, veel meer nog dan aan fysieke liefde.

'U bent in gedachten verzonken,' merkte Artura op.

'Excuses,' zei hij met een glimlach. 'Is de vader uit beeld?'

'Ja. Ingescheept en naar Europa vertrokken. Met een ander. Nooit meer iets van gehoord.'

'Dus u begrijpt het echt...'

Ze lachte weer en knikte, zichtbaar opgelucht omdat ze blijkbaar toch iets met elkaar gemeen hadden.

'Dank u dat u bent gekomen, senhor Eliades.'

Normaal gesproken had hij dat verbeterd, dat senhor. Hij was óf Coronel, óf inspecteur. Maar van Artura kon hij het blijkbaar verdragen en dat stemde hem een paar tonen hoger dan even tevoren. Hij speelde nog eens met de rand van zijn panamahoed en overwoog zijn opties.

'Hoe bent u erdoorheen gekomen?' vroeg hij na enig aarzelen.

Artura streek ongemakkelijk een pluk haar achter haar oor. 'Ik ben verbaasd dat u de indruk hebt dát ik erdoorheen ben gekomen,' reageerde ze en pauzeerde kort. 'U sprak net nog van verval... het is zo... je voelt je onwaardig, afgedankt. En zo ziet de wereld je. Je gaat er vanzelf naar leven.'

'De wereld heeft zelden gelijk, Artura,' merkte Eliades op. 'Oorlog voeren en schreeuwen doen we nog steeds om het hardst. Zo geweldig en correct kunnen we niet zijn.'

'Bedoelt u dat ik niet hard genoeg heb geprobeerd om iets anders met mijn leven te doen?'

'Nee, daarover kan ik niet oordelen. En ik weet hoe de wereld in elkaar steekt. Wat ik bedoel is dat u niet moet opgeven. Geef ze geen gelijk. Niet zolang u leeft.'

Ze knikte en wilde het vast allemaal geloven. Maar Eliades wist wel dat hij iets meer moest doen om haar over de streep te trekken, en met die mogelijkheid had hij al gespeeld sinds Osmosis' moeder Ola het had laten afweten.

'Goed,' verklaarde hij toen. 'We spreken van financiën en frequentie: driehonderd mil-réis per maand, zes dagen per week. En nee, geen fysieke aangelegenheid, Artura. Ik heb iemand nodig die mijn huishouden bestiert en die zorgt dat ik niet verhonger. U kunt de kleintjes meenemen.'

Artura hapte eerst naar adem en sloeg vervolgens haar hand voor haar mond, ontdaan door haar eigen schrik.

'Laat u het me weten, senhora?'

'Zeker, senhor!' antwoordde ze.

Eliades liep een rumoerige salon in het centrum van São Paulo binnen. Achter in de zaal speelde een jazzband en Amerikaans uitziende vrouwen dansten imbeciele pasjes in korte flapperjurken. De gegoede paulistaanse burgerij keek ernaar in een mengeling van verveling, verontwaardiging en fascinatie terwijl obers in goud-zwarte livreien als werkbijen langs de tafels vlogen, hun bladen overladen met spannende cocktails.

Eliades werd gewenkt door een senior ambtgenoot met een opvallende snor. Op papier een gewone politiecommissaris, onder ingewijden bekend als de man die de stinkende zaakjes van de Orde aan het daglicht onttrok. Veel talent voor die religie had Barradas alleen niet. De laatste keer dat Eliades met hem inzichten uitwisselde was in het sectielokaal van het bureau, boven het stoffelijk overschot van een dissident met niet te missen wurgsporen. Het gesprek stond hem nog helder voor de geest: waarom het Eliades aan de bereidheid ontbrak om daar een aanvaring met een tram van te maken? Omdat trams die mensen wurgen nog uitgevonden moesten worden? Omdat het volk dan wel grotendeels ongeschoold maar niet compleet achterlijk was?

Uiteindelijk deed Eliades het onderzoek af als doodlopend. Dat was al meer smet dan hem lief was en de uitnodiging om Barradas in de salon te ontmoeten kwam ongelegen, zij het niet onverwacht. Als Rodrico zich met de Tenentes had ingelaten was dit het moment waarop hij het zou horen. Dan moest het jongmens ook met een of ander excuus opgeborgen worden. De uitnodiging was laat voor de normale gang van zaken, maar dat was niet vreemd gezien de spanningen rond de koffiehandel.

Barradas stond op, armen wijduit, verwelkomde hem alsof ze het gewichtloze karkas van de rechtsstaat ooit samen naar het graf hadden gedragen en daarna een biertje hadden gedaan.

'Don Coronel Eliades!'

Eliades voelde de rillingen over zijn rug lopen en klemde zijn kiezen opeen. Met veel moeite produceerde hij een glimlach en nam Barradas' hand aan. Andere gasten aan de ronde tafels om hen heen bekeken de begroeting met argwaan. Omgang met Barradas had een groot risico op associatieve schuld, alleen al daarom zou hij het kort houden.

'Barradas, hoe is het leven?' Eliades ging met een oneigen elan zitten en bestelde een cognac met sigaar bij de aansnellende ober.

'Alles gaat soepel. Geen dingsje te klagen, Coronel,' sprak de commissaris theatraal en knipoogde veelzeggend. 'En hopelijk blijft dat zo... niets zo tragisch als coïtus interruptus...' Barradas lachte luid om zijn eigen stomme grap en zoog aan een dikke sigaar.

Eliades voelde zijn irritatie overgaan in woede. Hij onderdrukte de statisch geladen impuls om zijn collega een hijs te verkopen en verrekte daarbij prompt een halsspier. Terwijl hij over de pijnlijke plek wreef, wachtte hij onrustig op zijn cognac, niet in staat om het gesprek opnieuw op gang te brengen.

'Hoe is het op de plantage?' wilde Barradas weten.

'Goed, goed,' antwoordde Eliades. 'Zeca neemt de zaken waar dus ik heb mijn handen vrij.'

'Hoe uitgekookt. Zou ook niks voor mij zijn, al die slaven en koffiebonen.'

De ober zette de cognac neer, opende een kistje met sigaren en bleef geduldig met een aansteker staan terwijl Eliades een dik exemplaar koos en de tuit eraf knipte.

'Kunnen we ter zake komen, Barradas? Waarom heb je getelefoneerd?' Hij liet zich bijlichten en blies de prikkelende sigarenrook naar zijn gesprekspartner.

'Geen lichtvoetigheid van onze inspecteur vanavond?' merkte deze wat teleurgesteld op. Barradas wuifde de rook weg alsof het een delicaat vlindertje was en zakte terug in zijn stoel. 'O goed,' ging hij verder toen Eliades weigerde te reageren. 'We hebben een geval.'

'Je meent het?'

'Uit Santos, een uitgerangeerde boekhandelaar die zijn spreekgerei niet stil kon houden. Allerhande uitlatingen van een storend niveau, vooral in het bijzijn van de havenwerkers... Ze hebben behoorlijk moeten ingrijpen.'

'En nu?' De inspecteur speelde met de cognac in zijn mond en probeerde een moment van de zacht brandende warmte te genieten. Geen Rodrico. En nu? Was dat een zegen of een vloek?

'Het is al opgelost,' zei Barradas. 'Zijn chef heeft hem aangegeven en hij ligt in Santos in de koeling. Ze missen daar alleen capaciteit om het incident af te handelen. Nu had dat in beginsel geen haast, maar onlangs werd er navraag naar hem gedaan. Kennelijk heeft de beste man een dochter in São Paulo, in jouw district.'

'En, wat is de schade?'

'Water in de longen.'

'Mijn district loopt niet tot aan de Rio Tietê, Barradas. Als je verdrinking wilt veinzen zal je mijn buren moeten charteren.'

'Tja,' verzuchtte Barradas. 'Ik vreesde al dat je dat zou zeggen. Maar goed, mocht dat meiske zich bij je melden, dan weet je wat eraan schortte.'

Eliades keek hem veelzeggend aan en dronk zijn glas leeg. Daarna nam hij zijn hoed van tafel en vertrok.

Maria

São Paulo, 5 mei 1924

Lieve Artura,

Hoewel ik probeer om je iedere week te schrijven, lukt dat niet altijd. Ik voel dat we wegglijden uit de werkelijkheid, jij en ik. Nog steeds geen spoor van vader, maar op advies van Rico heb ik brieven geschreven naar het havenbureau en de politie van Santos en hem als vermist opgegeven. Als dat niet helpt heeft Rico beloofd dat we er samen naartoe gaan. Hij kent daar mensen die wellicht kunnen helpen. Hopelijk horen we snel meer. Carlos, mijn schelpenvriend, heb ik een ansichtkaart van São Paulo gestuurd. Ik weet niet of die aankomt en of hij buiten de woorden 'pecten' en 'Carlos' echt kan lezen en schrijven, maar als de kaart hem bereikt weet hij in ieder geval dat ik hem niet vergeten ben. De arme jongen.

Vorige week zijn we bij de regatta aan de Rio Tietê geweest, Rico en ik. Ik in een van mijn nieuwe jurken, die hij fantastisch mooi vond. Ik had de zijden jurk aan, champagnekleurig met een lichtbruine band om de taille en een brede, bijpassende hoed. Het was op het laatst wel even zoeken naar schoenen, maar die heb ik gevonden in een winkel met gebruikt goed. Ze waren nog puntgaaf en een schoenmaker in de buurt heeft ze van wit naar lichtbruin geverfd. Het leek allemaal net echt, zo flanerend aan zijn arm, cocktail erbij. Je had ons moeten zien, alsof we zo van het zilveren scherm kwamen aflopen.

Rico heeft veel kennissen op de regattaclub, de meeste zijn klanten van zijn werk die hij graag wil spreken. Met mij spreken ze gelukkig niet, alleen met hem, hoewel ze heel beleefd en charmant zijn. Van zijn vriend, Inigo, kreeg ik zelfs een handkus. Inigo is luitenant en een fervent roeier. We kwamen om hem aan te moedigen en zijn boot werd tweede, duidelijk niet wat hij gehoopt had.

Aan het eind van de races hebben we nog uren in de salon van de club gezeten terwijl Rico en Inigo eindeloos in gesprek waren. Politiek natuurlijk, het café com leite die het eigenlijk voor het zeggen hebben. Als ik het goed begrijp willen ze de oude Orde het liefst afzetten. Maar goed, woorden zijn het en ik krijg er maar weinig van mee. Ik vermaakte me met hapjes en drankjes en op het laatst raakte ik wat licht in mijn hoofd van alle cocktails. We gingen pas na het donker weg en zoals altijd, ook na het dansen bij Salvatore's, bracht hij me thuis. Ik vrees, Artura, dat ik me door hem heb laten kussen. Het waren de cocktails en ik vond het niet erg. Ik weet alleen wel dat hij zich zorgen maakt om senhor Salvador en ik weet ook dat ik ze niet allebei (tevreden) kan houden… maar o, wat te doen met al die vlinders.

São Paulo, 10 mei 1924

Lieve Artura,

Vanmorgen vroeg kreeg ik een telegram van senhora, ik moest direct komen en het was niet eens mijn werkdag. Bij aankomst stond ze me in de hal op te wachten, nerveus en nog bleker dan anders. Ze droeg een opaalgroene wikkeljurk en had een tulband in dezelfde kleur met broche op haar hoofd. Normaal draagt ze haar haren opgestoken dus kennelijk had ze haast.

'Gelukkig,' zei ze, 'je hebt je werkgoed niet aan. Kom.'

Ze wimpelde Erna de werkkamer uit, die stond daar net de lambrisering en plinten af te stoffen. Daarna zetten we ons zoals gewoonlijk aan weerszijden van het grote herenbureau. Met trillende handen ontgrendelde ze de lade waarin onze kritieken lagen en haalde er een niemendal van een brief uit. Terwijl senhora de brief openvouwde, zag ik al dat die niet lang was. Maar wat erin stond was huiveringwekkend. Ik kreeg de brief overhandigd.

Senhora,
Ik heb het gedaan. Alstublieft, helpt u mij de stad uit.
Ben in de drukkerij.
Liefs, J.

Ik wachtte tot senhora iets zou zeggen. Ze maakte aanstalten, maar ze was zo melancholisch dat er niets dan trillingen van haar lippen kwamen. Haar door reumatiek vergroeide handen leken verkrampt, als klauwachtige werktuigen met blank gepolijste nagels. Ze keek ernaar, vol afschuw, alsof ze zich ineens bewust werd van een gedaantewisseling.

Het was gebeurd, Artura. Een offer was gebracht. Geen tragisch wegkwijnen meer, geen uit liefdesleed geboren zelfslachting, geen theatrale ondergang meer... Dido was overwonnen.

'We moeten haar helpen,' zei senhora uiteindelijk. 'Jij brengt haar schone kleren en helpt haar op weg. Blijf kalm en bedachtzaam, loop arm in arm als zusters naar het station en laat je door niemand aanspreken, begrijp je?'

Ik knikte hevig, angstig, verward.

Onderweg naar de drukkerij vroeg ik me af of dit het doel was waarop we afgestevend waren. Had ze dit altijd in gedachten gehad? Zinde ze op wraak, op vergelding, ongeacht of het slachtoffer háár iets had aangedaan?

'En hulde aan Bertha Lutz, maar het stemrecht verkrijgen is niet ons enige doel. We moeten een offer brengen. Niet zoals de Britse Emily Davison, die zichzelf onder de voet liet lopen door het renpaard van de kroonprins. Geen offer onder onze eigen gelederen meer. We hebben al genoeg verdragen. Om de man te verslaan moeten we vechten als een man. De tweeslachtigheid in onze moraal kunnen we alleen met geweld uitbannen; dat is immers de enige taal die zij verstaan.'

Die woorden uit ons laatste, steeds feller wordende betoog dreven af en aan in mijn hoofd.

J.

Heette ze Julietta? Jacintha? Juanita? En hoe was het zover gekomen? Waren het de woorden van senhora, die onze gedachten en gevoelens begonnen te beheersen? Of was het andersom: was senhora de heldere stem die ons uit een duister, gekunsteld bestaan van valse minderwaardigheid, kuisheidswaanzin en een met dwang opgelegde horigheid wakker riep? Ik wist het niet, Artura. Maar J. wist het en misschien, hoopte ik, werd alles later duidelijk.

Ik zou niet moeten schrijven over wat ik heb gezien, ik ben zoals altijd de stille medeplichtige. Als tegengeluid zou ik hier moeten schrijven over de veroveringen van mijn moeder, die – zoals je weet – alleen voor het manvolk van de stoel achter de toonbank opsteeg en haar handen traag, haast sensueel over haar torso liet glijden om haar jurk te herschikken. Ze verkocht geen boeken en rookwaar, zei vader altijd. Ze verkocht knipoogjes, een wenk van haar heup, een onopzettelijke aanraking of een glimlach... alles verkocht ze, behalve boeken en rookwaar. Die gingen alleen over de toonbank zodat klanten haar suggestieve theater konden ervaren. Maar hoezeer vader haar ook liefhad of juist verachtte, waarschijnlijk beide, de moed om haar te verlaten had hij niet en toen zij de benen nam met die dure meneer, waren wij twee gedoemd te mislukken.

Ik verkocht wél boeken en rookwaar, verzond een telegram of wat, maar niet meer dan dat. Juist daarom ging de winkel kopje-onder. Maar nooit zal vader een hartverscheurende verhandeling schrijven over zijn dubieuze bestaansrecht als de bedrogen echtgenoot. En ook al zou hij dat wel doen: wie zou het lezen? Wie zou de spot met hem drijven? Of liever, wie niet?

Niettemin, al is het maar om die verschrikkelijke beelden uit mijn geheugen te wissen, J. leek meer op een spookverschijning dan op de heldin uit een nieuwgevonden romangenre. Als een soldaat die bebloed, met een shellshock uit de loopgraven van het westelijk front was ontkomen. Zo vol ervan, dat niets nog zinvol klonk, niets meer logisch leek. Zo was J., Artura. Zo was ze terwijl ik haar hielp met uitkleden; haar lichaam, haar haren en jurk met koud water uitwaste, bitterrood als oude wijn, en zo was ze toen ik haar in het schone goed van senhora hees. Ze klampte me aan, trillend als een twijgje, haar ogen als troebele bollen die een toekomst vol van haar verleden voorspelden. Ik heb haar vastgehouden, onze J., haar laten huilen, liever nu dan in de trein. Laat haar maar, dacht ik, laat haar maar.

Ik verborg die gekwelde ogen onder de rand van een strohoed met linten en we marcheerden als zusters door de stad. Arm in arm, niet te haastig, niet te traag.

Gelukkig kwam ze veilig weg.

Later die middag heb ik me voor de milonga afgemeld bij senhor Salvador, die bezorgd vroeg of ik soms ziek werd. Ik heb mijn schouders opgehaald en afscheid genomen.

De volgende dag was ik bij senhora Pessoa. Ze babbelde wat en liep in ganzenpas af en aan met koffie en gebakjes van de patisserie. Ze kamde mijn haren uit en liet stukken uit de krant zien: een jongeman uit een textielfabriek, afgeslacht in de kamer van zijn pension. Een dame die niet zijn vrouw was, keek hulpeloos in de lens van de camera, omringd door agenten die het afgedekte lichaam op een baar wegdroegen. De echtgenote, zo meldde het artikel, was bij het ter perse gaan van de krant nog niet gevonden of gehoord.

São Paulo, 11 mei 1924

Rico schrijft. Hij had me gemist bij de milonga en vroeg zich af waarom ik de vorige avond de gordijnen dicht had. Of ik niet had willen zwaaien, zoals we altijd deden voor het slapengaan. Hij had zich eenzaam gevoeld.

Zo had ik het niet bedoeld, Artura. Ik houd van hem, meer dan ik wil toegeven, meer dan goed voor me is. Ach, hoor je het, grote zus? Klink ik al als de getergde Héloïse of Iracema? Ik hoop het niet. Maar ik heb het goedgemaakt en Rico in een brief geschreven dat ik niet in orde was en dat ik ernaar uitkeek om hem snel weer te zien, dat ik met niemand liever danste dan met hem. En het was waar, denk ik.

São Paulo, 13 mei 1924

Lieve Artura,

Rico schrijft dat hij mij graag wil bezoeken, in bijzijn van senhora Pessoa natuurlijk. Daarna schreef hij dat hij mij wilde spreken over de situatie met Salvador. Dat hij hem moet betalen om de hele avond met mij te dansen zat hem niet lekker. Het is niet juist, omdat we van elkaar houden. Senhor Salvador heeft op zijn beurt bij Rico geklaagd dat hij mij te veel claimt. Er zijn nog meer heren die graag met mij dansen.

Deze gevoelens heeft hij al eerder kenbaar gemaakt, al leek het eerder niet zo fel.

Ik heb teruggeschreven dat ik het geld nodig heb, dat het verder niets betekent en dat ik toch van hem niet kan verwachten dat hij mij onderhoudt. Niet helemaal waar natuurlijk dat ik het geld nodig heb, aan senhora Pessoa hoef ik immers geen huur te betalen. Maar ik leg het geld opzij voor wanneer ik het wel nodig heb, en ik ben blij dat ik me zelf kan onderhouden, zeker sinds vader weg is. En dan nog, waarom zou ik daarover een verklaring moeten afleggen? Nu schreef Rico dat hij mij wel degelijk onderhield, zij het met senhor Salvador als tussenpersoon. Een groot deel van zijn inkomen gaat naar de milonga's. Werd het niet tijd dat ik dat inzag en met hem over de toekomst ging nadenken, vroeg hij, voordat Salvador mij in een schandvlek als Leandra verandert. Het was nog niet te laat!

Ik vond dat niet zo aardig. Senhor Salvador zou dat nooit doen.

Hoe dan ook, waar kunnen we lezen over gelukkige stelletjes? Ik liep op weg naar werk bij verschillende boekenwinkels binnen en vond niets dan wanstaltige lezingen over *de deugdelijke huisvrouw* of *de lasten en plichten van de huwelijkse vrouw, die met eer en plicht uitgevoerd dienen te worden.*

Misschien moet ik senhora de Henestrosa hierover schrijven, ongetwijfeld kan zij me genezen. Misschien schrijf ik wel een anonieme vraagbrief aan *Lux Femina*. Laat ik het aan senhora Pessoa over, dan sta ik sneller dan een windvlaag voor het altaar.

Senhora had weinig geschreven en wat ze geschreven had, had veel doorhalingen. In de middag speelden we backgammon op het terras in de tuin terwijl Erna de salon deed. Als blikken konden doden…

Ik heb die boekbinder geschreven, misschien weet je het nog uit mijn eerdere brieven. Ik vroeg of hij mijn halfvergane hele boek ook voor tien mil-réis wilde herstellen. Meer geld heb ik er niet meer voor over. Zie wel wat het wordt.

Dag zus, ik mis je.

Eliades

7

Victor hield zijn hoofd scheef en Eliades luisterde aandachtig naar het schorre stemgeluid van senhora Leitao, de hospita van Rodrico Granados. Ze was uit het ziekenhuis ontslagen en deed nu een rafelig verslag van de avond waarop de jonge hartenbreker stierf.

Eliades kon er geen touw aan vastknopen en vermoedde dat de opiaten haar lichaam nog niet uit waren. Ze zag er ook wat guur uit, als een onopgemaakt bed, en leek zich ook niet meer goed te heugen dat ze zich nogal tactloos aan haar huurder had opgedrongen. Daarnaast kon ze zich maar één schot herinneren, terwijl het er toch echt twee waren. Tussen de vragen en antwoorden staarde ze als een verdwaald kind de kamer in en prevelde onverstaanbare dingen.

Eliades schudde zijn hoofd. Dit had geen zin. Hij wilde eigenlijk alleen nog maar weten met wie Rodrico in een relatie was verwikkeld, vermoedelijk was zij de enige die dit tragische ongeval nog wel helder voor de geest had.

'Senhora Leitao,' vroeg hij bedeesd, 'wilt u mij vertellen met wie Rodrico Granados romantische omgang had?'

Ze draaide haar hoofd, kneep met haar ogen alsof ze pijn had. Ze leek de vraag te willen afschudden, maar de woorden hadden haar schelpen al bereikt. Eliades was niet van plan zonder een antwoord weg te gaan. Hij had lang genoeg op haar gewacht.

'Als u antwoordt laten wij u verder met rust,' beloofde hij. 'Ik begrijp dat uw dochter vandaag komt om u te helpen?'

Ze knikte instemmend, de gedachte aan haar dochter leek haar rustiger te stemmen. Toen verwrong haar gezicht opnieuw.

'Ik ga haar doodschieten, dat mormel,' prevelde ze.

'Laat haar liever aan ons over, senhora Leitao,' zei Eliades. 'Maria. Ze heet Maria, nietwaar? Gouden ogen, lange donkere haren, een bleke, ivoorkleurige huid...'

Senhora Leitao keek hem ineens aan, zo vuil en kwaadaardig.

'Kalm blijven, senhora,' zei Victor terwijl hij opstond. Maar de vrouw luisterde niet. Voordat Eliades zelf kon opstaan sprong ze op hem af en probeerde haar handen om zijn keel te klemmen.

Eliades pakte haar polsen stevig beet, maar kon zich door zijn zittende positie slecht verweren. Victor greep in en probeerde de vrouw aan haar schouders weg te trekken. Ze gromde, haalde uit en probeerde te bijten.

'Godverdomme, mens,' riep Eliades, 'wat hebben ze je gegeven!'

Victor trok haar met zijn gewicht naar achter. Ze liet los en viel zijlings op de vloer. Snel stapte hij over haar heen en werkte haar handen in de boeien.

Eliades had een moment nodig om tot zichzelf te komen, maar schoot toch te hulp zodra hij zag dat mevrouw nu Victor dreigde te bijten. Samen trokken ze haar aan de geboeide armen omhoog en duwden haar in een stoel.

'Kalm,' beval Eliades. 'Christus, mens!' Hij liep de hal in om met het ziekenhuis te telefoneren. Die moest echt nog een tijdje uitzieken.

'Alles goed, inspecteur?'

Eliades keek toe hoe senhora Leitao door een ziekenbroeder met een scheut chloroform op een doek werd bedwelmd. Ze snoof enkele keren diep aan de lap. Vanuit haar stoel had ze het afgelopen halfuur niets gedaan dan zitten grommen en huilen.

‘Dank je, Victor,’ antwoordde hij. ‘Goed werk en ja, alles goed. Met jou?’

‘Wat een helkat,’ vond hij. ‘Weten we zeker dat zij het niet gedaan heeft?’

‘Wapen? Wil je het appartement nogmaals doorzoeken? Het hele huis misschien?’

‘Kan geen kwaad.’

‘Dat is zo. Prima, ga je gang. Al denk ik dat we het eerder in die Argentijnse tangobar moeten zoeken.’

Victor knikte. ‘De vraaggesprekken met klanten lopen, hoewel we nog geen wapen hebben. We hebben wel een persoon die zegt dat Rodrico daar bijna dagelijks kwam. Hij gaf een perfecte beschrijving van onze filmster.’

‘En dat hij met het goudhennetje was?’

‘Hij scheen een van de lesmeisjes leuk te vinden,’ bevestigde Victor.

‘Lesmeisjes. Noemt de Argentijn ze zo?’ Eliades schudde zijn hoofd.

‘Laten we nog eens boven in zijn kamer kijken. Misschien hebben we iets gemist.’

‘Wilt u deze eerst ondertekenen?’ vroeg de broeder, gevolgd door een bot klinkend: ‘En het was niet verstandig om senhora Leitao aan een kruisverhoor te onderwerpen, senhor. Hadden we u hierover niet strikt gewaarschuwd?’

‘Coronel-inspecteur,’ sneerde Eliades terug, ‘ik maak hier de dienst uit!’

De man verschoot, maakte een onhandige buiging en maande zijn collega’s haast te maken. Eliades smeet de papieren achter hem aan.

Vanuit Rodrico’s kamer staarde Eliades over de tuin naar de achterliggende villa.

‘De achterdeur van die villa was gesloten, maar niet op slot. Je weet nog dat we zo naar binnen konden lopen, niet?' zei hij zonder te kijken of Victor wel luisterde. 'De balkondeuren stonden open terwijl het pand al was opgeleverd... het had naar binnen geregend. Lijkt mij dat je bij de oplevering van een pand alle deuren sluit. Iemand had dus nog een sleutel. Kijk jij eens hoeveel moeite het kost om via de achterdeur van dát huis naar het voorportaal van dit huis te komen. Ongezien.'

'Door de tuin, inspecteur?'

'Door de tuin, beste meneer Munhoz.'

De agent beende direct weg.

'En Victor,' riep Eliades hem na.

'Inspecteur?'

'Telefoneer die makelaar – hoe heet hij, Costa? – zeg dat hij haast moet maken met de huurderslijst. En laat hem bevestigen dat alles bij de oplevering afgesloten was.'

'Costa, zo heet hij. Komt in orde!'

Terwijl Eliades zijn reflectie in de scheerspiegel zag haalde hij onwillekeurig het verfijnde gezicht van Rodrico voor de geest. Hoe had dat jongmens naar zichzelf gekeken? Vol genieten over zijn Adonisch geluk? Of was het meer een kwelling, leed hij aan melancholische buien omdat iedereen hem óf verachtte óf meer dan gezond liefhad. Bewijs van buitensporige veroveringen had Eliades nog niet ontdekt. Hij leek een gewaardeerde werknemer; intelligent en betrouwbaar. Hij was geordend, hield blijkbaar van kunst en van een van de lesmeisjes van senhor Salvador.

Kunst. Eliades keek naar de twee schilderijen.

Hij trok een van de lijsten van de muur. Direct gleed er een stapeltje papier onder vandaan dat vervolgens op de grond kletste. Het tweede schilderij, het havenaanzicht, gaf ook wat brieven prijs. Eliades nam beide lijsten van de muur en controleerde of er iets was achtergebleven. Daarna pakte hij de briefpakketjes op en bekeek ze. Het waren negen brieven, bijzonder netjes geschreven. Iedere brief was getekend door Maria.

'Daar ben je dan eindelijk,' mompelde hij hardop. 'Daar ben je dan.'

Gomès stond met rechte rug voor het bureau en wachtte tot Eliades op zijn bevindingen zou reageren.

'Geen Braziliaans wapen, zeg je?'

'Nee, dit type patroon komt hier nagenoeg niet voor. In de Verenigde Staten wellicht, hoewel ik inmiddels voldoende colts voorbij heb zien komen om te weten dat die doorgaans van een ander kaliber zijn. Het kan om een ouder type gaan.'

'Argentijns?' opperde Eliades. 'Heb je voorbeeldwapens?'

'Niet hier, misschien in het centrum of in Santos. In de haven rebelleert het altijd beter dan bij ons.'

'Dat is een feit,' zei Eliades.

Gomès weifelde.

'Nou, wat let je om de collega's daar een bezoekje te brengen? Het is negen uur 's ochtends, man. Wat kan er nu al mis zijn?'

'Troepen,' zei de lijkschouwer.

'Troepen?'

'Ja, mijn schoonmoeder telefoneerde zojuist. Het lijkt erop dat er een grote groep Tenentes richting de stad komt.'

Tijdens gesprekken met Gomès had Eliades altijd een breed arsenaal aan argumenten paraat omdat de man vaak met vage smoezen onder zijn taken probeerde uit te komen. Tegen dit argument was Eliades alleen niet opgewassen en voor de verandering trok hij Gomès eens niet in twijfel.

'En toch sta je hier in alle koelte voor me,' reageerde hij met enige verwondering. 'Je had je ook kunnen afmelden.'

'Misschien willen ze vredevol overleg.'

'M'n reet,' zei Eliades abrupt. 'We hebben gezien hoe Moskou en Sint-Petersburg hun bevolking vredevol om zeep hielpen. Geweld verplaatsen naar een andere kaste is geen vooruitgang, Gomès.' Hij stond geagiteerd op. 'En Victor is nog in Villa Leitao, verdomme.'

Snel kwakte hij Maria's brieven in een bureaulade en liep naar het telefoontoestel. 'Zorg dat iedereen binnenkomt, Gomès, laat ze de ramen barricaderen. Ik telefoneer met Barradas.'

Gomès snelde het kantoor uit, Eliades rende naar beneden. Op de trap liep hij een gejaagde Victor tegen het lijf.

'Inspecteur, het is begonnen!' riep hij rood aangelopen. 'Ze zijn al halverwege de Avenida Paulista!'

'Gelukkig, je bent terug! Ik weet het. Iedereen naar binnen, vergeet Osmosis niet, alle ramen afluiken.'

'Maar mijn vrouw...'

'Ik telefoneer eerst met Barradas. Zodra ik meer weet kunnen we verdere besluiten nemen en de mensen waarschuwen.'

'Ja, inspecteur.' Victor rende de trap weer af en verdween uit het zicht.

Het was geen groot bureau, een kleine buurt ook. Niet meer dan twaalf agenten. Een snelle inventarisatie in de hal leerde Eliades dat de meesten nog binnen waren. Osmosis kwam vanuit de binnentuin de hal in rennen.

'Pantserwagens!' riep hij. 'Ik zag ze over de schutting.'

Even overwoog Eliades om te kijken, maar hij besloot eerst dat telefoontje te plegen. Achter de balie hing een wandtoestel, naast de telegraaf en het ambtelijk logboek. Eliades greep de spreektuit van de haak en wachtte op de telefoniste.

'Barradas, centraal bureau,' riep hij zodra hij de damesstem hoorde.

'Si senhor,' antwoordde de vrouw en plugde de verbinding door. De lijn pulseerde, Eliades wachtte ongeduldig.

'Barradas.'

'Eliades hier, wat is dat gedonder in de stad en wat doen we eraan?'

'Eliades, si...' Aan de andere kant van de lijn klonken geluiden van paniekerige bedrijvigheid, mensen die door elkaar heen renden en die bevelen riepen. Toen enkele geweerschoten.

‘Barradas!’ eiste Eliades.

‘Onze gouverneur en zijn gevolg hebben de stad uit veiligheidsoverweging verlaten, Don Coronel. Houd uw positie tot nader order. Ik moet weg. Adieu, Eliades.’

De verbinding verbrak.

Naast hem begon het telegrafeerapparaat te ratelen. Eliades haakte de hoorn terug en volgde het papierlint.

GROTE LEGERMACHT TENENTES OP DE BEEN. STOP. OVERHEIDSGEBOUWEN BEZET. STOP. GEPANTSERDE VOERTUIGEN – ZWAAR GESCHUT – KARABIJNEN. STOP. HOUD UW POSITIE TOT NADER ORDER. STOP. EINDE BERICHT.

‘Goed! Allemaal luisteren!’ Eliades draaide zich om. Een nieuwe inventarisatie van koppen bracht hem op tien, inclusief Osmosis. Drie uit zicht, onder wie Gomès. Victor stond ineens naast hem. Elf, twee uit zicht.

‘Gomès!’ riep Eliades.

‘Hiernaast in het mortuarium,’ wist Pedro Albreto.

Hij vloekte binnensmonds. Dat was wel de laatste plek waar hij iemand nodig had.

‘Luister! Onze luitenants zijn weer op de been. We hebben het over een grote legermacht. Staatsgebouwen liggen onder vuur en de gouverneur heeft de stad verlaten. Van ons wordt verlangd dat we onze positie behouden.’

‘Onze positie behouden, tegen pantserwagens?’ vroeg Victor.

‘Zolang als redelijkerwijs mogelijk is. Kennelijk had onze gouverneur geen idee dat dit in de lucht hing en hebben ze tijd nodig om een charge voor te bereiden.’

‘U hebt het ze dus níét verteld.’ Gomès stond in de hoek bij de deur en leunde met zijn schouder tegen de muur.

‘Wat heb ik ze niet verteld, Gomès?’ wilde Eliades weten.

‘Dat het rommelt in de stad? Die traktaten van Granados.’

'Het rommelt al twee jaar in de stad, senhor doctor. Ik kan er weinig aan doen dat de overheid die geluiden niet serieus neemt. Nu,' ging Eliades verder, 'we barricaderen de ramen en deuren, we provoceren niet, we schieten niet voordat we worden beschoten. Alle wapens en munitie binnen handbereik. Als we het pand moeten verlaten krijgen ze die niet in handen. Zorg dat je geen wapens achterlaat!'

Hij deelde de groep agenten in tweeën, stuurde de ene helft het dak op, de anderen moesten de houten panelen uit de berging halen en de ramen barricaderen. Zelf liep hij naar het wapendepot, hielp zichzelf, Pedro en Victor aan een karabijn en een goede voorraad patronen. Hij schoot net het depot uit toen Osmosis opnieuw kwam aanrennen.

'Ze richten op ons. Mortieren!'

Buiten klonk een luide, doffe dreun en een milliseconde later sloeg het projectiel in de zijmuur van het bureau, gevaarlijk dicht tegen het wapendepot. Eliades werd samen met Osmosis opzijgeblazen en sloeg hard tegen de wand. Een cluster van kabaal brak los: brekend glas, instortende muren en versplinterend houtwerk. Stukken puin vlogen in het rond, glas en gruis kletterden door de ruimte. Daarna werd het stil. Terwijl het stof en gruis daalden verscheen er verderop in de gang een grote lichtbundel. Eliades kwam overeind, schudde wat puin van zich af en probeerde wijs te worden uit de toestand. Vanuit andere plaatsen in het bureau en vanaf het dak werd naar elkaar geroepen; of iedereen in orde was. Pedro stond strak met zijn rug tegen de muur, ogen wijd open. Victor zag hij niet.

'Munhoz! Victor!'

Osmosis krabbelde overeind, Eliades hielp hem op de been, onderwijl uitkijkend naar Victor, die net nog voor hem had gelopen.

'Victor!' riep hij weer. Zijn oren piepten ongenadig. Door het puin struikelde hij de hal in en zag het enorme gat in de muur. Niet ver daarvandaan vond hij het bovenlichaam van zijn collega;

Victor had de koude staar in zijn ogen, zijn haren wit van stof, zijn lichaam bedekt met stukken puin en korrelig mortelpulver. Langs zijn hals kroop een spoor bloed naar de vloer.

Eliades zakte verwilderd naast hem door zijn knieën. Hij wilde diep ademhalen maar inhaleerde niets dan stof en zette het op een hoesten. 'Munhoz, mijn beste Victor,' fluisterde hij toen de hoestbui zakte. 'Ga ook maar naar huis, naar je vrouw. We redden het wel zonder je.'

Maria

São Paulo, 15 mei 1924

Lieve Artura,

Vrijdag voordat ik wegging stond Erna in de portierskamer naast de vestibule. Er rolde net een bericht uit de telegraaf en ze keek hoe de papierband uit het apparaat liep. Kennelijk groeit niet iedereen in de nabijheid van zo'n ding op. Ze schrok nogal toen ze mij zag en maakte zich direct uit de voeten. Ik denk niet dat ze kan lezen, in elk geval geen Portugees, of in dit geval Spaans. Wat bleek? Senhor Raoul de Henestrosa was onderweg naar huis, meldde het telegram. Hij was in Normandië ingescheept op de SS Paris en zou in New York een oceaanlijner naar Rio de Janeiro of São Paulo nemen. Hij keek ernaar uit zijn moeder te zien. Senhora was blij met het bericht en vroeg of ik de telegraaf kon bedienen, aangezien wij in de boekwinkel een telegrafeerservice hadden. Voor João hadden we namelijk nog geen vervanger. Natuurlijk kon ik dat, van vader geleerd. Dus zond ik het bericht terug naar de SS Paris, de eerste keer dat ik naar een oceaanlijner heb getelegrafeerd. Het was geen groot bericht, een bevestiging eerder en wensen voor een behouden vaart, maar toch. Het idee dat mijn bericht door een livreiknecht op een zilveren presenteerblad door de lange gangen van dat stoomschip naar een suite boven de waterlijn werd gebracht was een mooie opsteker.

Senhora zou haar zoon met open armen ontvangen. Raoul had de laatste paar maanden niet veel geschreven en ik denk dat ze daarom ook wat in zichzelf gekeerd was. Misschien was er iets met hem en maakte ze zich zorgen. Ze schrok soms van de gewoonste dingen; een grote ara die neerstreek in de tuin, van mij als ik ineens in haar zichtveld verscheen. Ik zag dat de lijnen in haar gezicht wat donkerder leken, haar anders zo pientere oogopslag iets troebel en triest. Ze verloor ook wat van haar zwaanachtige elegantie en liet haar schouders vaker zakken. 's Ochtends kwam ze moeizaam op gang, sprak over van alles en daarmee over niets in het bijzonder. Moeilijk te volgen. Ik schreef hoofdzakelijk gewone correspondentie voor haar over, haar felle strijdlust voor gelijke rechten, hoe die er dan ook in haar hoofd uitzagen, leek even getemperd. Eén korte verhandeling schreven we deze week, over *Het portret van Dorian Gray*. Het ging ongeveer zo:

De ijdele, exorbitante uitwassen van de lust, de nutteloze eeuwigheid waar 'de manheid' naar verlangde, werden nergens zo beeldend en rechtmatig beschreven als door Oscar Wilde in zijn epos over de begenadigde Dorian. En hoewel Wilde zich doorgaans weinig hebbelijk over vrouwen uitliet, moest iedere man volgens senhora verplicht *Het portret* lezen. Ze sprak over het rotten van de ziel, de onvermijdelijke, tergende verveling en eenzaamheid die langzaam, als gangreen in Dorian Gray ontkiemden, aan hem vraten en hem uiteindelijk helemaal consumeerden. Hij had alles in zijn leven zonder consequenties misbruikt, alles behalve echte liefde. Daarmee waren zijn uitwassen tot een nodeloos kwaad verworden en nadat hem dat inzicht was ingevallen, zag hij nog maar één uitweg. Zelfs Oscar Wilde zag in dat een leven zonder liefde geen bestaansrecht had. Dat was een mooie slotsom die geen man mocht ontgaan, vond senhora.

Ik kon me er wel in vinden.

Onderweg naar huis – het was al donker omdat ik later was dan normaal – bekroop mij het gevoel dat er iemand achter mij aan liep. Ik stak een paar keer over en werd steeds gevolgd door een bekend lijkend figuur. Snel besloot ik de tram te nemen en stapte uit nabij de markt.

Ik was te vroeg voor senhor Salvador, maar ik wilde alleen maar iets van hem lenen, tijdelijk, voor de zekerheid. Moeder zei altijd: 'Niets zo gevaarlijk als een afgewezen man.' En die had ik, nietwaar? Eentje met een vuurwapen, voorsorterend op de mogelijkheid dat hij het vuurwapen uit de villa had meegenomen. Ik kon maar beter voorzichtig zijn. Mijn idee was om het pistool van senhor Salvador uit de lade in het kantoor te pakken en een briefje neer te leggen dat ik het tijdelijk had meegenomen. Met excuses voor de situatie natuurlijk. Rond deze tijd was hij altijd druk met het vullen van de bar. Ook had hij een nieuwe barman aangenomen die cocktails zou gaan serveren, dus was hij sowieso te druk voor een handen-en-voetendiscussie met mij. Via de achterdeur ging ik voorzichtig de trap op en opende de kantoordeur. Daar bleek dat senhor Salvador druk was met andere dingen. Achter in het kantoor stond hij met zijn broek op de enkels over het bureau gebogen, zijn bleke, hangende kontwangen schuddend tegen de open dijen van Leandra. De tafel ging heen en weer, ik voelde de trillingen onder mijn voeten. Leandra leunde op haar ellebogen en staarde naar het plafond, verveeld. Haar borsten waren klein en wiebelden nauwelijks mee. Links van mij stond het bureau. Ik trok de lade open waar ik het pistool had zien liggen en vouwde het in mijn schort. Leandra zag me, keek mij langs senhor Salvador aan. Even schrok ze toen ze het wapen zag, alsof ze vreesde dat ik haar een portie lood zou geven, maar ik knipoogde en verliet het kantoor. Dat briefje kwam later wel. Ik weet zeker dat ze hem erin heeft geluisd, pissig als ze was omdat Rico haar niet moest. Als ze Rico niet kon krijgen, dan senhor Salvador maar. Misschien had ze gehoopt mij te kwetsen, maar daarvoor had ze vroeger moeten opstaan. Eerder had ik haar bewonderd om haar lef en haar verfijnde bewegingen. Nu niet meer. Nu is ze wat Rico van haar vindt. Hij wist het al die tijd al beter.

Het eigenaardige van de situatie was dat ik me enerzijds wel wat geknepen voelde, al was het maar omdat ik vond dat senhor Salvadors vriendschap en zorg, de schijnbare eenvoud waarmee hij mij over de dansvloer liet glijden, zijn vriendelijke ogen en galanterie... wel, ik vond (na er enkele dagen over gepeinsd te hebben) dat ze bindend waren. En dat zijn ze wellicht nog steeds, in die geest dat ik ze met elegantie en vrouwelijkheid moet beantwoorden. Maar ik voel me gelijktijdig verlost van elke andere, door mijzelf opgelegde verplichting aan hem. Ik hoef niet meer te kiezen. Het is allemaal duidelijk nu.

Toen ik later terugkwam stak ik mijn verlate briefje alsnog in de zak van zijn colbert. Er stond in dat ik zijn ijzerwerk tijdelijk nodig had, dat ik eerder die dag gevolgd was.

'Je moet zulke zaken aan mij overlaten,' zei hij toen we wat moeilijke tangopassen aan de vroege koppels voordeden. Ik ging er niet op in. Zulke dingen moest ik aan Rico overlaten, dacht ik. Senhor Salvador gedroeg zich ook anders dan voorheen. Gekrenkt misschien, van zijn voetstuk gevallen. Kun je nog liefdevol respect opbrengen voor een man wiens bronstige stoten je onder je voeten hebt voelen dreunen? Ik ben teleurgesteld, ja. Dat ben ik, ik geef het toe. Dat onbeholpen gelepel in Leandra's roomkannetje... Het werd wel lastig toen senhor Salvador mij die avond weigerde over te geven aan Rico. Het was voor het eerst dat ik enige vorm van dwang of druk van hem op mijn lichaam voelde. Rico maakte er weinig woorden aan vuil. Hij keek me aan met die filmsterrenblik van hem en stak zijn hand met open palm naar me uit. Dus maakte ik me van senhor Salvador los en kroop bij Rico in zijn armen.

'Zijn we hier klaar mee, oude man?' zei Rico nog voordat we aan onze dans begonnen. Senhor Salvador zei volgens mij niets en nam een van de andere meisjes van een beginner over.

São Paulo, 20 mei 1924

Later die week werd ik weer gevolgd. Deze keer zag ik duidelijk dat het João was. Daarna heb ik Rico erover op zijn werk geschreven. Meestal doe ik dat niet, hij heeft het al druk genoeg, maar we zijn naar elkaar toe gegroeid en ik wil dat hij weet dat ik hem zulke zaken toevertrouw.

Anders dan dat, het pistool is zwaar. Ik dacht inmiddels voldoende stuiversromans over Doc Holliday en Wyatt Earp te hebben gelezen om zo'n cilinderpistool te kunnen hanteren, maar dat is zo eenvoudig niet. Terwijl ik de cilinder opende gleden alle hulzen eruit. Eentje rolde onder de plint van mijn kamer en hoe meer ik probeerde die los te krijgen, hoe vaster die kwam te zitten. Kortom, ik heb nu nog maar twee patronen. Vier van de kamers zijn leeg. Het lukt me wel om een volle kamer voor de loop te krijgen en de haan te spannen, maar het ding goed richten is door het gewicht niet makkelijk. En dat terwijl ik vroeger heel handig met de katapult was en de parkieten uit de achtertuin schoot omdat moeder gek van het gekwetter werd. Ik had zelf natuurlijk geen last van ze, maar kiezeltjes schieten was wel leuk. Hoe het ook zij, aan vrouwen dacht meneer Colt tijdens het ontwerpen van de Peacemaker duidelijk niet. Ik houd het pistool nu in mijn tas, hopend dat ik er nooit gebruik van hoef te maken.

São Paulo, 25 mei 1924

Lieve Artura,

Ik heb nieuws over vader. Het lijkt erop dat hij misschien toch niet is vertrokken. Volgens Inigo, je weet wel, de regattavriend van Rico, was vader betrokken bij een opstootje in de haven. Er was veel politie bij en er zijn veel mensen afgevoerd. Inigo vermoedt dat vader is gedeporteerd, of erger, omgebracht. Hij zou zijn best doen om meer te weten te komen. Ik ben er erg van geschrokken.

Vreemd. Ik wist bijna zeker dat vader er – net als mijn moeder – vandoor was gegaan. Ik dacht dat ik hem te veel tot last was, of dat hij stilletjes boos op mij was omdat ik hem nooit over moeders vertrek heb verteld. Ik denk wel dat hij het wist, of op z'n minst vermoedde dat ik het had gezien. Hij heeft zelf immers ook zijn eerste vrouw, jouw moeder, voor haar verlaten en moest zo toch van haar streken en kunsten hebben geweten.

Nu voel ik me schuldig dat ik zo slecht over hem dacht en hoop ik dat ik de gelegenheid krijg om het goed te maken. Ik weet dat jullie niet meer met elkaar spreken, maar jij hoopt vast ook dat hij ongedeerd is, toch?

Rico en Inigo volgen mij nu iedere dag na het werk, heel verdekt. Als João zijn gezicht laat zien nemen ze hem te grazen. Ik hoop dat ze hem niet te hardhandig aanpakken, er is al genoeg geweld in de wereld.

Eliades

8

Het had weinig zin om de niet gesneuvelde ramen verder te barricaderen. Eliades trok Victor met hulp van Pedro Albreto onder het puin vandaan. De jonge agent zei bar weinig, maar goed, wat viel er te zeggen? Daarna nam Gomès het van hem over en brachten ze het lichaam van Victor naar het mortuarium. Eliades stond aan het hoofd van dit fort en moest nu leiding geven aan een evacuatie. Fort of niet, met zo'n gat in de muur konden ze het wel vergeten.

De agenten die nog binnen waren ontruimden het wapendepot, Eliades liep met twee doorgeladen karabijnen op zijn rug en op de arm. Ze spraken zacht, deden hun uiterste best om de Tenentes niet tot een nieuw mortierschot te verleiden. Als het mortuarium afgesloten was, zouden ze het pand via de binnentuin verlaten. Osmosis stond er ontredderd bij. Waarschijnlijk had hij nog nooit een lijk gezien en zeker niet een waarbij de onderste helft van het lichaam volledig door een mortiergranaat was weggerukt. Eliades zag zijn blik op de roze stukken ondefinieerbaar vlees rond het schootsveld liggen. Een gespleten stuk scheenbeen, een schoen eraan vast.

'Osmosis,' fluisterde Eliades.

Zodra de tuinman hem opmerkte knikte hij met zijn hoofd. *Tijd om te gaan.* Osmosis begreep het, maar bukte onverwachts naar voren en trok iets onder het puin vandaan.

Het vuurwapen van Victor.

Enkele meters verder raapte hij een rol patronen op. Daarna bewoog hij met gebogen rug terug de gang in, naar de hal. Hier waren alle ramen gesneuveld en knerpte het glas onder hun voeten. De geur van kruit vermengde zich met het dwarrelende stof, opgeruid door een flauwe ochtendbries. De mannen op het dak waren stil. Enkelen waren door rondvliegend puin geraakt of door de inslag opzijgeblazen, maar buiten Victor waren er geen slachtoffers. Ze wachtten op nieuwe orders.

'Elia-dès!'

Het kwam van buiten.

'Don Coronel Eliadès!' klonk het weer.

Gomès kwam het mortuarium uit en sloot de gang naar de hal af.

'Ik weet wie dat is,' merkte hij gedempt op.

'Laat me raden,' reageerde Eliades. 'Boos en verwend jongmens met te weinig strepen dat hier twee dagen geleden om zijn geparfumeerde vriendje stond te jengelen.'

'U onderschat de situatie, Don Coronel,' zei Gomès. 'Dat probeer ik u al de hele week te zeggen. Dat boze, verwende jongmens heeft zojuist een gat zo groot als een pantservoertuig in de muur geschoten...'

'Een gat in de muur, zeg je?' zei Eliades. 'Is me compleet ontgaan. Heb ik weer zitten dommelen...? Maar wat fijn dat ik jou heb, Gomès, het antwoord op al mijn imperfecties.'

Gomès haakte hoofdschuddend af en liep achter Osmosis de binnentuin in.

'Don Coronel Eliadès!' riep de stem van buiten weer. 'Ga me niet vertellen dat u nu al verslagen bent! Het is nog geen halftien 's ochtends!'

Eliades sneed de kabels van de telegraaf en de telefoon met een zakmes door en trok het ambtelijk logboek vanachter de balie weg. Hij bladerde naar de voorgaande dagen. Daar. *Inigo Ornelas.* Daarna viel zijn oog op de datum van vandaag: 5 juli 1924.

'Senhor Tenente Ornelas,' schreeuwde Eliades terug. 'Kwam u uw vriend Rodrico Granados soms begraven?' Hij verplaatste zich snel naar de overliggende muur en probeerde door het versplinterde raam zicht op Ornelas te krijgen.

Buiten, schuin tegenover het bureau, stond een klein regiment van zo'n vijfentwintig man opgesteld, de meesten in dekking langs de muur van een achtergelegen gebouw, zich bewust van de schutters op het dak. De overigen stonden achter een eigenaardig pruttelend, naar petroleum stinkend voertuig dat met ijzerplaten bedekt was. Er stak een flinke loop uit het apparaat. Eigenaardig of niet, functioneel was het.

Eliades kreeg geen antwoord. De motor van het pantservoertuig verhoogde het toerental en bewoog. Pluimen rook schoten weg. Het ding stak achteruit, beetje opzij, vooruit, achteruit, beetje opzij, vooruit, net zo lang totdat de loop van het kanon in de richting stond waaruit hij zojuist had gesproken.

'Kijk,' zei Eliades, 'en dat is waarom jonge luitenants nog niet aan promotie toe zijn.' Hij rende de trap op en riep 'inkomend vuur!' langs de ladder onder het openstaande dakluik. Een van zijn collega's herhaalde de boodschap. Boven hadden ze niet meer dan een halve meter dakrand om achter te schuilen en volledig zicht op de loop van het kanon hadden ze waarschijnlijk ook niet.

Eliades hoorde hoe ze naar de andere zijde van het dak kropen. Zelf opende hij een raam op de eerste verdieping en legde de verkorte loop van de karabijn aan, hopend dat Inigo Ornelas zijn kop boven de pantserwagen zou uitsteken. Het was een lastige hoek om uit te schieten, zijn gezicht en oor veel te dicht op de kolf. Voor Victor, dacht hij. De loop van het kanon ging met enkele knakken omhoog, toch weer iets naar beneden.

'Prutsers...'

Een hoofd bewoog zich langzaam vanachter het pantservoertuig. Eliades controleerde nogmaals of hij had doorgeladen, legde zijn oog langs de loop. En daar, duidelijk zichtbaar; een jonge kerel van een jaar of vijfentwintig. Net zo donker en glad als Valentino, met een of ander beschreven rood vaantje op zijn mouw gespeld, een woord dat op ‘Copacabana’ leek. Hoogstwaarschijnlijk. Daar was het waar de eerste rebellie van de Tenentes in een meedogenloze afrekening door het leger was geëindigd, vandaag op de kop af twee jaar geleden.

‘Don Coronel Eliadès!’ riep de jongeman.

Hij was het. *Het was ’m.*

‘Voor Victor,’ zei hij, hardop deze keer. Eliades haalde de trekker over. Een fel schot weerklonk, door de terugslag van de karabijn sloeg de kolf tegen zijn kaak, zijn oor begon direct opnieuw te suizen. Het schot echode langs de gebouwen, een vlerk bloed kletste hoorbaar over het pantservoertuig en Inigo Ornelas zakte als een pudding onderuit, nog voordat de laatste echo gedempt was.

‘Naar beneden,’ riep Eliades nu, ‘allemaal, je weet waarheen!’ Zelf schoot hij zijn kantoor binnen, trok de lade open, griste Maria’s brieven weg en stak ze in zijn overhemd. De andere agenten sprongen het trapgat in en gleden langs de ladder omlaag, dan de grote trap af, de hal door naar de binnentuin. Daar wachtte Osmosis.

Een tafel was voor de binnenmuur geschoven. Eliades sloot aan en maande iedereen over de muur. Twee aan twee klommen ze erover, een steeg in. Maar ineens was daar de gevreesde revanche. Weer eerst die gedempte, lage donder van het kanon, gevolgd door een allesvretend geraas van vernietiging. Stofpluimen schoten met glas en splinters de binnentuin in, puin kletterde op het terras, op de rozenstruiken. Het dak kraakte, een muur brokkelde af en een deel van de constructie zakte met kabaal naar beneden. Osmosis zat ineengedoken op het terras maar Eliades trok hem aan zijn hemd omhoog.

‘Weg nu,’ zei hij. ‘Snel die muur over.’

‘Onze rozen,’ murmelde hij.

‘Die overleven het wel. Eerst wij, Osmosis. Eerst wij.’

‘Waar is Gomès?’ vroeg Eliades.

Het treintje marcherende, zwaarbewapende agenten keek van voren naar achteren. Zelfs de inspecteur, die wist dat hij de achterhoede sloot, keek alsnog achterom.

Geen Gomès.

‘Hij ging voor mij de muur over, Coronel-inspecteur,’ zei Pedro.

‘Ik zag hem vanmorgen spreken met een van hen,’ vertelde Osmosis. ‘De Tenentes, inspecteur. Ik wist het toen nog niet.’ Osmosis keek niet op of om terwijl hij dat zei en marcheerde door alsof hij om die mededeling slaag zou krijgen.

Eliades keek een laatste keer achterom. Niemand reageerde, iedereen dacht er vast het zijne van. Had de lijkschouwer een veiliger vluchtroute voor zichzelf geregeld? En wat had dat hem gekost? Een tekening van het bureau, informatie over wie op welk moment aanwezig was?

Eliades schudde zijn hoofd. Niet nu.

‘Waar gaan we heen?’ vroeg Pedro na een zoveelste tuin, binnenplaats en achterweg.

‘Heb ik nog niet gezegd, om verschillende redenen.’

‘Gaan we naar centraal?’

‘Centraal is bezet gebied, laten we een hoopvoller discours kiezen. Een man verloren vandaag, een beste man. Dat was er een te veel.’

De agenten murmelden instemmend. Kruizen werden geslagen, amuletten gekust.

‘Had u een voltreffer, inspecteur?’ wilde een van de collega-agenten weten.

‘Recht in de kop, senhor Palinhos,’ antwoordde Eliades.

Weer murmelden de mannen, werden er kruizen geslagen en amuletten gekust. Als dank nu.

Hij stopte het peloton. ‘Hier scheiden onze wegen. De Tenentes zijn een klus voor het leger, niet voor een klein politiebureau. Kom veilig thuis en breng je familie in veiligheid. Denk eraan, als we weer in bedrijf gaan moeten deze wapens terug in het depot. Voor nu: jullie hebben je goed gehouden. Meer konden we niet doen. En beter zo dan twee maanden bivakkeren op blikvoer. Wel thuis. Osmosis, jij moet te ver. Loop nog een stuk met mij mee.' De anderen schudden hem en elkaar de hand en dreven kort daarop uiteen.

Thuis schoof Eliades de suitedeuren van de grote salon open en zette de radio aan. Theresa's heilige der heiligen; een prachtige ruimte met een brede, natuurstenen schouw, een kleine verzameling bronzen beelden en enkele impressionistische schilderijen. Het parket was in ruime vierkanten gelegd, gescheiden door donkerder sierlijsten en plinten. Er stond nieuw gestoffeerd, antiek ogend meubilair: krullerige leeuwenpoten en hooggekamde armstoelen, een chaise longue en een bijpassende salontafel met geelmarmeren blad en een koperen onderstel. Eliades nam een fles Appleton-rum uit de bar en schonk twee glazen halfvol, gaf er een aan Osmosis.

'Op Victor Munhoz,' zei hij en hief het glas.

'Munhoz,' herhaalde Osmosis.

Ze goten de glazen in één keer leeg en verbeten het zoete, het branderige. Eliades' oor klapte open, maar het voelde desondanks nog dof en pijnlijk.

'Ga zitten,' maande hij Osmosis en schonk de glazen opnieuw vol.

De tuinman keek verward naar zijn stoffige kleding, zijn gehavende handen waar halfdichte korstjes op ondiepe sneden zaten. Ze beefden, die handen. Hij betastte zijn gezicht, wreef een ander vormend korstje open en trok een streep bloed over zijn wang en vingers.

'Ga alsjeblieft zitten,' vroeg Eliades nu en plofte op een van de zetels. Een zweem stof dwarrelde van hem af.

'Het zijn allemaal replica's, tweedehands ook nog. Bij de eerstvolgende koude dag ga ik ze stukhakken en in de open haard gooien. Al was het maar om Theresa-lief te plagen.'

Voorzichtig liet Osmosis zich in een andere stoel zakken. De karabijn, die hij tot dan toe steeds in zijn hand had gehouden, legde hij op de grond.

'Wat gaat u doen?' vroeg hij Eliades.

'Naar mijn fazenda even buiten Campinas. Ik heb een auto...' Hij wees richting de aanbouw van zijn huis, de garage. 'Als ik niet te lang wacht kan ik langs de rivier de stad uit. Ze kunnen niet overal zitten. En anders per boot de rivier omhoog.' Nog een slok, de rum brandde in een wond dicht aan zijn mond. Eliades ademde in, voelde een diepe steek en hoestte. 'Niet goed voor de gezondheid, zo'n halfuurtje ravotten met de Tenentes,' merkte hij op. 'Jij? Pijn, iets gebroken?'

'Ik geloof het niet. Alles werkt en buigt nog.'

'Kan nog komen, hè. De opwinding van de strijd verdooft. Vanmiddag, vanavond... en bij god, morgenvroeg. Dan zullen we het weten.'

Osmosis glimlachte en nam een slok rum. Ergens in het huis klingelde een uurwerkje. Elf uur.

'Wat gaan ze doen?'

'Het leger?'

Osmosis knikte.

'Wel, de vorige opstand begon en eindigde in het Fort Copacabana aan de rand van Rio de Janeiro, direct aan de kust. Geen goede plek voor een rebellie, veel te kwetsbaar. De marine liet een dreadnought uitvaren, zo'n slagschip met een stuk of twaalf kanonnen. Die jongens werden binnen de kortste keren tot pulp geschoten. Heel tragisch, maar hun eigen domme schuld. Dat hadden ze op hun vingers kunnen natellen.' Eliades leegde zijn glas en voelde de bedwelmende werking van de alcohol. Hij knipperde een waas voor zijn ogen weg en stak een sigaret op.

'Midden in de stad, ja, daar komt zo'n dreadnought niet, maar vliegtuigen wel. In de Grote Oorlog in Europa, Vlaanderen en

Normandië, gooiden ze bommen uit tweedekkers. Dat kunstje kunnen we hier nu ook... Dat is de toekomst van oorlog voeren, Osmosis. Uit de lucht.' Hij trok aan de sigaret en inhaleerde voorzichtig. 'Dus, de Tenentes kunnen denken dat ze veilig in hun bezette overheidsgebouwen en pantserwagens zitten, maar zo is het niet. En het erge is, de mensen voor wie ze menen op te komen, die mensen zijn hier straks de dupe van. Bommen laten vallen uit een vliegtuig is geen kunst, ze goed richten natuurlijk wel. Kortom, beter dat we het schip eventjes verlaten.'

De atmosfeer in de salon was bedrukkend. Stofdeeltjes, blauwe en grijze rook vloeiden gevangen in het zonlicht door de ruimte. Terwijl Osmosis zichtbaar de ernst van de situatie begon in te zien, drukte Eliades zijn sigaret uit, stond kreunend op en wierp de tuindeuren los.

'Ga je mee, Osmosis? Jou hier aan je lot overlaten voelt niet juist. Niet na Victor. Ik had hem naar huis moeten laten gaan.'

'Dat is niet wat generaals doen, inspecteur. Mensen naar huis laten gaan,' zei Osmosis. 'U deed uw plicht.'

'Weet ik. Ik voel me alleen diep ellendig.' Tranen brandden achter zijn ogen. Hij liet ze koelen in de binnenstromende ochtendbries. 'Ik moet zijn vrouw bellen...'

Maria

Rio de Janeiro, 5 juni 1924

Lieve Artura,

Ik schrijf je vanuit Hotel Glória, een wit, rechthoekig paleis met uitzicht op de Pão de Açúcar, de Suikerbroodberg in de baai van Guanabara. We zijn vanbuiten omringd door palmen, zeelucht en zeevogels, met hotels, restaurants en villa's. Hier binnen flaneren de dames in kant, in lange zijden jurken met blote armen en gezichten vol poudre de riz. Heren dragen steevast een frak. Ze lopen met een wandelstok en knijpen een monocle in hun oogkas als ze iets willen lezen. Iedereen die je passeert wordt achtervolgd door golven parfum en prikkelende tabak. Houttonen en muskus bij mannen en zware bloemboeketten bij vrouwen. Ik heb al de hele dag hoofdpijn.

We blijven niet lang. Onze suite is mooi wit met goud. Ik deel een kleine, aan de suite grenzende kamer met Orfea, de kamenierster van senhora de Henestrosa. Zij zorgt voor senhora's toilet en de garderobe. We kennen elkaar niet zo goed, maar ze is vriendelijker dan Erna. Orfea is nu uit om nieuwe stoffen te kopen. Ik heb mijn gerestaureerde versie van *Jevgeni Onegin* meegenomen en hoop dat ik later tijd heb om te lezen.

Nu eerst jou schrijven.

Mijn betrekking is de afgelopen tijd flink veranderd. Sinds senhora mijn nieuwe jurken heeft gezien heb ik mijn uniform moeten inleveren. Ik ben nu haar persoonlijke secretaresse en gezelschapsdame en kom om de dag naar het huis om haar correspondentie te doen; uitnodigingen en berichten te telegraferen en om backgammon te spelen. Soms spelen we nu ook gin rummy, anders wordt het wat eentonig.

Bij aankomst werd ik aan het hotelpersoneel geïntroduceerd als Maria de Stille, wat ze blijkbaar erg grappig vonden. Ik loop om het uur naar de receptie om berichten op te halen en om ansichtkaarten weg te sturen. Senhora correspondeert nogal wat. Hoewel we hier maar enkele dagen zijn krijgt iedereen in haar adresboek een ansichtkaart van Hotel Glória, soms met een persoonlijk bericht, meestal alleen met de beste wensen. Ze gaan onder meer naar Rio, São Paulo, Parijs, Londen, Madrid, Sevilla en Barcelona. Vandaag heeft ze een theekransje met enkele vriendinnen uit de stad op het terras van het hotel. Het zijn allemaal struise dames, weduwen, en het onderwerp heeft ongetwijfeld iets met literatuur en *Lux Femina* te maken.

Het wachten is op senhor de Henestrosa. Hij is na aankomst in New York direct op de Munson Steamship Line gestapt en berichtte ons vanaf de USS Western World dat hij rond de zesde juni aankomt. Als hij hier is, vertrekken we de navolgende dag per trein naar São Paulo. Volgende week is er een groot tuinfeest om zijn thuiskomst te vieren, een verrassing. De uitnodigingen heb ik zelf moeten versturen. We verwachten ruim 175 mensen. Een hele gebeurtenis.

Antonio, de nieuwe chauffeur, is vriendelijk. Eigenlijk komt hij van een bekende, een oudere heer die verderop op de Avenida Paulista woont en met wie senhora 's zondags vaak naar de mis gaat. Hij reist niet veel meer en stelde senhora voor om zijn chauffeur te delen. Dat was een goede oplossing omdat senhora blijkbaar huiverig is voor een onbekend persoon in haar huis.

Maar ik had nog meer taken vandaag: een vette som geld wegbrengen naar J.

Ze is hier in een pension ingecheckt en probeert werk te vinden. Tot die tijd onderhoudt senhora haar. Toen ik haar zag, herkende ik dezelfde symptomen als senhora: ze is schrikkerig, onzeker en bleek. Randen onder haar ogen, hoewel ze er lang niet zo slecht uitzag als op die bewuste dag. We omhelsden elkaar, bloedzusters als we zijn. Weet je wat ze zei? Ze zei: 'Ik heb geen spijt. Helemaal geen spijt.'

Ik had veel vragen, maar stelde er natuurlijk geen. Ik begrijp heel goed wat mijn positie is, en als senhora 'stil' zegt, bedoelt ze ook stil. Ik vind het niet erg, ben het immers gewend.

Rio de Janeiro, 6 juni 1924

Lieve Artura,

Het was nogal een schok. De USS Western World meerde aan in de haven. Wij zagen vanuit de auto hoe het enorme stoomschip met kolkende roetstoten aan de kade werd gelegd. Ik zat naast de chauffeur, met het cadeau voor senhor Raoul op schoot. Het schip schijnt niet zo luxueus als de SS Paris te zijn, maar desondanks is het een varend hotel. De valreep voor de eerste klasse was snel gelegd, de eerste passagiers snelden het schip af. Ongetwijfeld hadden ze haast: een verjaardag, een sterfgeval of een onverdraaglijke heimwee naar huis.

Senhora keek uit naar haar zoon, maar toen hij op de valreep verscheen en zij hem herkende, zag ik door het scheidingsraam van de auto dat ze lijkbleek wegtrok. Ik porde de chauffeur, zodat hij het portier voor haar zou openmaken. Zelf rende ik om de auto heen om haar op de been te helpen. Eenmaal langs de paspoortcontrole kwam senhor Raoul op ons af, traag, ziekelijk, niet zoals een man van midden dertig zou moeten lopen. Senhora fluisterde ontsteld dat hij verschrikkelijk mager was. Ze greep mijn arm en huilde toen hij haar op de wang kuste.

Hij was aantrekkelijk. Niet zo aantrekkelijk als mijn Rodrico, maar zeker mooi en verfijnd te noemen, ware het natuurlijk niet dat hij er wat ongezond uitzag: koortsig, zijn ogen rood en op zijn hoofd zag ik vreemde, kale plekken.

'Dus dit is Maria?' zei hij ongeveer. 'Wat fijn om weer een Braziliaanse schone te zien.'

Ik maakte een verlegen knicksje. Senhora slaagde er zelfs in te glimlachen en ze kneep in mijn wang. Daarna keerden we het hele proces weer om, terug naar het hotel, ik opnieuw met het cadeau op schoot. De chauffeur werd verzocht om de valet de chambre en de bagage van senhor Raoul later op te halen.

São Paulo, 7 juni 1924

Lieve Artura,

Terug met de trein, de vorige namiddag nog zijn we direct uitgecheckt. Vandaag lag senhor de hele dag op bed en de arts is uren met hem bezig geweest. Ik heb alle uitnodigingen weer moeten intrekken. Het feest komt een andere keer, nu moet senhor Raoul eerst rusten en aansterken. Wat eraan scheelt weet ik niet, maar iedereen in het huis is van streek, vooral senhora natuurlijk.

Onderweg naar huis gebeurde het onvermijdelijke. Ik liep zo in gedachten verzonken over de arme senhor Raoul dat ik niet oplette. Ergens halverwege trok iemand mij onverwachts aan mijn arm de struiken in. Het was João. Ik viel op het gras, een hand op mijn mond, ik schopte en sloeg, maar het duurde niet lang. Vanaf het station in São Paulo had ik Rico laten telegraferen dat ik terug was, daar had hij op gestaan voordat ik wegging. Hij en Inigo Ornelas hadden mij vanaf de overzijde van de straat gelukkig in de gaten gehouden en ze sloegen als dolle stieren toe. Ik rolde weg toen João van mij af werd gesleurd en hij direct een paar rake klappen kreeg. Inigo had hem van achter in de houdgreep en Rico sloeg zich letterlijk een breuk in de vingers, zodat João buiten westen op de grond viel. Snel maakten we ons uit de voeten.

Je vraagt je misschien af of het niet verstandiger was om naar de politie te gaan, maar je moet weten dat Inigo en Rico weinig met de autoriteiten ophebben. Ze zijn van de vooruitgang, tegen alles wat met corruptie en klassen te maken heeft. Alles moet anders, beter, vinden ze. De politie doet weinig meer dan assisteren bij deportaties en politieke moorden. Dat schreef Rico mij laatst.

Ik lees de *Estado*, ik weet ook wel dat de mensen boos zijn over lage lonen en slechte werkomstandigheden, dat de koffieprijs ondanks de overproductie te hoog is en er te weinig aan wordt gedaan. Hoe het ook zij, ik denk dat het wel gedaan is met João. Kan ik eindelijk weer rustig naar huis lopen.

São Paulo, 8 juni 1924

Lieve Artura,

Senhora Pessoa is nu ook ziek. Ze heeft geen koorts maar ze ligt in bed en wil er niet uit. Of ze pijn heeft weet ik niet. Ik heb haar bovenlakens verschoond, bouillon voor haar gekookt en dat drinkt ze uit een porseleinen theekopje. Af en toe valt ze in slaap. Uit voorzorg heb ik de sleutel van het boudoir, dat aan de tuin grenst, meegenomen. Zo kan ik makkelijk haar slaapkamer in zonder dat de anderen zich met de situatie bemoeien. Ze is erg eigenzinnig en wil niemand anders zien. Maar aan het eind van de middag begon ik me toch zorgen te maken en heb ik de dokter erbij gehaald. Die was niet blij en kwam mokkend, in zijn zondagse goed, met mij mee terug naar de villa.

Volgens hem is het haar hart en hij schreef medicatie voor die ik de volgende dag moest afhalen. Verder had hij niks op mijn verzorgingsmethodes aan te merken. Rust en bouillon waren voldoende, een glaasje rode wijn om het hart te sterken, als ze daar zin in had… hoewel ik beter wel alvast de familie van senhora kon schrijven. Van de foto's op het dressoir weet ik dat ze een dochter en een zoon heeft en tussen haar correspondentie vond ik een brief met het adres van de zoon. Ik stelde een telegram op, maar dat kon pas maandag weg. Daar was weinig aan te doen.

Rico kwam later, via de tuin, die onverlaat. Hij had mij in het boudoir van senhora gezien en wilde weten wat er loos was. Ik weet dat onze gans dat niet erg vindt, hij was hier al vaker op de thee en ze konden het goed met elkaar vinden. Ze vond hem een nette jongeman.

Wel, luister, Rico kent weer iemand die bij de centrale telegrafeerdienst werkt, die ook op zondagen afleest en bezorgt. Nooddiensten natuurlijk, maar hij ging het direct organiseren. Elke keer als ik denk dat ik hem onmogelijk nog leuker kan vinden, bewijst hij het tegendeel.

Het wordt tijd dat ik hem aan senhora de Henestrosa voorstel, Artura. En aan jou, als het kon. Zij zal er ongetwijfeld op tegen zijn, maar hij is een fijne man. Zo zorgzaam en attent…

São Paulo, 9 juni 1924

Mijn lieve zus,

Ik ben zo verdrietig. De hele nacht heb ik bij haar gezeten, ik durfde niet weg te gaan. Ik hield haar hand vast en streelde haar haren, mijn lieve gans. Wat moet ik zonder haar?

Ergens in de nacht hield ze op met ademen. Ze stokte, leek een kramp te hebben, ik sprong op en probeerde iets te doen, maar ik wist niet wat.

We hadden afgesproken dat ik een steentje tegen Rico's raam zou gooien als er iets was. Dan zou hij de dokter opnieuw halen. Dus dat deed ik. Rico rende via de tuin langs het huis door dat oerwoud. Binnen een mum van tijd was de dokter erbij, maar het was te laat. Ze was vredig heengegaan, vond hij. Dat was reden voor verdriet, maar niets om ondankbaar voor te zijn. Ik bleef maar huilen, veilig in Rico's armen, en hij vond het allemaal niet erg.

We bleven totdat de jonge senhor Pessoa met de auto aankwam. Die had de hele nacht gereden en bedankte ons voor al onze zorgen. We konden gaan. Dus kuste ik de gans vaarwel en ging ik naar mijn kamer.

Rico telegrafeerde naar het huis van senhora de Henestrosa om het overlijden van senhora Pessoa te melden en dat ik daarom die dag niet kwam werken. De nieuwe chauffeur, Antonio, kwam een struikje bloemen uit de tuin en een mandje fruit brengen. In een briefje schreef senhora de Henestrosa met haar hanenpoten dat ze ruimte voor mij zou maken in het bediendeverblijf. Ik hoefde me geen zorgen te maken. Ik keek er niet echt naar uit, tussen Erna en die nare keukenmeiden. Maar Antonio was vriendelijk en Orfea was sinds onze reis naar Rio de Janeiro ook een stuk aardiger. En waar moest ik anders heen? Bij Rico intrekken was nog veel te vroeg.

São Paulo, 10 juni 1924

Senhor Salvador zie ik alleen nog tijdens de middaglessen, op dagen wanneer ik niet bij senhora de Henestrosa ben. Met de milonga's ben ik gestopt. Ik verdien voldoende in het huis en Rico heeft me beloofd dat we samen in andere zalen zullen dansen zodra ik me wat beter voel. Niet alleen de tango. Bij Clube Esperia, de regattaclub, zijn er ook dansavonden. Meestal wordt er gewalst en dat is ook leuk. Uiteindelijk is het de partner die de dans de moeite waard maakt, dat heb ik na al die maanden taxidansen wel geleerd.

En ik heb een idee, Artura. Dat boek over de ware liefde, een liefde die – zoals een warm wintervuur – door twee minnaars wordt onderhouden totdat ze oud en rimpelig zijn: ik ga het schrijven, misschien wel met senhora de Henestrosa. Waarom mokken over Colette en de ongenadige aftakeling van haar personages wanneer we zelf ook een pen en een mening hebben? En weet je wat ik nog meer denk? Ik zal die roman schrijven over jou. Ik kan de verhalen uit onze jeugd opschrijven, hoe wij twee handen op één buik waren. Ik de stille, jij de prater, samen op pad. Samen in het grote ledikant, verzonken in een schelmenroman of een futuristisch avontuur, terwijl moeder er in de winkel met de clientèle op los flirt en vader zich argeloos met de actualiteiten- en lectuurhoek bezighoudt. Jij ging weg: een tijdige ontsnapping aan ons duffe leeskabinet en de bedompte geur van traag drogende sigaren. Een nieuw fris bestaan, een jongeman – Manoël natuurlijk – en jullie liefdevolle relatie. En de baan van de zon niet als metafoor voor de tragisch stervende liefde, maar juist als houvast in moeilijke tijden: ze komt altijd weer boven, zoals jij en Manoël alle moeilijkheden en verleidingen te boven komen. Ik weet het gewoon zeker, jij moet wel gelukkig in de liefde zijn. Anders was je wel teruggekomen, nietwaar Artura? Anders was je wel hier.

Eliades

9

Socialisme was weinig anders dan een nieuwe variant op de totalitaire staat. Eliades probeerde het Osmosis uit te leggen, maar die had er moeite mee. Moesten ze immers niet blij zijn met mensen die voor de onderdrukte en uitgebuite arbeiders opkwamen? Ja, dat moesten ze. Het probleem was alleen dat jonge mensen die zich van de oude garde trachtten los te maken, dat nooit deden zonder veel van de gedragingen van de oude garde mee te nemen. Geweld bleef geweld. Je kon er een nieuwe ideologie aan hangen om dat geweld te rechtvaardigen, maar zo ging het al van eeuw op eeuw en dat kon nauwelijks vernieuwend genoemd worden. De hooggeboren bevoorrechte kaste moest plaatsmaken voor de intellectuelen, die het volk beloofden te verzorgen en zich nooit zouden vergrijpen aan de lusten van de macht. Wel, ze hadden het gezien. Zelfde liedje, nieuwe tekst. Die ochtend was er het beeldende voorbeeld van: Inigo Ornelas, aanhanger van de rechtvaardige, socialistische staat, die hem, Eliades, zonder weerwoord, zonder enige vorm van onderzoek of zelfs maar enige redelijke twijfel beschuldigde van de moord op Rodrico. Was dat socialisme? Was dat vooruitgang? Machtslust en vergelding, stokpaardjes van de heersende orde, daar was zijn bureau, zijn gewaardeerde partner Victor aan ten onder gegaan. Die socialistische heilstaat van Ornelas suisde in zijn oren, schuurde in zijn keel en had zijn botten doen kraken. Zijn huid was ervan gescheurd en zijn edelmoedige opvatting om nooit zonder noodzakelijkheid op iemand te schieten lag erdoor aan diggelen. En dat was misschien nog wel het ergste van alles: dat hij met zijn eigen handelen die hele theorie onderbouwde. 'Zodra men spreekt van geweld, gaat het niet meer over vooruitgang, Osmosis, maar over een wisseling van de macht. Wacht maar af.' Eliades rookte, blies een asvlokje van zijn schone hemd. Osmosis veegde wat broodkruimels van de keukentafel en bekeek het geleende overhemd om te zien of hij niet ook iets had laten dwarrelen.

De ontnuchterende koffie en het brood deden goed. Toch zongen de spanningen nog door hem heen. Eliades voelde het en schaamde zich een beetje voor zijn balorige betoog. Zat die jongen daar nu echt op te wachten?

'Ik zou het op prijs stellen als je met mij meekwam, Osmosis,' zei hij toen.

'Maar ik moet gaan,' verklaarde Osmosis.

'We halen je moeder ook op... Het wordt wel wat krap in de auto, maar dat moet dan maar.'

'Inspecteur,' begon Osmosis, 'het gaat niet om de Tenentes. Ik kan niet gaan. Niet terug naar de plantage. Het is niet juist, niet goed.'

Eliades inhaleerde diep, voelde zijn longen protesteren en blies de rook beheerst over tafel.

'Misschien moet ik dit niet zeggen,' merkte hij op, zijn gedachten ordenend. 'Door de kruitdampen van vanmorgen lijken al mijn woorden op scherp te staan. Maar neem dit als vriendelijk advies met je mee.' Hij liet een stilte vallen waarin hij zichzelf opnieuw hekelde om zijn niet te onderdrukken dwang om overal wat van te vinden.

Osmosis keek hem vragend aan.

'Je bent pas vrij als je zonder angst voor het verleden de keuzes kunt maken die goed voor je zijn. De ketens zijn gebroken, Osmosis, maar ik heb het gevoel dat ze er in je hoofd nog zitten...'

De bel ging.

De zwaarte van het gesprek verdween, waarschijnlijk tot beider opluchting. Eliades en Osmosis stonden direct op en grepen een karabijn. Langs de wand liep Eliades naar de voordeur. Hij schoof het luikje van het spiekgat omhoog. Een zucht van opluchting, hij draaide zich om en wierp zijn vuurwapen naar Osmosis, maande hem dat uit het zicht te leggen.

'Senhor Eliades?' sprak een vrouwenstem toen hij de deur op een kier zette. 'Ik vroeg me af of ik vandaag al kon beginnen. Ze komen zo dicht langs mijn huis, de Tenentes...' Ze klonk gejaagd en sprak in een hoog register. Om haar heen drentelden ongedurige beentjes.

'Kom liever binnen, Artura,' stelde Eliades voor, 'als ik u mag tutoyeren?'

'O, vanzelfsprekend. Dank u wel, senhor. Kom jongens,' zei ze, 'we gaan naar binnen.'

Eliades liet de stroom kleine mensjes passeren, Artura volgde. Twee jongetjes, één meisje, hoofdjes zwiepend van het balkenplafond naar de lambrisering, de schilderijen en het telefoontoestel aan de wand. Daarna naar hem, gapende mondjes, wijzende vingertjes.

'Zit bloed op u hoofd,' zei een van de jongens. 'Is je hoofd gestoten? Heb ik ook wel 's gehad. Hoofd gestoten.'

'Ik heb wel 's bloed op mijn vinger,' zei het meisje en stak haar wijsvinger uit.

'Niks ernstigs aan de hand,' zei Eliades.

Artura glimlachte bij wijze van verontschuldiging. 'Jongens, dit is senhor Eliades,' zei ze. 'En dit zijn Alessandro en Fabio, en deze jongedame hier is Carina. Zeg maar hallo.' Ze deden braaf wat hen gezegd werd, maar intussen vlogen hun oogjes weer alle kanten op.

'Welkom,' zei Eliades. 'Ik laat jullie de salon zien, daar kunnen jullie spelen.' Hij liep voor hen uit de gang door. 'Ik ben blij dat je bent gekomen, Artura.'

Osmosis stond op en maakte aanstalten om te vertrekken. Hij groette Artura met een knikje en liep de gang in. Eliades stopte toen ze elkaar passeerden.

'Nou,' zei hij op gedempte toon, 'je moet me maar voor mijn bezorgdheid verontschuldigen. Je aanwezigheid vandaag was erg waardevol, dank je wel.'

'Dank u, inspecteur,' antwoordde Osmosis. 'En over wat u zei: ik voel de noodzaak om mijn familie thuis te beschermen meer dan om de benen te nemen. Dat is ook een nobele zaak, nietwaar?'

'Natuurlijk,' vond Eliades. 'Wees alsjeblieft alert op luchtaanvallen. Blijf ver weg van de bezette doelen en bereid je in elk geval op een evacuatie voor. Als je alles in een moment van paniek nog moet uitzoeken zijn je kansen aanzienlijk kleiner.'

'Ik houd alle opties open. Kan ik een wapen meenemen?' vroeg hij.

'Lijkt me verstandig. Al zou ik hem uit het zicht houden.'

'Doe ik, inspecteur.' Hij pauzeerde om Eliades de hand te schudden. 'En mijn hartelijke dank voor uw gastvrijheid.'

'Geen probleem. Als ik terug ben hoor je het wel.'

'Graag.'

Eliades draaide zich om naar Artura. 'Ik ga voorlopig de stad uit. Die toestand met de luitenants kan weken duren en het is niet veilig. Je kunt mee,' opperde hij direct. 'Ik ga naar mijn fazenda en daar is ruimte genoeg. Als jij je spullen haalt let ik intussen op de kleintjes. Lukt dat in je eentje?'

Artura knipperde met haar ogen. 'Zo'n aanbod had ik niet verwacht, maar ik neem het graag aan, zeker na wat ik u en uw donkere vriend zojuist heb horen zeggen. Vanmorgen heb ik ook geprobeerd om met de kinderen naar het station te gaan, maar de perrons stonden vol vluchtende mensen en de Tenentes liepen overal met wapens. Dus ik had al een en ander ingepakt. Ik zal het ophalen. Dank u, senhor, eh... inspecteur Eliades.'

'Geen dank,' zei hij. 'We kunnen elkaar moeilijk aan het lot overlaten, nietwaar?'

'Zo is het,' antwoordde Artura opgelucht.

Het verkeer stond vast. Lange rijen auto's vormden een groot obstakel over de nog enige vrije weg de stad uit. Eliades' auto werd gecontroleerd door patrouillerende Tenentes, maar veel had dat niet om het lijf; om papieren werd sporadisch gevraagd. Vermoedelijk zochten ze alleen bekende kopstukken; hen die graag met hun hoofd in de krant stonden. Toch bleef Eliades alert. Als zijn actie van vanmorgen samen met zijn signalement over het draad ging, kon het heel anders aflopen.

Artura zat aan de andere kant van de bank in de T-Ford, de kleintjes tussen hen in. Die leken zo van het hele schouwspel onder de indruk dat ze alles stilletjes met open mond bekeken.

Eenmaal bij de provisorisch opgestelde hefboom, waarnaast weer zo'n eigenaardig pantservoertuig stond en enkele bewapende militairen, trok Eliades' gehavende gezicht aandacht. Hij had zijn panamahoed al over de opvallende plekken getrokken maar ook op zijn kaak zaten wat schaafwonden. Achter op de T-Ford, in de koffers, had hij drie karabijnen en de nodige handwapens en munitie gestopt. Hij hoopte dat hij er vlekkeloos doorheen kwam.

'Naam?' wilde de man weten.

'Senhor en senhora Eliades,' verklaarde hij. 'O, en Alessandro, Fabio en Carina natuurlijk.'

'Beroep?'

'Handel.'

'Hoe komt dat?' De soldaat wees naar zijn gezicht.

'Tuinieren. Boom wilde niet los, uitgegleden.' Naast hem hield Artura een van de jongens tegen zich aan. Ze glimlachte vriendelijk toen de soldaat haar aankeek.

'Veel succes met de missie,' zei ze met een trefzekere geloofwaardigheid. Eliades keek wat verbaasd opzij maar herstelde zich. 'Ook van mij natuurlijk,' voegde hij er snel aan toe en glimlachte.

De soldaat tikte zijn baret aan en liet ze doorrijden.

'Je hebt talent,' prees hij toen de controlepost achter hen lag. 'Ik was even bang dat we niet ver zouden komen.'

'Iets wat mijn stiefmoeder altijd zei,' merkte ze zichtbaar opgelucht op.

'En dat is?'

'Dat je mannen met wapens beter kunt prijzen dan provoceren.'

Eliades lachte. 'Tijdens politietraining leren we heel andere dingen.'

De weg was stoffig en hobbelig. Het weer was droog en de wind die door de openstaande ramen werd aangevoerd warm en beklemmend. De kinderen sliepen, werden af en toe opgeschrikt door een kuil in de weg, maar zakten daarna steevast weg in een zorgeloze slaap. Naarmate de dag vorderde, werd Eliades zich steeds meer van zijn lichaam bewust. Zijn oren doof en pijnlijk, zijn schouder brandde – waarschijnlijk was hij ermee tegen de muur geslagen – en zijn spieren voelden steeds onprettiger aan. In zijn hoofd echode het schot dat hij op Inigo Ornelas had afgevuurd; de vlerk bloed die tegen de pantserwagen was gekletst en hoe het jongmens daarna weg was gezakt. Het was niet dat hij Ornelas het leven niet gunde. Maar met een pantserwagen op een klein politiebureau en zijn collega's schieten was een brug te ver.

Ook over zijn galanterie voor Artura tobde hij. Was het opportunisme? Als gezin was het immers eenvoudiger om onder de hefboom van de Tenentes door te rijden. In z'n eentje had hij het wellicht niet gered. Hij bekeek haar af en toe van opzij. Dan keek ze terug en glimlachte ze. Eliades moest toegeven dat hij van haar onder de indruk was. Ze had iets puurs, een mengeling van vitaliteit en ingetogenheid. En alles wat ze deed zou ongetwijfeld om haar kinderen draaien.

Maria

São Paulo, 12 juni 1924

Lieve Artura,

Ik ben helemaal aan de herstelde bundel voorbijgegaan, zie ik nu. Wel schreef ik je dat ik de boekbinder had gevraagd het voor de helft van de prijs te herstellen. Zoals je nu terecht zal vermoeden is dat dus gelukt.

Na al die ellendige romans over falende liefde was ik het goed beu. Ik heb me op stang laten jagen door senhora, die me blijkbaar graag voor haar vrouwenzaak heeft willen winnen. En ik heb me gewonnen gegeven. Ik deel veel van haar opvattingen, maar de enige geldende opvatting die ik uit haar eindeloze relaas kan destilleren is dat we onze eigen levensloop in de hand moeten houden en ons niet door al die freules en heren uit de tragische romantiek moeten laten leiden. Weet je nog dat ik sprak over dat gevoel van belangrijkheid waar mensen zo naar lijken te smachten? Ik denk dat dat het is: groots en meeslepend willen leven is vaak niet meer dan het aanzetten en opblazen van doodnormale zaken. Groots in de liefde, dure woorden en een overdaad aan vrijgevigheden, zodat iedereen het ziet. Vieren die liefde, zo breed uitgemeten dat niemand er meer omheen kan. Tja, en wie theatraal leeft, moet theatraal sterven. Daarom heb ik besloten om het klein te houden. Geen openbare liefdesverklaringen of een aanzoek tijdens een diner dansant, maar klein, intiem, als twee mensen op de dansvloer, te midden van zoveel andere mensen op de dansvloer. We zijn er, maar niet om het sprookje ter amusement voor anderen op te voeren. Het is voor ons, voor Rico en voor mij. Zo wil ik het.

Nadat ik *Onegin* terugkreeg – ik had het boek met het geld op de post gedaan – had ik eerst weinig zin om het weer te lezen. Maar omdat ik het van senhora heb gekregen en het nog steeds mijn eerste boek is, moest ik eigenlijk wel. En wat me opviel – behalve dat het weer in perfecte staat verkeert – is dat het niet alleen een tragedie over de liefde is, maar een tragedie over het maken van de verkeerde keuzes. Onegin liet zich eerder leiden door eer en conventies dan door liefde en vriendschap. Als hij voor de laatste twee had gekozen, dan had hij zowel zijn grote liefde Tatjana als zijn vriend Lenski behouden. Een (over)daad aan eer kan niet met vriendschap beloond worden, een daad op basis van conventies zal weinig wederliefde vinden. Ik ben blij dat ik het opnieuw gelezen heb en ik vraag me af wanneer ik de andere romans zou herlezen, of ik daar nu ook niet iets anders in zou terugvinden.

Ik voel me beter nu, zekerder. En nee, er is geen zekerheid dat liefde eeuwigdurend is. Maar wat is een liefde waarvoor je niet hoeft te vechten, wat is een leven waarvoor je niet hoeft te werken? Zo ziet mijn liefde eruit, Artura. En mocht ze sterven, mocht een van ons sterven, dan koester ik bij voorbaat hoop op een tweede kans. Geen verloren, hartverscheurend wezen wil ik zijn, ontroostbaar zoals senhora de Henestrosa. Als ik val, kom ik gewoon weer boven.

São Paulo, 13 juni 1924

Lieve Artura,

Vandaag hebben we senhora Pessoa begraven. Het was voor het eerst in lange tijd dat ik bij een mis aanwezig was. Ongetwijfeld is alles beter wanneer je begrijpt waarover die gejurkte mannen voor in de kerk spreken, maar het was een plechtige dienst, er waren veel bloemen en ze heeft een mooi plekje in een familiegraf op het hof.

Ik was met Rico en het is fijn dat hij zoveel gevoel voor al die verschillende betrekkingen heeft. Hij weet wie wanneer te groeten en wat te zeggen, hij wist precies wanneer we bloemen konden leggen, op welke plek in de rij we terug naar de villa moesten lopen en hoelang we bij het koffiedrinken konden blijven. Senhor Pessoa kondigde daar aan dat het huis voor het eind van de maand leeg opgeleverd moest zijn. Hij gaat het verkopen. Voor mij geen probleem, voor de andere huursters en huurder kwam het weinig gelegen, hoewel het natuurlijk geen verrassing was. Ik voelde me vooral erg begaan met Miquela, die mijn jurken heeft versteld. Ze is een aardige vrouw en ik hoop dat ik haar niet uit het oog verlies.

São Paulo, 15 juni 1924

Vanmorgen waren we op de regattaclub. Inigo deed weer mee aan de races en deze keer won zijn boot. Natuurlijk moest hij dat uitgebreid vieren. Hij is een innemende jongeman. Als hij spreekt hangt iedereen aan zijn lippen en ook Rico lijkt erg naar hem op te kijken. Terwijl we later met z'n tweeën langs de rivier wandelden en aan het water een plekje vonden om uit te rusten, vertelde Rico dat een gemeenschappelijke kennis Inigo in vertrouwen had genomen over senhor Raoul; iemand die met hem op de USS Western World naar Rio de Janeiro was gereisd. Kennelijk heeft mijn werkgever zich nogal uitgeleefd in de Parijse achterstraten en wist die kennis te vertellen dat hij aan syfilis lijdt. Hij had de symptomen herkend. Senhora doet er blijkbaar alles aan om dat binnen de muren van Villa de Henestrosa te houden, maar Rico vreest dat het schandaal snel uitlekt. Wat verschrikkelijk voor senhora, nietwaar? Juist zij die zo van leer trekt tegen de losbandigheden van de man, dat juist haar zoon het slachtoffer van zijn eigen lusten moet worden.

Ik vraag me af wat het met haar doet. Zal ze nog strijdlustiger worden of zal ze inbinden? Hoewel ze haar betogen onder een pseudoniem schrijft, verwacht ik niet dat een moeder het beschamende gedrag van haar zoon aan het licht brengt zodat anderen er een voorbeeld aan kunnen nemen. Volgens mij verdraagt echte moederliefde zo'n offer niet, ongeacht of het open of anoniem gebeurt.

Rico vroeg of ik nog wel bij senhora zou moeten werken nu haar huis te schande is gebracht. Daar schrok ik een beetje van, ook al heeft hij misschien gelijk. Hij is ambitieus en hij geniet veel waardering op zijn werk. Ik denk dat hij bedoelt dat ik niet alleen aan mijn toekomst maar ook aan zíjn toekomst moet denken, onze toekomst samen. Wanneer het schandaal echt aan de grote klok komt te hangen zou dat voor hem wellicht nare gevolgen hebben.

Hij moest eens weten over J.

Wel is hij trots dat ik nu secretaresse van senhora ben. Hij zei ook dat hij mij met groot gemak aan een nieuwe baan kan helpen. Maar ik weet niet of ik dat wel wil. Ze is zo goed voor mij en samen hebben we veel doorgemaakt.

Kennelijk heb ik ook wat van senhora Pessoa geërfd: haar garderobe en een gouden kettinkje met een hanger van – je gelooft het niet – een zwaan. Ik draag het nu. Maar als ik jou vind, mag jij het hebben.

Samen met Miquela heb ik de mooiste jurken en hoeden uitgezocht, die ze voor mij gaat vermaken. Voor de overige jurken weet zij een goed verkoopadres, zodat ik er wat geld aan overhoud.

Op aandringen van Rico heb ik deze week een bankrekening geopend en daar al mijn spaargeld op gezet. Rico merkte op dat wonen in een gedeeld huis voor- en nadelen heeft, één dief en je bent alles kwijt. Hij vond dat ik maar beter voorzichtig kon zijn. Het geld van de jurken kan daar dan bij.

Overigens zette dat me wel aan het denken. Vader had ook een bankrekening en wat gebeurt daarmee nu hij vermist is of niet meer terugkomt? Ik geloof dat hij best veel geld heeft ontvangen voor de winkelinventaris en het pand, het was de bedoeling dat we uiteindelijk in São Paulo een huis zouden kopen. Die hele opzet met hem in Santos en ik bij senhora Pessoa was maar tijdelijk.

PS Miquela gaat trouwen. Ze heeft al een tijdje iemand op het oog en die heeft haar nu gevraagd. Ik denk dat hij zijn kans eindelijk schoon zag.

São Paulo, 20 juni 1924

Lieve Artura,

Er zijn complicaties. Senhor Raoul heeft door zijn slechte gezondheid een longinfectie opgelopen, op de USS Western World waarschijnlijk. Hij hoest verschrikkelijk en de dokter loopt de deur plat. Er is niet veel hoop; een infectie boven op de syfilis, we gaan van het ergste uit. Ik schrijf me intussen ongans, iedereen wil weten wat eraan scheelt en ik denk dat senhora – ondanks haar schaamte en verdriet – blij is dat ze nu zonder wroeging kan schrijven dat het een infectie is. Dat senhor Raoul niet lang meer had moet al eerder tot haar zijn doorgedrongen en dat hij nu onder een minder schandelijk aureool de wereld kan verlaten is een kleine troost. Senhora doet plichtsgetrouw wat ze moet doen: ze verzorgt haar zoon, schrijft haar brieven en ontvangt ziekenbezoek.

Ik verhuis iedere keer als ik naar de villa ga een klein deel van mijn spullen mee. Om te beginnen heb ik niet heel veel, en ik vind het bezwaarlijk om Antonio met de auto te laten voorrijden.

Nu Rico weet dat senhor Raoul een longinfectie heeft, lijkt hij hem het voordeel van de twijfel te geven en is hij niet meer teruggekomen op de vraag of ik nog wel bij senhora moet blijven. Ik denk ook dat hij wel ziet dat ik erg op haar gesteld ben. Verlangen dat ik haar verlaat, zo kort nadat ik al van senhora Pessoa (en vader?) afscheid heb moeten nemen, zal hij niet zonder gegronde reden doen. Dat is lief, nietwaar, dat hij ook respect voor mijn gevoelens heeft?

São Paulo, 21 juni 1924

Ik ben naar de zee gevlucht. Senhor Raoul maakt een verschrikkelijk einde door en ik stond naar mijn gevoel alleen maar in de weg. Gisteren nog heb ik de tekst voor op de rouwkaart moeten overschrijven, vanmorgen vroeg de eerste opzet voor de elegie. Senhora gaat voortvarend met de situatie om en ik bewonder haar steeds meer. Ik vermoed nu dat ze het al eerder wist, of dat ze het vreesde. Een zoon van midden dertig die de wereld rondtoert alsof het leven oneindig en het lichaam onsterfelijk is. Wellicht is haar hele motivatie voor de vrouwenzaak wel meer gestoeld op het gedrag van haar zoon dan op dat van haar echtgenoot. Maar wat kan ik er met zekerheid over zeggen? Als ik het goed begrijp is het einde van Raoul het einde van haar huis, haar geslacht. Hoe tegenstrijdig.

De vissersboten waren nog weg, maar ik wist mijn plekje aan het strand te vinden. Niet lang daarna kwam Carlos aanrennen, een ansichtkaart in zijn hand, mijn ansichtkaart natuurlijk. We waren blij elkaar te zien en hij zag er gezond en vrolijk uit. Van zijn vorige aanvaring met zijn vader was niets meer te zien, niet aan de buitenkant in ieder geval. Vanbinnen zou het nog wel kwellen. Het kwelde mij immers ook.

Ik had zoete broodjes meegenomen uit de keuken, dus aten we aan het water terwijl de zee ons steeds bij de blote tenen greep. Zeevogels omringden de vissersboten, ver weg aan de kim. Het was klam en de zon brandde stevig voor de tijd van het jaar. De wind verkoelt, maar je moet toch alert zijn. Later zochten we een plekje in de schaduw onder een hoge palmenhaag. Ik tekende figuren in het zand en Carlos moest raden wat ze waren. Daarna schreven we zijn naam, Carlos, en mijn naam, Maria.

Carlos kijkt nooit naar de zon. Ik bedoel, hij aanschouwt haar niet. Soms houdt hij zijn hand voor zijn gezicht als hij ergens heen wijst en ze hem in de weg zit. Ze is het licht waarbij zijn familieleden hun werk doen, meer lof, vermoed ik, ontvangt ze in deze regionen niet. Ik geloof ook: om de schoonheid van de zon te waarderen moet je je de eindigheid ervan kunnen inbeelden, ook al bestaat die op het eerste gezicht niet. En om de liefde en het leven te kunnen waarderen moet je je ook de eindigheid ervan kunnen inbeelden. Anders staren ze je maar onhebbelijk in het gezicht.

Ik aaide Carlos over zijn hoofd, hij omhelsde me.

Artura, als ik de elegie van vader zou moeten schrijven, de tekst voor op zijn rouwkaart, wat zou daar dan komen te staan? Is hij het slachtoffer van de Orde, die het nationale belang van koffie en melk boven zijn recht op ademhalen, op spreken stelt? Vond vader het een waardig einde, zo met stille trom de gelederen te verlaten? Was hij tevreden, had hij er genoeg van?

Moest ik schrijven over de bedrogen echtgenoot die hij was? Moest ik schrijven over de knetterende ruzies die hij had doorstaan, de boeken en huisraad naar zijn hoofd die hij had ontweken? En dat hij, nu hij eindelijk de moed had gevonden om met zijn politieke grieven de straat op te gaan, grandioos had gefaald?

Op een of andere manier kan ik mij zijn laatste akte niet goed inbeelden, die man op straat die zich uitspreekt over de problemen van het gekortwiekte volk. Hoe kwam hij zo? Kennelijk weet ik het niet, Artura. Ik ken die man denk ik niet.

Eliades

10

'Waar was je van plan naartoe te gaan?'

Ze waren gestopt om brandstof aan te vullen. De kleintjes moesten een plas en die kwamen nu voor Artura langs uit een zoom groen rennen. Eliades leegde de jerrycan in de tank en snoerde die weer achter op de T-Ford.

Artura keek hem vragend aan.

'Je zei vanmorgen dat je al wat spullen had ingepakt,' legde hij uit. 'En dat je van plan was te vertrekken?'

'Ah, nu begrijp ik het.' De wind speelde met haar kleurige jurk. Plukken haar waren onderweg uit haar vlecht ontsnapt, ze zag er een beetje verwilderd uit, heel aantrekkelijk.

'Mijn vader heeft een boekenwinkel in São Bernardo. Als het allemaal uit de hand zou lopen kon ik daar wel terecht.'

'São Bernardo? Ben ik weleens geweest, mooi daar. Fijn dat je een plek hebt om op terug te vallen.'

Ze knikte, maar niet erg overtuigend.

'Broers, zussen?'

'Halfzusje... excuseer.' Ze rende prompt achter de tweeling aan, die vlug als water in de groenstrook verdween. Ze riep ze na.

Eliades glimlachte en tilde Carina in de T-Ford. 'Vind je het leuk in de auto?' vroeg hij.

Ze knikte en stak haar duim in de mond. 'Alesso en Fabio rennen weg!' zei ze een beetje bezorgd.

'Mama vangt ze wel. En misschien moeten we even toeteren.'

Eliades kneep het kussen van de hoorn in. De toeter oinkte een paar keer. Carina zette het op een giebelen.

'Nog een keer, nog een keer.'

Nieuwsgierig kwamen de jongens uit de palmenzoom rennen, moeders op de hielen. Ze doken een voor een op de hoorn en bakten er niks van. Eliades toeterde nog een paar keer.

'Wilt u een kruidenbroodje met ham? Ik vrees dat ze anders bederven voor het donker is.'

Artura had wat etenswaren uit haar tas gehaald en deelde rond. De jongens werden zo de auto weer in gelokt.

'Graag. Ik heb nog koffie in de thermos. Wel lauw inmiddels.'

Artura haalde haar schouders op. 'Lauwe koffie is ook koffie.'

'Laat de Coronels het maar niet horen.'

Ze dronken uit tinnen koppen en aten Artura's broodjes. Het landschap glooide, afgezet met palmen en hoge pijnbomen. In de verte staken donkergroene vlakken af tegen de blauwe hemel; koffieplantages. Auto's reden zo nu en dan voorbij, wierpen stofwolken op. De meeste afgeladen met mensen en koffers.

'Hoelang moeten we nog?'

'Zeker tot de avond. Maar we stoppen nog wel een paar keer.'

'Geen probleem,' vond ze, op de kinderen wijzend. 'Het gaat tot nu toe erg goed.'

'Zijn ze altijd zo rustig?'

'Nee,' bekende Artura en begon direct te lachen.

'Gelukkig hebben we in Campinas de ruimte.'

'Gelukkig wel, anders had ik vriendelijk moeten bedanken voor uw aanbod.'

'Onzin,' vond Eliades. 'En zeg maar je, en Eduardo, als je wilt.'

'Heel graag,' zei ze.

Zo'n twintig mijl voorbij Campinas gingen ze van de hoofdweg af. Eliades schakelde de koplampen aan nu het heuvelachtige landschap steeds vaker de dalende zon onderbrak. De weg was omringd door volwassen koffieplantages met hoog groeiende struiken en verschillende fazenda's. Op veel plaatsen werd er nog geoogst zolang het licht bleef. Af en toe moesten ze inhouden voor een ezelwagen met knechten en manden vol rode koffiebessen.

'Het is mooi hier,' vond Artura. 'Heel groen. En je ruikt de koffie.'

'Ja, dat zeker. Wen er alvast maar aan.'

'Wordt er al gebrand?'

'Jawel hoor, maar alleen voor lokaal gebruik. De export wordt nogal gehinderd. Daarom wachten veel plantages zo lang mogelijk met de verkoop. Of in ieder geval totdat het hoogseizoen van Colombiaanse koffie voorbij is. Zij oogsten eerder dan wij en daardoor gaan we de internationale markt op tegen lagere prijzen.'

'O, is dat het probleem? Kunnen we daar niet iets aan doen?'

'Aan het productieoverschot niet, aan de prijzen een beetje. Veel koffie wordt door de regering opgekocht en opgeslagen. Maar veel effect heeft dat niet, behalve op ieders zenuwen, zoals we vandaag hebben gezien.'

Artura lachte.

'En je familie heeft een plantage? Hebben jullie er geen last van?'

'Vooral buitenlandse handelaren en banken hebben er last van. En kleinere commerciële corporaties. Bij ons valt het nog wel mee, we hebben goede connecties, maar het staat er niet zo goed voor als vijf jaar geleden. Anderzijds ben ik niet alleen van de koffie afhankelijk, maar van het wangedrag van mijn mede-paulistanen.'

Ze lachte weer en haakte in op het onderwerp. 'Mijn buurvrouw zei dat de Tenentes vanmorgen vroeg het bureau hebben beschoten.'

Eliades keek haar onderzoekend aan. 'Beschoten? Dat klinkt wat eufemistisch. Zeg maar gerust dat ze het hebben opgeblazen.

Twee mortiergranaten. Heb je niks gehoord? Zo ver woon je niet bij ons vandaan.'

Haar mond viel open van verbazing. 'Nee, maar ik was ook even op pad. En kom je zo aan die verwondingen?'

'Ja, om van mijn suizende oor nog maar te zwijgen. Maar – hier zijn we, levend en wel.' Eliades remde af voor een span runderen dat de weg overstak. Hij zwaaide naar de boer die een brede grijns trok toen hij hem herkende en opgewekt terugzwaaide. 'We zijn er bijna,' zei hij.

Een lange, door palissanderbomen geflankeerde weg leidde een hoge heuvel op. De T-Ford draaide overtoeren en ploegde onder luid kabaal de laan op. Eenmaal boven stuurde Eliades de auto onder een metershoge accolade van Braziliaanse kastanjebomen door, daarna langs een brede afrasteringhaag van koraalstruiken. Het late avondlicht piepte nog net over de heuvel toen de twee verdiepingen tellende fazenda in zicht kwam. Het zandkleurige huis lag er mooi bij, in een oase van prachtige bloemstruiken. Eliades reed de auto in de open garage naast een paar andere mobielen, remde en schakelde de motor uit.

'Zo, hier zijn we.'

Artura was stil, kwam uit de auto en tuurde over de heuvelwand. Daar golfde het landschap in enorme, gekamde vlakken vol koffiestruiken naar beneden, afgewisseld met compacte boomzomen, schuurtjes en hier en daar een waterbassin. Ze gaapte het uitzicht letterlijk aan, de rust ervan was overweldigend, zeker na uren achter het gedender van de motor.

'Weergaloos,' fluisterde ze.

'Amen,' zei Eliades en keek de auto in. De kleintjes sliepen half over elkaar heen. 'Hiernaast is een waterpomp en een toilet als je je wilt opfrissen.' Hij wees naar een groene deur in de autostalling. 'Ik spreek ondertussen even met mijn broer en kom jullie zo halen.'

'Dat is goed,' zei Artura.

Zeca had de auto horen aankomen en kwam de veranda op. Omdat het snel donker werd liet Eliades zijn stem horen.

'Eduardo?' riep Zeca, en klonk daarbij wat verbaasd.

'Dag, Zeca,' antwoordde deze. 'Hoe is het?'

Ze schudden elkaar de hand.

'Waarom ben je hier? God, man – wat zie je eruit!'

'Tenentes. Ze hebben São Paulo vanmorgen bezet en mijn bureau ligt in puin.'

'Serieus? Ik had de radio niet aan. Waarom heb je niet getelegrafeerd?'

'Die mogelijkheid had ik niet. En ik blijf liever in de obscuriteit.'

'Gelijk heb je,' zei Zeca. 'Is het leger al uitgerukt? Zal wel weer een bloedbad worden.'

'Nee, nog niet. Maar ik vrees dat je gelijk hebt.' Eliades pauzeerde voordat hij over Artura wilde beginnen. 'Je hebt mijn brief over Theresa ontvangen, neem ik aan?'

'Natuurlijk. Vervelende situatie.'

'Ja, wat je zegt. Ik heb een huishoudster aangenomen. Ze is meegekomen... met haar kleintjes.'

Zeca knikte en liet een stilte vallen. Een nogal pijnlijke.

'Ik wacht met belangstelling...' spoorde Eliades hem aan.

'Ja, wat Theresa betreft...' begon Zeca en keek half langs de bomen weg.

'Nou?'

'Ze is hier.'

Eliades' mentale raderwerk stokte van verbijstering. Hij krabde aan zijn hoofd en keek Zeca strak aan. 'Zou je dat willen herhalen,' verzocht hij.

'Je hoorde me wel...'

'Horen en begrijpen zijn twee verschillende dingen.'

'Eduardo, je weet hoe haar vader is... Je kunt haar niet zomaar naar huis sturen.'

Eliades zuchtte luid en haalde een hand door zijn haren. 'Natuurlijk weet ik hoe de oude Coronel is,' antwoordde hij geïrriteerd. 'Maar ik weet nog veel beter hoe zij is. Dus zet die vrouw in de auto en lever haar twaalf mijl verder af op het juiste adres.'

'Eduardo, luister...' begon Zeca.

'Zeca,' onderbrak Eliades hem, 'ik heb een lange dag gehad. Ik ben met mortiervuur beschoten, mijn gewaardeerde collega Victor Munhoz hebben we in stukken naar het mortuarium moeten dragen, ik heb een jonge vent door z'n harses geschoten en heb mijzelf en mijn korps – gelukkig zonder verdere ongelukken – uit het bureau geëvacueerd. Ik ben wonderwel probleemloos de stad uit geraakt met Artura en haar kinderen en ben de hele dag met een doof oor en een pijnlijk lijf, in die stinkende T-Ford naar Campinas gereden. Vind je het heel erg om het ijskonijn dat zichzelf – helaas nog steeds – mevrouw Eduardo Eliades mag noemen, terug te brengen naar de bron van haar ellende? Ik vrees dat ik anders een ongeluk bega.'

Zeca knikte beheerst, maar Eliades voelde een bui aankomen, greep naar zijn sigaretten en deed een paar passen achteruit.

'Zeg alsjeblieft dat je niet zo dom bent geweest om je voor Theresa's wraakcampagne te laten charteren...' Hij stak een sigaret op en inhaleerde diep. Zijn broer legde zijn handen op de leuning van de veranda en het antwoord op de vraag presenteerde zich door het uitblijven ervan.

'Eén ding, Zeca,' dreigde Eliades met uitgestoken vinger. 'Je lost dit probleem hier en nu op, anders doe ik het voor je.'

Zeca zei niets. Hij draaide zich om en liep terug het huis in.

Maria

São Paulo, 25 juni 1924

Lieve Artura,

Ik woon in een mausoleum, een tombe. De stilte is altijd aanwezig, maar nu voel ik ze ook. Ze komt uit de mensen die plechtig over de vloer lijken te zweven, die buigen, bedeesd, alsof niets belangrijker is dan het vertragen van de tijd. Kleur is verdwenen, er is alleen nog zwart en wit. Gepoederde witte hoofden op slepende zwarte lakens van zijde en kant. Zwarte vazen en bokalen met witte lelies en rozen. Senhora een ornament van git, ruches en voile, een Spaans-victoriaans tableau vivant. Onbeweeglijk zit ze voor een mensgrote snuisterijendoos uit India of Vietnam, van ebben en kamfer, waarop een merkwaardige reeks vlinders, apen en bladeren is gekerfd. Mensen glijden erlangs. In de doos, op dieprood fluweel, slaapt een man. Hij speelt zijn dood, wacht op applaus, het moment waarop iedereen het treurige gezicht afzet en voor champagne en een vrolijke noot de foyer in loopt. We halen weer adem, we gaan weer door, we prijzen de acteur en vergeten zijn naam. Vandaag nog.

O, was het maar zo.

In die treurige golf van aanspoelende en afzwaaiende mensen zie ik plotseling mijn lief. Het mooiste gezicht, de langste van allemaal en iedereen kijkt. Hij steelt Raouls laatste grote moment, speelt hem van het toneel en doet alle hoofden draaien. Maar hij ziet alleen mij en ik zie alleen nog hem.

São Paulo, 27 juni 1924

'Ach jij dwaas kuiken!' riep senhora in tranen. Ze was zo boos en verdrietig. 'Zie je niet wat hij doet, zie je niet wat hij wil? Ieder woord is een leugen, elke belofte bedrog. Zo'n man heb je niet voor jezelf, Maria. Heb je dan helemaal níéts geleerd?'

Ik stond daar en huilde.

'Verlaat me niet, mijn lieve,' smeekte ze. 'Niet ook jij.'

Nooit. Ik schudde mijn hoofd. Nooit zou ik haar verlaten. Snel liep ik op haar af, pakte haar gekwelde handen vast en kuste ze. Ik zou blijven zolang als ik kon. Ik beloofde het, plechtig en oprecht. Maar o, wat schuurde dat op mijn ziel. In mijn nieuwe kamer in het bijgebouw, waar ik uitzicht heb op watervallen van passiebloemen, op Griekse naakten van wit marmer en priëlen zo mooi, dat alleen de rozen eromheen durven te groeien; daar ontvouwde zich mijn eigen tragedie. Maar het enige uitzicht dat ik wenste was het raam van Rico's kamer.

Ik vulde mijn kussen met tranen. Had ze toch gelijk? Was ik te naïef om het te zien, verblind door Rico's schoonheid, zijn feilloze manieren? Waren ze bindend, zoals die van senhor Salvador? Ik weet het niet, Artura. Wat ik voel is echt, wat hij doet lijkt zo oprecht. Zijn brieven zijn zo liefdevol en zachtaardig. Wat zou jij me zeggen? Manoël, jouw grote liefde. Hij is er toch ook nog? Jullie zijn gelukkig, nietwaar? Kon je het maar zeggen.

Ik worstel mij door de stapels steunbetuigingen. Ze komen via de post, met bloemen mee, via de telegraaf. Ik beantwoord ze uit naam van senhora, met zwierige letters en prachtige woorden. Mijn handschrift lijkt steeds meer op het hare, zonder vlekken, zonder pijn. Niet zelden vraag ik me af om wie we rouwen, om wie ik rouw. Wie dragen we eigenlijk naar het graf?

São Paulo, 29 juni 1924

Lieve Artura,

De lucht was drukkend en benauwd. Ik ging met een zwaar hart naar de regattaclub. Ik kan niet goed beschrijven wat er speelde; het zat in de mensen, in de atmosfeer. Je denkt vast dat het Rico is, maar dat was het niet. Niet alleen. Er is iets op til.

Inigo zei met zo min mogelijk woorden dat vader niet op de lijst van uit Santos gedeporteerde mensen staat. Geen werkstraf voor hem. Het is waarschijnlijk voorbij.

Ik stelde zijn eerlijkheid op prijs, maar ergens had ik nog hoop. Rico hield mijn hand vast terwijl Inigo's boot weer als eerste over de eindstreep schoot. We lieten niet los om voor de overwinning te klappen zoals alle anderen. Een hoed vloog met de wind over het water. De man met de roeptoeter raakte zo opgewonden dat hij een rode kring van het ding om zijn mond had. Ik telde de glazen champagne op het plateau van de livreiknecht. Ik telde cocktails op een ander blad. Een groen-oranje *motmot* vloog langs en landde in een struik. Een lege champagnecoupe viel op het gras zonder te breken. Ik kneep in Rico's hand, maar ik had geen tranen meer. We begonnen te lopen, ik volgde zonder te vragen waarheen. Ik voelde zijn hand langs mijn haren, zijn kus op mijn gezicht. In Inigo's automobiel reden we door de stad, over de Avenida Paulista met haar hoge panden, haar potsierlijke rijkdom en vlijmscherp gesnoeide hagen. We verlieten de stad, langs het kerkhof. Ik zag de snuisterijendoos van senhor Raoul voor me, zijn door hemzelf gekozen reliekenkistje dat in het ruim van menig schip met hem mee was gevaren, langs ontelbaar veel steden, over onpeilbare wateren. Hierin wil ik bewaard worden, had hij gedacht terwijl de dood hem in het gezicht grijnsde. Geen pijnhouten kist met een kruis, maar een souvenir met vlinders, apen en tropisch loof.

Ik zocht naar de woorden voor vaders elegie, maar vond er geen. Als ik wist waar moeder uithing, zou ik haar dan schrijven dat ze weduwe was?

We reden zonder bestemming, de wind in ons haar, de zon achter ons, de geur van droge aarde en stof doortrok de cabine. Het was alsof Rico wilde laten zien dat de wereld nog bestond, dat we niet waren vergaan. Ik was er nog, zou er morgen ook nog zijn – de dag daarna. Maar het enige wat ik wilde was spelen in het zand, figuren tekenen en kastelen bouwen in een grote kring van schelpen.

Rico reed mij terug naar de villa en sprak met senhora. Ze spraken lange tijd maar het ging langs me heen. Daar stonden ze, de liefde en de getergde ziel. Van beiden zal ik houden, ik weet alleen nog niet hoe.

São Paulo, 30 juni 1924

Lieve Artura,

In mijn nieuwe kamer is het veel lichter. Ik ben alweer uren op en zojuist heb ik een mandje met bloemen gekregen. Er zit een condoleancekaartje bij van senhora, het eerste tastbare dat ik bij het overlijden van vader heb ontvangen. Bloemen, bij gebrek aan een lichaam.

Vannacht heb ik de vreemdste droom gehad. Ik ben opgestaan om die op te schrijven, maar moet bekennen dat die me nu ontglipt is. Ik ben moe en onrustig en de woorden komen slecht uit mijn pen.

Rouw is volgens mij niet meer dan een soort vermoeidheid die ontstaat omdat het hoofd alleen maar aan de overledene denkt. Ik herbeleef gebeurtenissen en waardeer ze van belangrijk naar minder belangrijk. Het is als een bureau vol lectuur en foto's. Nu is de eigenaar ervan weg en moet alles geordend en gearchiveerd worden. Ik moet besluiten of een nieuw persoon aan dat bureau mag zitten, of dat het voor altijd vrij blijft.

Laat ik nu die elegie dan maar schrijven, anders komt het er vrees ik nooit meer van. Vandaag hoef ik verder niet te werken, het enige wat ik nog moet doen is mijn schelpen ophalen uit Huize Pessoa en dat ellendige wapen terugbrengen naar senhor Salvador. Dat sleep ik al weken met mij mee en echt nodig heb ik het uiteindelijk niet gehad.

Elegie voor de bedrogen echtgenoot

Er zijn ouders die hun kinderen leren om hen te bedienen, hoe met hun nukken om te gaan. Er zijn ouders die hun kinderen bijbrengen wat de wereld te bieden heeft. Van beiden had ik er een.

Hij had een zachte stem, die gedurende mijn jonge jaren sleet naar een vriendelijke stilte. We leefden in een kleine wereld, omringd door wanden vol woorden en kasten vol tabak. Wanneer we konden, zaten we achter in de rekenkamer. Ik leerde, hij deed de boekhouding en las kranten, Artura ging naar school. We onttrokken ons aan het theater dat we Consuéla noemden: mijn moeder, zijn vrouw. De winkel was haar podium. De klanten en buren het publiek. Wij waren komische of idyllische bijfiguren die er te pas en te onpas werden bij gesleept, of het nu om het drama met het verloren boek ging of het mysterie van een merk sigaren dat we niet hadden liggen. Soms waren we redders, dan weer aanstichters en niet zelden zaten we het spektakel alleen maar in de weg.

De rekenkamer. De deur op slot, weg van het theater, het grote raam en de tuindeur open: blauw-gele ara's, kardinaaltjes, kolibries en soms ijsvogels streken in de tuin neer. Wanneer mijn vader mij iets wilde leren – een levensles, een wijsheid – of wanneer hij mij wilde opvrolijken, een hart onder de riem steken of als hij vond dat ik een portie soldatenmoed nodig had, pakte hij zijn citatenregister. In de rekenkamer stond zijn persoonlijke verzameling boeken en een deel daarvan was specifiek voor mijn scholing bedoeld. Elke keer als hij een zinvol citaat of een belangrijke verhandeling had gelezen, markeerde hij het boek met een genummerd strookje bruin papier en noteerde het desbetreffende stuk in het register. En als er zich dan een pijnlijke of een onbegrijpelijke situatie voordeed, zocht hij een passend citaat en gaf het mij te lezen. Meestal wist ik wel wanneer welk citaat eraan kwam en soms tikte hij alleen maar veelzeggend op de rug van een boek. Ik kan hier eindeloos voorbeelden noemen over voor mij beknellende situaties en bijpassende citaten; zoals over de dag dat Artura met haar nieuwe minnaar naar São Paulo vertrok, het geluk achterna. Maar wat zou dat? Dit is de elegie van mijn vader, niet die van mij.

Op een dag vond ik hem in de tuin, zittend op het bankje, hoofd iets gebogen en een hand op zijn voorhoofd. Langs zijn neus druppelden tranen op de grond. Hij huilde niet zoals ik of Artura dat deden en al helemaal niet zoals Consuéla dat deed, maar toch zag ik op de grond donkere plekken. Hoelang zat hij daar al?

Ineens keek hij op en rende ik geschrokken weg. Ik verstopte me in het magazijn, urenlang, totdat hij me vond. Hij gaf me een schriftje en liet me alleen in de rekenkamer om het te lezen.

Het was een verhaal over een wijze vrouw die – nadat haar

geliefde was overleden – tot de ontdekking kwam dat de zilveren tranen die ze om hem had geplengd eerst door de regen en daarna door de rivier werden opgenomen. Daarna had ze gezien dat ze naar de rivierbedding afdaalden en vervolgens parels werden. Ze vond troost in de wetenschap dat haar tranen niet zinloos waren en ging op pad. Nu ze wist dat tranen van vrouwen parels werden, wilde ze weten wat er met de tranen van mannen gebeurde.

Ze ontmoette een boer, die haar na veel aandringen toevertrouwde dat ook hij weleens huilde; als het werk op het land zwaar was, zijn gebogen rug hem kwelde en het leek alsof hij het gevecht tegen de elementen zou verliezen. Die tranen, bekende de man, zorgden voor grotere gewassen, voor groenere bladen en smakelijke vruchten. Maar uit de tranen die hij geplengd had omdat hij lui of zelfzuchtig was geweest, groeide niets dan kletskool, dat op de markt weinig opbracht.

De wijze vrouw ontmoette een ridder, die met enige schaamte bekende dat hij ook weleens had gehuild: nadat zijn trouwe strijdros tijdens een steekspel was gesneuveld. De ridder wist te vertellen dat die tranen klaprozen werden, anders dan zijn tranen om de verloren eer of fout gelopen weddenschappen. Uit die laatste, meende hij, groeide klis, een klittend kruid dat aan laarzen en wol bleef plakken en zich maar moeilijk liet verwijderen.

Na tijden rondzwerven ontmoette de wijze vrouw een oude man. Die vertrouwde haar toe dat hij ieder jaar terugkeerde naar de sterfplaats van zijn vrouw die jong gestorven was. Het was aan de voet van de berg waarvan ze tijdens het zoeken naar paddenstoelen was gevallen. Daar huilde hij zijn verdriet weg van 's ochtends vroeg tot 's avonds laat en keerde daarna weer naar huis. Op de vraag wat er uit zijn liefdestranen groeide, antwoordde de oude man: 'Dat zal ik u laten zien.'

De wijze vrouw en de oude man ondernamen de tocht naar de voet van de berg. Ze troffen er mijnwerkers aan die een diepe schacht in de grond hadden gegraven en bakken vol pulver naar boven haalden.

'Wat wordt hier gemijnd?' vroeg de vrouw aan een van de kompels, omdat ze zich slecht kon voorstellen dat de tranen van de oude man in steenkool veranderden.

De mijnwerker haalde een zakdoek uit zijn buidel, vouwde die open en toonde haar een ruwe diamant.

De vrouw glimlachte tevreden.

'Zo,' zei de oude man, 'nu weet de wijze vrouw wat er van liefdestranen van mannen komt.'

Aangezien er in mijn vaders tuin geen kletskool, klis of klaprozen groeiden, geloofde ik lange tijd dat er diep onder het bankje in onze tuin een ware schat aan het groeien was. Op een keer waagde ik het zelfs de schop erin te zetten, maar ik leerde al gauw dat de tranen van mijn vader veel te diep zaten voor een jong meisje met een kleine spade.

Pas later, veel later, toen mijn moeder er met haar zoveelste verovering vandoor ging, kreeg ik een vermoeden waarom hij destijds gehuild had. Maar toen haar onvermijdelijke vertrek hem begon te dagen, waren zijn tranen allang vergoten. Tegen die tijd was mijn vader op, een stille man die zijn gedachten voor zich, en de citaten in de kast hield.

En dan tot hier, Artura, omdat ik moe ben. Ik moet van zijn schaamtevol lijden ook geen tot kunst verheven saga maken, of zelf gaan lijden aan een plaatsvervangend gebrek aan belangrijkheid. Misschien moet ik me beperken tot een graftekst. We kennen hier toch niemand, er is geen lichaam. Wie zal er komen groeten, wie zal er luisteren? Te zijner tijd, als zijn lichaam terug is, zetten we op het graf: hier sta ik, aan de eindpaal mijner dagen.

Wat denk je, Artura? Ik ga nu mijn schelpen halen, het is nog zo'n eind lopen.

Eliades

11

Olivia, de huishoudster, hielp Artura naar haar kamer. Eliades droeg de kleintjes de trap op. Waarom had hij niet aan Zeca en Theresa gedacht, zodat hij zich had kunnen voorbereiden? Nu vocht hij tegen spijt en zelfverwijt terwijl hij mogelijke toekomstige discussies uit zijn brein probeerde te verbannen. Hij moest de situatie aan Zeca overlaten. Zijn broer had dit laten gebeuren, niet hij. Maar ineens waren daar de verwijtende tonen van Theresa's stem uit de eetkamer en wist hij dat Zeca hulp nodig had. Het had hem immers heel wat jaren gekost om Theresa uit huis te zetten.

'Er is een situatie ontstaan,' probeerde hij Artura boven uit te leggen. 'Gecompliceerd.' In de voorbije uren had hij zich verbaasd over het gemak waarmee ze in elkaars gezelschap verbleven. Een zweem van bevrijding was ondanks de verschrikkingen van die dag over hem getrokken. Tegen de avond had hij het losgelaten, het gevoel controle te moeten uitoefenen over zijn gevoelens. Bij Artura hoefde het sowieso niet, ze was een vriendelijk en redelijk wezen. Gevolg daarvan was wel dat Theresa zijn prille gemoedstoestand en Artura's zachte karakter behoorlijk wat schade kon toebrengen. Voorzichtig zijn.

'Ik heb het gehoord,' bekende Artura. 'Ik kon jullie buiten goed verstaan.'

Dat viel te verwachten. 'Het enige wat ik vraag is dat je uit Theresa's buurt blijft – ze is gemeen en berekenend en ik wil niet dat ze je kwetst. Alsjeblieft? Ik laat Olivia eten naar boven brengen. Houd de deur desnoods op slot. Morgenochtend is alles voorbij.'

Tot zijn verbazing glimlachte ze eerst en beloofde ze daarna de situatie niet op te zoeken.

De eetkamer had zicht op de achtertuin, de ramen in de galerij stonden open en de avondlucht dreef naar binnen. Krekels overstemden de stilte. Op de lange tafel stond een onaangeroerd buffet van rijst, zoete aardappels en gebraden vlees. Schaaltjes met ingemaakte groenten: paprika, augurk en groene pepers, een schaal vol bonen met mais. Niemand maakte aanstalten om te eten.

Zilveren kandelaren met hoge kaarsen wierpen schaduwen op de muren, Zeca stond achter een stoel, zijn handen om de rugleuning gevouwen. Theresa zat als een koningin aan het hoofd van de tafel, armen over elkaar, en gaf geen enkel signaal dat ze overwoog om het huis te verlaten.

'Ik heb het recht om hier te zijn,' beet ze Eliades toe terwijl hij de eetkamer in liep en een plek tegenover Theresa koos aan het andere eind van de tafel. Even leek ze uit haar doen, waarschijnlijk door zijn gehavende, vermoeide gezicht. 'Zeca vindt dat ik het recht heb,' voegde ze er vervolgens aan toe.

'Dat lijkt me wat scheef, nietwaar,' antwoordde Eliades, 'je beroepen op je rechten als mijn vrouw terwijl je je klauwen in mijn broer slaat...'

Theresa keek weg, schalks naar Zeca.

'Ze zet haar klauwen niet in mij, Eduardo,' merkte Zeca op. 'We zijn naar elkaar toe gegroeid de afgelopen dagen... maar we konden het altijd al goed vinden samen, vroeger, voordat jullie weggingen. Dat weet je even goed als ik.'

'Wel, gefeliciteerd ermee, Zeca,' zei Eliades zo koel mogelijk. 'Maar daarmee heeft zij nog niet het recht om hier te zijn. Sterker nog, daarmee heeft zij – en jij – elk recht verspeeld.'

‘Dit is ook míjn huis, Eduardo,’ snauwde Zeca. ‘Je kunt niet naar believen komen en gaan en mij iedere keer de scepter uit handen trekken.’

‘Maar we hebben het niet over het huis, dat overigens volledig van mij is. Jij hebt je erfdeel ook ontvangen, weet je nog? En daarvan had je prima een eigen plantage én een fazenda kunnen kopen. Maar je bent lekker de bloemetjes buiten gaan zetten.’ Eliades pakte een stuk paprika uit een schaaltje en nam een hap. Hij moest rustig blijven, zijn gedachten blijven ordenen.

‘Stel dat we dit idyllische familieplaatje aan iemand – laten we zeggen, Theresa’s vader – moesten verklaren. Hoeveel recht meen je dan werkelijk te hebben?’ Eliades schraapte zijn keel en stak wat zangerig van wal. ‘Don Coronel, lieve schoonvader van Eduardo, ik heb het allemaal geregeld; Eduardo en Theresa zijn uit elkaar, maar niet getreurd: ik heb uw dochter geschaakt en woon nu met haar in Eduardo’s fazenda. Natuurlijk vindt hij dat niet erg, het is immers ons recht... We vieren het leven, dineren en dansen er met z’n allen op los. Het is de normaalste zaak van de wereld...’

‘Je houdt niet meer van haar,’ beet Zeca.

‘Waar. Ik vraag me zelfs af of ik dat ooit gedaan heb. Dan nog, Zeca. Zij hoort hier niet en daarom vertrekt ze. Dit is mijn huis en zij is mijn toekomstige ex-echtgenote. Wat jullie doen na de scheiding zal mij een zorg zijn. Maar één ding staat vast: niet in mijn huis en niet achter de rug van háár vader.’

‘Waarom moet je altijd zo verstandig en uit de hoogte doen!?’ Zeca verloor zijn kalmte en begon te ijsberen.

Theresa zat nog steeds met haar armen over elkaar, ongetwijfeld hopend dat ze op het juiste paard had gewed.

‘Je hebt een goed stel hersenen, Zeca. Waarom gebruik je ze niet wat vaker? Wil je ons te schande brengen? Vind je een scheiding in de familie Eliades niet wanordelijk genoeg voor de komende decennia? Wat denk je dat mensen zullen zeggen? Dat jij Theresa zo plichtsgetrouw en liefdevol hebt getroost? Jij, met jouw reputatie? Ben je echt zo naïef?’

‘Interesseert me niet wat mensen denken. Ik hield altijd al van haar. Maar jij, zoals altijd, jij kreeg natuurlijk je zin. Die goede, vriendelijke en eervolle Eduardo…’ Zeca’s gezicht veranderde terwijl de afgunst en frustratie in verbeten klanken naar buiten kwamen.

Eliades had weleens iets van die gevoelens opgepikt, maar nooit in de mate waarin ze zich nu lieten zien. Met elke volgende seconde begreep hij dat Theresa een heel gewillig slachtoffer had gevonden.

‘Heb je enig idee wat ik allemaal heb moeten aanhoren?’ sneerde Zeca weer. ‘Eduardo de geweldige, Eduardo de rechtvaardige. Eduardo kan wél tot de knechten doordringen. Voor hem doen ze alles! Lijk toch eens wat meer op Eduardo, Zeca!’

Eliades ademde beheerst in en uit en liet zijn broer uitrazen. Een paar tellen nog, dan zou hij hem gelijk geven, de angel eruit halen en dan kon het secreet naar huis.

‘Eduardo met zijn rozen, och, hoe hij zijn moeders ziel op handen droeg. *Mijn beste zoon. Mijn enige schat.* Dat zei ze, hoor je me! Dat zei ze! En ik wou dat je weg was. Hadden ze jou vanmorgen maar geraakt. Niet Munhoz, maar jou!’

Zeca’s ogen spuwden vuur en zijn woorden misten hun uitwerking niet. Eliades kende dit element van de mens, hij wist waartoe het verongelijkte dier in staat was. Hij had de uitwassen ervan tijdens zijn werk gezien; van afgunst, van wrok en het verwrongen recht op welvaart en succes dat men dacht te hebben. Omdat de een ervoor werkte, het binnen handbereik kreeg, moest een ander het ineens in de schoot geworpen krijgen. Voor niks, voor een schot in de rug of een slag met een loden pijp.

‘Het spijt me dat je je zo voelt, Zeca,’ reageerde Eliades. ‘Laat ik me vooral verontschuldigen voor mijn fatsoenlijke gedrag, voor mijn toewijding aan moeder en al het leed dat ik jou daarmee heb aangedaan. Natuurlijk heb je daarmee alle recht op dit huis, op mijn vrouw. Had ik het maar eerder gezien. Dan had ik het je met alle liefde gegeven. Jarenlang hoereren en lanterfanten zijn wonderschone zaken die een broederlijk offer meer dan waard zijn. Je hebt volkomen gelijk, hoe ongevoelig van mij.'

Terwijl Zeca enkele passen terugdeed en Eliades' woorden op zich in liet werken, onderging Theresa een kleine doch zekere verandering. Eliades keek haar indringend aan.

'Je hebt wel lef om je eigen broer een hoerenloper te noemen,' reageerde Zeca vertraagd, zijn vinger uitstekend.

'Hoe zou je jezelf dan willen noemen? Een bon vivant, een dandy? Een voyeur?'

'Je overdrijft,' vond hij, kalmer nu. 'Ik miste Theresa, ik zocht vervanging, dom als ik was. Zo'n vrouw als zij kan niet vervangen worden... Maar niet in de bordelen. Nooit.'

'Theresa vertrekt, Zeca. Je begeleidt haar netjes naar de auto en brengt haar terug naar haar vader. Als je dat doet, wil ik je in al mijn goedheid wel vergeven. Beter nog, je capriolen komen me bij nader inzien wel van pas. Ik kan nu in ieder geval overspel aandragen als reden voor een scheiding. Niet-geconsummeerd is misschien wel waar maar minder geloofwaardig. Vind je ook niet, Theresa-lief?'

Ze glimlachte vals en was kennelijk niet van plan om mee te spelen.

'Of misschien moeten jullie samen weglopen, gezellig in een flatje tweehoog achter, je lavend aan de romantiek en liefde, want echte liefde kent geen prijs, nietwaar Theresa? Wat kan het je schelen dat Zeca zijn fortuin naar de hoeren heeft gebracht en hier op mijn kosten leeft? Jullie houden immers van elkaar? Ga je eigen weg... breek los van het monster Eduardo...' Eliades stak een sigaret op en schoof een stoel naar achteren. 'En als je het niet erg vindt ga ik nu eten.' Hij schepte op en at tussen het roken door, schonk wijn in.

'Ik kan niet zomaar terug,' zei Theresa nu. 'Daar hebben we het al over gehad.'

'Volgens mij is je moeder ziek,' bracht Eliades haar met zijn mond vol in herinnering. 'Een betere gelegenheid om terug te keren heb je niet. Daarna regelen we de rest wel.'

'Luister niet naar hem, Theresa,' zei Zeca nu. 'Ik heb geld, ik vind wel een baan, we kunnen samen weg; naar Rio, of verder, Buenos Aires. Niemand kent ons daar, we beginnen opnieuw, samen.' Zeca pakte haar hand, maar Eliades kon het niet helpen dat hij in lachen uitbarstte.

'O, wat een sneu geval ben je, broeder. Denk je werkelijk dat Theresa om jouw liefde verlegen zit? Dat ze ook maar iets anders koestert dan haat of wrok? Ik weet zeker dat ze liever nog op haar knieën naar haar ouderlijk huis kruipt dan dat ze met een halfbakken, geldloze Coronel een nieuw avontuur aangaat. Nietwaar lieverd? Waarom verlos je Zeca niet uit zijn hartverscheurend lijden? Het ontneemt me de eetlust.'

Zeca keek van Eliades naar Theresa, niet-begrijpend waarop zijn broer doelde. Theresa, met de verfijnde lijntjes om haar oogleden, haar gekrulde haren en de subtiele kleur op haar lippen, een aanwinst die menig man het hoofd op hol kon brengen. Ze keek Eliades verzuurd aan, getergd omdat haar plan om hem verder te vernederen in onvruchtbare aarde viel. Ze stond op, streek haar rok recht en vermande zich.

'Breng me naar huis, Zeca,' beval ze min of meer. 'Ik haal mijn koffer. Ik geloof dat Eduardo zijn huis liever deelt met die mollige troela met haar drie kinderen. Ik vraag me af van wie die kinderen zijn. Weet ze het zelf eigenlijk wel?'

Eliades keek geamuseerd op van zijn wijnglas. 'O, ga daar maar van uit. Hoewel jij je er misschien over zou verbazen...' Hij knipoogde.

Theresa's air stortte van hautain naar ongeloof en vervolgens naar verontwaardiging. Daarna stormde ze de kamer uit, aan Zeca voorbij zonder hem ook maar één blik waardig te keuren. Haar voetstappen bonkten op de trap, over de hal en een deur sloeg met veel kabaal dicht.

'Weet je wat jouw probleem is,' zei Eliades. Hij wees met zijn mes naar Zeca die wit weggetrokken en verweesd voor zich uit staarde. 'Je laat je door je eigen ontevredenheid leiden. Neem liever eens wat goed advies van een ander aan. Kan geen kwaad.' Hij prikte een stuk vlees van de schaal en stak het onverstoord in zijn mond.

'En wat voor een advies is dat, broeder?' vroeg Zeca monotoon.

'Hou de eer aan jezelf. Ga geen domme ruzies maken en breng haar fatsoenlijk weg. Onze grote Coronel heeft altijd nog meer schurft aan ons dan aan z'n dochter, dus veroorzaak geen problemen. Begrijp je?'

Zeca staarde nog steeds voor zich uit.

'Geen wraakacties, Zeca,' herhaalde Eliades. 'Je zat gewoon niet op te letten, overkomt de besten. Als je terug bent doen we samen een wijntje en daarna hebben we het er niet meer over.'

Zeca knikte langzaam. 'Ik haal de auto,' zei hij zachtjes.

Maria

São Paulo, 30 juni 1924

Artura, ik wil niet meer.

São Paulo, 1 juli 1924

Lieve Artura,

Nachtzwermen. Vanuit het achterland van mijn wezen, voorbij de grens die het 'ik' van het 'ons' scheidt. Daar was mijn thuis, alleen binnengelaten in de wereld van het grote 'wij' als introducee door anderen: jij, senhora de Henestrosa, senhor Salvador, Rico. In jullie wereld probeerde ik volgzaam te zijn, ergens deel van uit te maken. Ik wilde liefde en vriendschap voelen. Maar in het achterland in mijn hoofd ben ik niets dan gevoel: een prikkel, een golf van angst, een kwijnende steek in de maag. Onaangename gevoelens die als een zwerm vogels om mij heen dansen... Bovenal paniek, omdat die gedachten, mijn gedachten, steeds donkerder en luider worden.

Ik heb mijn grip op de twijfel verloren.

Een twijfelend wezen. Dat is wat ik ben, wat we allemaal zijn.

We drijven van de ene gedachte naar de andere, kiezen degene die het beste bij ons past. Alleen worden we onwillekeurig meegesleept in de grote maalstroom der dingen, universele conventies, dingen waarop we geen vat hebben.

Ik heb ze verloren, de redetwisten met mijzelf, de vrijheid om heldere afwegingen te maken tussen het een of het ander. Maar ook de besluiteloosheid, de onvoltooide zoektocht, die nadat hij eenmaal is voltooid aanleiding geeft tot een nieuwe vraag. Artura, mijn twijfel is verwoest. Ik weet met zekerheid dat ik niet meer ben wie ik was. Alles is verloren. In mijn droom kom ik op plaatsen waar een donkerblauw, stroperig licht in lussen aan de avond hangt. In mijn herinnering aan die droom hoor ik gedempte stemmen, weggemoffelde passages van vroeger en onverstaanbare leugens om bestwil.

'Ik hoor steeds dat afgrijselijke narollen van de donder,' zei ik.

Vader antwoordde: 'Je hoort de wereld draaien.' Alsof ik het gezicht van de leugen niet herkende. Ik hoorde Elsie Houston uit de hoorn van de grammofoon, 'Foi n'uma noite calmosa', het was een mooie nacht, de nacht dat ik je vond. Over dansen en glimlachen onder de maan en twee lichamen die van elkaar wilden houden… 'Ik gaf me over aan jouw blik'. Hoe Elsies stem een woordenbrij, een lange galm van woordloze klanken werd. Ik plaatste de naald opnieuw, opnieuw, maar de plaat werd grijs en de kleuren, de tonen rolden weg naar het achterland, ze verwelkten tot stompe flarden in het niemandsland van de droom. Ik zong, maar moeder verbood het. Ik danste, maar de wereld draaide, niet ik. Rico, aan wie ik mij overgaf. Die nachtzwermen, Artura. Ze zijn verschrikkelijk.

São Paulo, 3 juli 1924

Ik weet niet of de datum klopt. Vandaag schoof ik steentjes langs een puntig intarsia van eiken en esdoorn. De geur van cognac en gerijpte rum glijdt over de vloer, twee glazen, de wand en het plafond lopen door elkaar heen. Senhora en ik hebben gelachen, waarom weet ik niet. Ik twijfel er niet aan. Ik weet het alleen niet meer.

Ik heb senhor Salvador gezien vandaag, of gisteren. Maar toen ik aankwam wist ik niet meer wat ik kwam doen. We hebben gedanst, zijn parfum stuitte me tegen de borst.

'Leandra is weg,' zei hij.

Ik ben ook weg, dacht ik. En hij keek me aan alsof ik de zaal in brand had gezet. Dus ik ging weg en ik liep tegen iemand aan; hij kwam aangelopen in een corona van zonlicht, zo donker en lang dat ik Rico zag en hem beetpakte… Zo stom, Artura, zo stom.

We zijn wilden, wij. Inigo zegt dat ik moet gaan. Hij zegt dat ik senhora moet zeggen dat we uit de stad weg moeten. Het is te laat voor Rico, maar Inigo heeft alles onder controle, zegt hij. Zo'n dwaas, zo'n dwaas.

In dat achterland, dat schemergebied, leven we in onze verlangens, in het waanbeeld van de werkelijkheid. We zoeken er naar woorden die onze verlangens ondersteunen, naar beelden die ze tot leven brengen. We wekken gevoelens op bij onszelf, bij anderen, met mooie zinnen en elegante bewegingen. We draaien eromheen, maar niet als de aarde om de zon, maar als de aarde om haar eigen as. En als we worstelen, dan worstelen we met de onoverbrugbare ruimte tussen onze verlangens en de werkelijkheid. Zelfs zij die geloven dat ze alles kunnen grijpen, het geluk, de genietingen van liefde: ook al hebben ze beet, dan vormt zich in het achterland van verlangens alweer een nieuwe onmogelijkheid en begint het kwijnen van voor af aan. We treuren om ons lot, terwijl we het voor onze eigen neus als kralen aaneenrijgen, en iedere misstap die we doen brengt ons dichter bij de werkelijkheid, verder van ons doel, terwijl we schuimbekkend van ellende in ons bed liggen.

Ik had het mis, zeg ik je. Nog nooit heb ik zo helder gezien, Artura. Die nachtzwermen die samen met mijn gezond verstand als vuurwerk de hemel in gingen… als alles zonder twijfel is, mag je dit wel van me aannemen. Het is niet de dood die ons in het gezicht grijnst, Artura. Het is het leven dat ons hardop in het gezicht uitlacht. Om al die malle verhandelingen uit ons achterland, onze verlangens, die als tinnen soldaatjes stuk voor stuk sneuvelen. We tekenen ons eigen lot, mijn zuster, en het leven lacht ons schaterend uit.

São Paulo, 5 juli 1924

En dan marcheert het utopische waanbeeld van een of andere Marx ons zonovergoten land binnen. Want zeker, prachtige beelden oproepen kunnen we, van vrede, broederschap en gelijkheid, maar o dat gapende gat, dat laat zich alleen met bloed dichten. Senhora knijpt mijn armen blauw, ik stel voor dat we de was doen en dat we ze negeren, die Tenentes. Wat zullen ze willen van een oude zwaan en een jonge vrouw die in de war is? Willen ze ons soms horen belijden dat we voor de revolutie zijn? Het enige wat ik wil belijden is dat ik Rico wil, zoals hij in de perfecte wereld, het achterland van mijn wezen is. En zolang ze hem niet kunnen laten aanrukken ben ik niet van hun kunstjes onder de indruk. Laat ons niet vergeten: ik ben het leven en ik lach iedereen in het gezicht uit.

São Paulo, ergens in juli

Lieve Artura,

We houden ons stil en schrijven. Onze wereld draait als een grammofoon, maar de naald ligt niet op de plaat. De post blijft weg, de telegraaf beweegt niet, geen bloemen aan de deur, geen ontvangsten met zoete broodjes en koffie. In de verte wordt er gevochten, toch blijft het redelijk rustig. We kunnen met enige voorzichtigheid over straat. Er rijden gedrochten van machines door de stad, rijen soldaten marcheren langs, vuurwapens in de hand; ze bedelen om voedsel, om tabak en alcohol. Wij houden de deuren dicht.

Senhora vreest dat ons offer, het offer van J., onopgemerkt blijft in deze zoveelste uitbarsting van mannelijke stupiditeit. Ze zegt dat laatste alsof ze het over een zweer heeft die alleen nog maar kan uitbarsten. Ik zie de wereld om mij heen niet opbloeien met broederlijkheid en gelijkheid. En niemand die verder nog geïnteresseerd is in de ontijdige dood van een bedriegende fabrieksmedewerker… Wat een tegenstrijdigheid, dat ze denken de verbroedering met de loop op het hoofd te kunnen afdwingen. Is dat niet zoiets als kuisheid prediken met je lid in iemands onderlijf?

São Paulo, nog steeds in juli

Onderweg naar de drukkerij – jawel, we gaan gewoon door, als soldaten met gepoederde neusjes – we hadden een vertaling geschreven van in feuilleton verschenen stukken uit Frankrijk en Engeland. Opmerkelijk genoeg had senhor Raoul ze verzameld en voor zijn moeder meegebracht.

'Hij was er niet tegen,' merkte senhora met enige trots op. Ik vroeg me af of Rico ertegen zou zijn en nam me voor het hem te vragen, in mijn achterland natuurlijk, waar het leven onstuimig is, maar waar het ook steeds aangenamer wordt. En ineens zag ik ze aankomen; eerst dacht ik dat het de zwerm vogels was die mijn goede verstand weer kwam terugbrengen, maar het waren jagers. Dubbeldekkers. Ze vlogen in formatie aan en naderden met grote snelheid. Hoe dichterbij ze kwamen, hoe meer ik het gedonder van de motoren onder mijn voeten kon voelen. Soldaten die mij vanaf de overkant van de straat hadden gezien riepen en zwaaiden, maar Maria had er geen last van. Ik hielp mezelf uit hun zicht, midden op een klein marktplein tussen klokgevels van geel, oker en wit, waar niemand was en niemand meer zou komen. Toen denderden ze over, luiken schoven open en stapels papiervellen dwarrelden als sneeuw over mij heen. Ik sloot mijn ogen, hief mijn armen in de lucht en liet de woordenstroom over mij heen vallen. Gedrukte sneeuw op een treurige dag in São Paulo… wat een schoonheid.

Eliades

12

'Ik haat je nog steeds,' mompelde Zeca terwijl Eliades hem de kan koffie aanreikte.

'Je doet maar, maar niet waar de kleintjes bij zijn.' Hij hield de kan stil terwijl hij zijn broer aankeek.

'Ik weet het, ik weet het,' reageerde Zeca. 'Het is jouw huis.'

Eliades gaf de koffie uit handen en dook terug in zijn krant, die op alle pagina's INVASIE schreeuwde. Op de achtergrond deed de radio-omroeper verslag van de situatie in São Paulo. Artura hielp de jongens met hun brood en stukjes vlees. Carina at fruit en cake, het liefst allebei tegelijk, wat haar moeder nogal nerveus maakte.

Olivia kwam zo nu en dan wat gebruikt servies wegruimen.

Buiten in de tuin kwetterden de ara's om het hardst, verdrongen ze elkaar om een besje, een wormpje. De wind gleed met bedeesde streken langs de bladeren, langs het grote bananenboomblad, door het iets te hoge gras waar hij te veel vaart maakte en zo de servetten op de tafel deed opwaaien. De krant ritselde, de kinderen werden onrustig en wilden de tuin in, hun nieuwe wereld verkennen.

Artura liet ze van tafel.

'Kunnen we elkaar straks even spreken?' vroeg ze toen Eliades de krant opvouwde en naar Zeca wierp.

Hij trok zijn wenkbrauwen op.

'Over mijn bijdrage in het huishouden,' vulde ze aan. 'Ik kan moeilijk doen alsof het vakantie is.'

'O, je kunt Olivia vragen of je haar kunt helpen,' zei Eliades. 'Hoewel ik me eigenlijk afvroeg of je een ander klusje wilde doen.'

'En dat is?' informeerde ze geïnteresseerd.

Zeca keek onwillekeurig op van de voorpagina.

'Mijn moeder heeft een grote verzameling foto's van de familie en de plantage. Ze was ooit van plan die in albums te plakken, maar daar is ze helaas nooit aan toegekomen. Misschien wil jij ze uitzoeken en inplakken? Dan kun je tegelijkertijd een oogje in het zeil houden...' Hij duidde op de kleintjes die luidruchtig over het gras en elkaar aan het buitelen waren.

'Natuurlijk, heel graag,' zei ze met een glimlach.

In de hal rinkelde de telefoon en niet veel later meldde Olivia dat het ene heer Costa was, een makelaar uit São Paulo.

'Je gaat toch niet je huis verkopen, Eduardo?' vroeg Zeca wat bezorgd.

'Nee, ik werk aan een zaak en de heer Costa is mij enkele antwoorden schuldig. Excuseer.' Met moeite hees hij zijn gekneusde lijf uit de stoel en strompelde de eetkamer uit.

'Dat moet een beste knal geweest zijn,' merkte Zeca toonloos op.

'Mortiervuur,' hoorde Eliades Artura zeggen.

'Lijkt me geen pretje. Maar hij is een harde. Doodsaai en veel te goelijk, maar wel een harde.'

De dagen namen vlucht. Zoals altijd stompte het leven op de plantage ieder gevoel van haast en noodzaak af; de broederlijke twist, oud zeer en andere fantomen verzandden tussen de geur van vers gebrande koffie, tussen door wind gegrepen droge bloemblaadjes en stuifzand, in vergezichten van diepgroene stroken met koffiestruiken, onvermoeibare bessenplukkers en avonden met lauw geworden rode wijn, donker stoofvlees van rund met kaneel en kardemom en zwoele nachten die je de slaap ontnamen.

Eliades schreef lijsten. De informatie die hij de afgelopen dagen over het onfortuinlijke einde van Rodrico in zijn hoofd had verzameld stroomde in een veelheid aan woorden, aannames en scenario's op papier. Over de vertraagde post ontving hij een lijstje met huurders, een verloren patroon van een minder gangbaar vuurwapen, gevonden onder de plinten van een van de kamers in Huize Pessoa. Maria's kamer, recht tegenover die van Rodrico.

Ze kreeg vorm in Eliades hoofd, door haar ongedateerde brieven en enkele tegenstrijdigheden. Een prachtig getuigschrift van senhor Pessoa over haar liefdevolle toewijding en zorg voor zijn moeder; taxidansen in een tangosalon, zij het van enig respectabel allooi. Was het noodzakelijkheid, die danssessies bij Salvatore's, of was Eliades gewoon ouderwets en wist hij moderne dansen niet van vunzigheid te onderscheiden?

Er was de zo moederlijke bemoeienis van senhora Pessoa, die theekransjes organiseert en het vlees van Maria's jonge aanbidder op rotte plekken controleert maar niets zorgelijks constateert. Evenmin als hijzelf, die Rodrico ook maar niet op hedonistische trekken kon betrappen.

Opeens zoekt ze haar vader en roept ze Rodrico's hulp in. Dan is er dezelfde Maria, die blijkbaar een knappe betrekking heeft bij de gegoede Spaanse familie De Henestrosa, grootaandeelhouders in de katoen- en zijde-industrie. Dan wordt ze achtervolgd en roept ze zijn hulp opnieuw in. 'Wie volgt haar?' verschijnt er op het papier.

Wie loste dat schot? Salvador de Villa-Lobos of de onbekende volger? Kon het Maria zelf zijn? Maar waarom, uit ieder woord van haar proza blijkt respect en een diepe toewijding...

Ergens hield Eliades nog een andere mogelijkheid open, namelijk dat commissaris Barradas hem bewust niet bij zijn dodenlijst had betrokken. Hij stond immers niet bekend als iemand die meewerkte aan het deporteren en doden van dissidenten. Ineens daagde hem het verzoek van die avond in de Amerikaanse salon; een jongedame had navraag naar haar vermiste vader gedaan en Barradas wilde dat het lijk bij zijn bureau door de molen ging. Als Rodrico zijn vriend Inigo Ornelas om diens banden met de militaire politie had ingeschakeld en ergens in het papierwerk al stond dat die vader in het mortuarium van Rua Sevilla lag, was het niet vreemd dat Eliades door de Tenentes verdacht werd. Het zou in elk geval verklaren waarom Ornelas er zo op gebrand was om hem voor de loop van zijn kanon te krijgen.

Hij liet het bulkwerk door zijn hoofd malen. Hij miste iets, maar ergens kwam er gewoonlijk wel een lichtpuntje. Al was het maar wanneer hij Maria zelf bij senhora de Henestrosa zou spreken. Nog even geduld.

Artura was de klankkast van verscholen intelligentie en zuivere integriteit. De nieuwe wereld om haar heen was één groot wonder dat ze iedere dag met dezelfde intensiteit bekeek en aan haar kleintjes uitlegde, die algauw met zo'n zelfde, verwonderende blik ronddwaalden, alles aanrakend, alles opsnuivend.

Ze las graag, avond aan avond, wanneer het dimmende licht haar het zicht op de aarde ontnam. Ze hield boeken vast zoals geleerden dat deden en zonder dat ze het in de gaten had ordende ze Eliades' boekenkasten, alfabetisch, rook aan papier en streek langs leren boekenruggen met een jaloersmakende tederheid. Ze grasduinde in oude speelgoedkisten en vermaakte haar kinderen met sprookjes en bakerrijmpjes. Als ze terugkwam van een wandeling droeg ze veldboeketten van klaprozen en korenbloemen en bosjes kruiden voor in de keuken. Eliades kreeg de neiging om een groot hek om het perceel te plaatsen, om de fijnmazige paden die door de plantage liepen tot een onbegrijpelijk labyrint om te bouwen, zodat ze maar bleef en in eeuwige verwondering om hem heen draaide.

Theresa was weg. Hoewel de herinnering aan haar aanwezigheid nog vers was, haar parfum bij wijze van spreken nog door het huis zweefde, had iets in Artura, iets in Eliades de invloed ervan gebroken. Het kon zelfs Theresa zelf zijn, die in haar poging om hem nog meer te verwonden haar hand had overspeeld en daarmee de band tussen hen had verbroken. Zelfs als Eliades alleen in bed lag dacht hij niet meer aan haar. Zijn verlangens, zijn gedachten – alles draaide nu om Artura. Zij was een vrouw die van de kleine dingen kon genieten, die kon lachen, hartelijk.

'Ik wil niet om de verkeerde redenen...' begon hij toen ze op een avond in de hal zijn hand pakte, deze in de buiging van haar taille legde en een muziekloze wals inzette.

'Ik geloof niet dat je dat kunt, Eduardo,' antwoordde ze, 'iets doen om de verkeerde redenen', en zei daarna niets meer. Daarin had ze mogelijk gelijk en hij voelde een pijnlijk vuur in zijn lijf oplaaien, waarvan hij niet wist of het angst, verlangen, of allebei was. Hoe het ook zij, terwijl zijn brein stamelde onder de zachtheid van haar armen en de druk van haar lichaam op het zijne, kwam eindelijk die tedere aanraking van haar hand op zijn arm. Hij dacht aan elk vervlogen jaar dat hij in eenzaamheid had doorgebracht, zichzelf wegcijferend, terwijl hij de mislukkingen voor zich uit schoof als een steeds zwaarder wordende last. Als hij had geweten dat die kwellingen zouden leiden tot de mogelijkheid om te voelen wat hij voor Artura voelde, dan was het niet voor niets geweest.

'Mag ik deze avond een nachtje bij senhor Eliades logeren?' fluisterde ze in zijn oor.

Een aangename kortsluiting flitste door zijn gestel, een tinteling door zijn handen, zijn lichaam.

'Waarom zou senhora Artura dat wensen?' vroeg hij en was maar half in het antwoord geïnteresseerd. 'Is uw kamer niet comfortabel genoeg?'

'Mijn kamer is erg comfortabel,' zei ze. 'Ik voel me er alleen wat eenzaam.'

'Wel, dat kunnen we niet hebben, nietwaar senhora? Eenzaamheid is een akelig iets.'

'Ja, dat is het.'

Als hij nog ergens een onbewuste vrees had voor Artura's verleden, voor intenties die op iets anders duidden dan op het verdrijven van haar eenzaamheid, anders dan de wens om hem beter te leren kennen en om zich aan hem te binden, dan verdween die bij het zien van haar verlegenheid.

'Het was een mooie nacht, de nacht dat ik je vond,' zei ze terwijl ze zich als een deken om hem heen wikkelde en de warmte van haar lichaam liet spreken. Het enige wat hij nu hoorde was haar licht verhoogde ademhaling. Eliades besloot alles te vergeten en deed wat zijn instincten hem ingaven. Dat hij daarbij zijn pijnlijke lichaam moest ontzien en soms vreesde dat hij aan het klunzen was leek Artura niet te storen. Ze hield hem vast, keek niet naar het plafond of opzij zoals opgelaten of verveelde meisjes deden. Iedere aanraking was welkom, iedere kus werd beantwoord.

'Je weet toch nog wel dat ik jou heb gevonden,' reageerde Eliades vertraagd op haar poëtische aanzet. Hij wist niet waar dat vandaan kwam, die zin waarmee hij zijn bewegingen staakte. Misschien om het moment te laten duren, misschien wilde hij ook nu nog een bevestiging dat het echt alleen om hem draaide en dat ze niet stilletjes aan iemand anders dacht.

'Hoe kan ik dat vergeten?' vroeg ze en sloeg haar been hoger om zijn rug.

'Geen angst meer, geen eenzaamheid meer,' zei hij.

Artura nam zijn hand en antwoordde met een kus. 'Geen angst meer, geen eenzaamheid.'

Geachte senhor Granados,
Ik dank u vriendelijk voor uw brief en dat u mij opnieuw naar huis hebt gebracht. Het is een veilige buurt – zo heb ik mij laten vertellen – maar desondanks ben ik blij met uw gezelschap. Je weet maar nooit. Zoals u wellicht al hebt vernomen ben ik een betere danser dan een prater, dus ik weet niet of ik u wel goed kan vergezellen naar Clube Esperia. Het lijkt me erg spannend om de races een keer te zien, dus laat me alstublieft weten of ik niet eerder een belemmering dan aangenaam gezelschap ben.
Hoogachtend, Maria

Geachte senhor Granados,
U hebt natuurlijk gelijk dat als we samen kunnen dansen, we dan ook samen kunnen flaneren – voorzien van champagne en cocktails. U maakt het me onmogelijk om nee te zeggen. Ik heb mijn hospita over uw uitnodiging geïnformeerd, zij draagt enige vorm van rekenschap af aan mijn vader, dus als u zich binnenkort aan haar zou willen voorstellen, stel ik dat erg op prijs. (Dat ik u 's avonds vaak in de danshal tref weet ze niet en het lijkt me beter om dat zo te laten.)

Kunt u ook iets schrijven over de kledingvoorschriften? Ik houd niet van de jongensachtige stijl die veel vrouwen nu dra-

gen, kort haar en ruimvallende overgooiers. Ook niet van de Hollywoodstijl, u kent haar vast, Leandra, de dame voor wie ze in de hal in de rij staan. Allemaal niets voor mij. Komt u zaterdagmiddag ook naar de lessen?
Hoogachtend, Maria

Beste Rodrico,
Je wenst dat we elkaar tutoyeren, vanzelfsprekend. En hartelijk dank voor de kledingvoorschriften. Een elegante zomerjurk, zonnehoedje en gespschoenen zal zeker lukken. Ik ben blij te horen dat de club nog traditioneel is ingesteld.

Senhor Salvador is werkelijk heel vriendelijk en de verdiensten zijn goed. Ik was niet van plan om zo vaak voor de dansavonden te komen, maar nu ik jou ken is het zo vreemd niet meer. Overigens ben ik ook huurder en ben ik het aan mijn vader en mijzelf verplicht om voor voldoende inkomsten te zorgen. Ik werk ook nog twee dagen als gezelschapsdame voor een oudere vrouw, dus mocht ik er een keer niet zijn, dan ben ik voor haar op pad of zit ik met een kop thee (met rum) achter het backgammonbord.

Senhora Pessoa was blij kennis met je te maken, ze had je al eens op straat gezien. Veel meer heeft ze er niet over gezegd. Ze is een lieve dame en ik ben erg op haar gesteld. Ze mist haar kinderen enorm en praat aan één stuk door, maar dat gaat grotendeels aan me voorbij. Af en toe gaan we samen naar de markt, hoewel ze daarvoor meestal te slecht ter been is. Belangrijkste is dat ik nu weet wat ze graag eet en ik vaker dingen kan koken die ze lekker vindt. Voor mij maakt het niet zoveel uit, ik lust alles. Soms eet ik in het huis aan de Avenida, soms alleen, soms met senhora Pessoa.

En laatst, nou alweer even geleden eigenlijk, was ik op het

strand in Santos, aan de westzijde bij de vissersboten, daar werd ik door een vissersfamilie getrakteerd op verse kreeft. Wat een feest!

Ik kijk ernaar uit je vanavond te zien (en om te dansen).
Hartelijke groet, Maria

Beste Rodrico,
Dank je wel voor een fijne dag. Het was overweldigend, de races zijn erg opwindend en ik was erg blij voor je vriend, Inigo? Hoewel ik vrees dat hij zelf liever eerste was geworden.

Ik denk alleen dat ik iets te veel had gedronken en misschien wat oncharmant naar huis ben gelopen. Gelukkig was het al donker en zal niemand het echt gezien hebben. Ook kan ik me je lieve kus nog goed herinneren.

Mag ik je naar aanleiding daarvan vragen of je duidelijk over je intenties wilt zijn? Om te dansen kunnen we immers prima vrienden blijven en zelfs met een kus na een geslaagde, nee, een droom van een dag, kan ik wel leven. Maar ik vrees dat je na zondag misschien bent gaan nadenken, dat ben ik in ieder geval. En, wel, laten we elkaar vooral aanmoedigen om eerlijk te zijn.

Ik weet niet zeker hoe ze er in het huis over zouden denken, dat laat zich niet zo goed raden. Senhora wordt erg in beslag genomen door haar literaire bezigheden en ik help haar daar steeds vaker bij, met veel plezier, moet ik erbij zeggen. Dus aan een vroegtijdig einde van mijn dienstverband ben ik zeker nog niet toe.

En dan is er nog Salvatore's. Ik begrijp dat er wat irritatie is, moet ik daar iets aan doen? Dat zou lastig zijn omdat senhor Salvador mijn werkgever is. Misschien begrijp ik niet goed wat er misgaat. De hal is vaak slecht verlicht en dat maakt het moeilijk om alle intriges en ontwikkelingen te volgen. Hoe het ook zij; het zou fijn zijn als de situatie voorbij is.

Het is overigens niet zo dat ik naar redenen zoek om een diepere relatie te verhinderen, maar er zijn hindernissen – of maak ik me onnodig zorgen en heb ik alleen wat stevige tegenargumenten nodig? We komen er vast wel uit.
Hartelijke groet, Maria

Beste Rodrico,
Er is nog iets anders wat ik je graag wil voorleggen. Ik heb al een tijdje geen contact meer gehad met mijn vader in Santos. Hij werkte bij een vrachtreder, maar toen ik daar laatst heen ging, verwezen ze mij naar een ander bedrijf. Ook daar was hij niet aanwezig en op zijn privéadres deed een vreemde open. Dat bezorgt me vanzelfsprekend veel zorgen. Ik begrijp dat de bank waarvoor je werkt veel zakendoet in het havengebied. Ben ik heel vrijpostig als ik je om assistentie vraag?

Zondagavond wordt het erg druk, ik ben er vanaf acht uur.
Hartelijke groet, Maria

Lieve Rico,
Ik ben je erg dankbaar voor je hulp en op het bijgevoegde briefje vind je mijn vaders laatste adresgegevens. Ik hoop dat er een goede verklaring is voor zijn stille vertrek en totdat we meer weten probeer ik er niet te veel aan te denken.

Je vraagt of ik wat meer wil schrijven over mijn gevoelens voor jou. Dat is nogal wat, maar ik zal mijn best doen.

In de zee leven zeer van elkaar verschillende wezens; ze jagen elkaar na en leven soms in harmonie of in symbiose. Zo is het denk ik ook met het gevoelsleven; het is een zee vol mogelijkheden en tegenstrijdigheden.

Toen ik nieuw in São Paulo was had ik weinig verwachtingen. Ik kom uit een kleine stad en leefde erg afgeschermd. Nu lijkt dat voorbij. Aan de ene kant ben ik daar blij om. Ik voel me veilig bij senhora Pessoa, ze is heel zorgzaam en we helpen elkaar zoveel we kunnen. Maar ze is ook traditioneel als het op relationele aangelegenheden aankomt.

Senhora de Henestrosa daarentegen heeft een heel eigen blik op de wereld en dat zet me niet zelden aan het denken. We zijn niet alleen onze gevoelens, we zijn ook ons handelen en een kritische blik versterkt onze weerbaarheid. Dat zal je met ons eens zijn.

Ik denk dat ik op dit moment tussen die twee krachten heen en weer word geslingerd: traditie, die op papier eenslachtig en helder lijkt, maar die in de realiteit toch vaak anders uitpakt. Dan is er senhora's nieuwe visie op het traditionele instituut, eentje waarbij de vrouw uit de coulissen treedt en meer verantwoordelijkheid krijgt over haar leven. Meer keuzes, minder onderhevig aan de positie van een ander: de vader of de echtgenoot.

Ik weet (nog) niet of het hebben van meer keuzevrijheid ook daadwerkelijk leidt tot een minder lijdzaam bestaan, iets waarover zij zich vaak beklaagt. Zelfs als vrouwen meer keuzevrijheid krijgen, vermoed ik dat de man zijn handelen niet (direct) ingrijpend zal veranderen. We spreken immers van ingesleten gebruiken die zich niet zomaar laten uitbannen. Hooguit zullen man en vrouw nog verder van elkaar verwijderd raken, zal een nieuwe dimensie van onbegrip de nu al ingewikkelde gelaagdheid in relaties verder compliceren.

Wat ik wel weet is dat ik zelf in zekere mate afhankelijk ben van iemand anders, of zoals nu, van meerdere personen. Ik vermoed dat dat altijd wel zo zal blijven. Wat past dan het beste bij mij? Een meer traditionele toekomst, of kan ik mij de vrijheden en bedenkingen van senhora permitteren? Ze zal niet voor eeuwig leven en op één paard wedden lijkt me niet verstandig.

Bij het maken van die keuze speelt gevoel een grote rol. Ergens verlang ik ernaar om het beste van beide te pakken: zinvol zijn en mensen tot denken aanzetten. Het papier is daarvoor een geduldig medium, het is lang niet zo vluchtig als het gesproken woord en daarin zie ik voor mezelf wel een rol weggelegd. Gelijktijdig geniet ik ook van de rust en veiligheid die er tussen twee personen leeft, die er tussen ons leeft. Als we de wereld vergelijken met de danszaal van senhor Salvador, dan voel ik me pas compleet en veilig wanneer jij er bent. Ik voel ook de wens van twee personen om bij elkaar te zijn, het verlangen om de rest van de wereld buiten te sluiten en de wereld steeds kleiner, overzichtelijker te maken.

Het is een natuurlijke beweging, liefde. Jij en ik, zodra we elkaar in het gezichtsveld hebben worden we naar elkaar toe gezogen. De wereld om ons heen verdwijnt, of misschien slaat ze ons wel gade – dat weet de wereld beter dan ik.

Het is zinloos om tegen die beweging te vechten, ze stilt immers een van de diepste verlangens van de mens. Maar ik wil er ook zeker van zijn. Het instituut dient zo vaak als dekmantel voor het zinnelijk bestaan, een schijnvertoning voor de buitenwereld. Ik moet er niet aan denken dat ik in zo'n schijnvertoning terechtkom, dat ik er ineens achter kom dat ik geen hoofdrol, maar een bijrol speel en er zich achter de schermen een heel ander drama voltrekt.

Laat ik daar dan vooral duidelijk over zijn, hoezeer ik je misschien ook kwets of beledig door op voorhand te veronderstellen dat wij misschien ooit in zo'n situatie terecht zouden komen. Vergeef het me alsjeblieft, maar mocht het er ooit van komen, dan zal ik me niet schikken. Ik mag dan weinig spraakzaam zijn, in stilte wegkwijnen zal ik in geen geval.

Dat gezegd hebbende, ik koester geen schoner herinnering dan aan de avond waarop wij samen dansten. Jij in jouw kamer, ik in de mijne. 'Het was een mooie nacht, de nacht dat ik je vond'. De gevleugelde fantasieën die uit dat beeld voortdenderen zijn groots, misschien wel veel te groots voor mensen zoals jij en ik. Toch ligt daarin een belofte; we spreken dezelfde taal,

overbruggen stilte en woorden met een vloeiende dans. Is het genoeg, genoeg om de tegenslagen van het leven te doorstaan? Dat weten we alleen wanneer we het proberen, nietwaar? En dat wil ik, Rico. Dat wil ik echt.
Liefs, Maria

Lieve Rico,
Ja, ik was afwezig en in beslag genomen door allerlei zorgen en gebeurtenissen. Ik heb wanstaltig gedanst, het spijt me zo. Toch was ik erg blij dat je er was. Dank je wel.

Je maakt je meer zorgen over senhor Salvador dan over de dingen die mij bezighouden. Ik begrijp je argument over de huur en ik begrijp ook dat je je verdrongen voelt. Ik denk dat het komt doordat je niet ziet hoe we met elkaar omgaan als je er niet bent. Of is het dat ik niet zie hoe we met elkaar omgaan als je er wel bent?

Ik kan je hiermee (nog) niet helpen.
Liefs, Maria

Lieve Rico,
Iemand volgt mij vanaf het huis. Ik heb zelf enige maatregelen getroffen, maar ik denk dat het veiliger is wanneer jij ingrijpt. Een traditionele aanpak van dit voorval lijkt me beter. Is dat goed?

Wat betreft senhor Salvador: ik vermoed dat het probleem zichzelf heeft opgelost. Je had gelijk. Is het voldoende dat ik dat zonder toelichting toegeef?
Liefs, Maria

Lieve Rico,
Ik ben door senhora de Henestrosa aangesteld als secretaresse. Het komt doordat een van onze werknemers weg is, ik vertel je

later wel hoe het zat. Maar ik mag in 'burger' op het werk verschijnen en heb een nieuwe positie aan de tafel in de bediendezaal gekregen. Nee, dat vinden mijn collega's niet leuk, maar ik kom voor senhora, niet om door hen aardig gevonden te worden. Senhor Raoul zinspeelt in zijn brieven op een terugkomst naar Brazilië. Dan gaan we waarschijnlijk naar Rio de Janeiro om hem op te halen. Ik zal je verschrikkelijk missen.
Liefs, Maria

Lieve Rico,
Je bent mijn held. Ik was bang, maar je hebt me gered. Hoe heb ik ooit kunnen twijfelen? Ja, je mag deze dans; ja, je mag dit leven…
Met heel mijn hart, Maria

13

Eliades wachtte met Zeca voor het huis terwijl de donkerblauwe, open Rolls-Royce door de poort reed en voor de veranda tot stilstand kwam. Artura was met de kinderen uit wandelen en Eliades hoopte van harte dat ze lang genoeg wegbleef om het ophanden zijnde drama te missen.

Coronel Caetano da Rocha, landvoogd over zo'n 15.000 hectare vruchtbare grond. Van hem werd gezegd dat de *Coffea arabica* in vloeibare toestand door zijn aderen stroomde, zij het in wisselende verhouding met het *coronelea tiranicca*, een term aangehaald door de weinigen die zich daarbij een beeld konden vormen. De meeste mensen daarentegen hadden vooral een gevoel bij de man, variërend van de onbedwingbare drang om hard weg te rennen tot aan de reflex om de broek met één flinke ademteug vol te drukken.

De twijfelachtige eer van zijn bezoek had de potentie om de andere dag in menig nieuwsblad te verschijnen. Ware het niet dat São Paulo onder onheilspellende luchten lag en Eliades twijfelde of Caetano da Rocha qua nieuwswaardigheid nog wel kon opboksen tegen een ophanden zijnde luchtaanval op de Tenentes. Vroeger misschien. Nu viel het hem vooral op hoezeer zijn schoonvader onder de tijd had geleden.

'Si, Eduardo...' beaamde de man nadat die traag uit zijn gemotoriseerde rijtuig was geklommen. De chauffeur in livrei wachtte geduldig, portier in zijn hand, neus in een hoek van 65 graden naar boven. Caetano schudde Eliades de hand en keek hem met waterige ogen aan. 'Ik ben een oude man. En jij bent heel wat, heb ik mij laten vertellen.'

'Don Coronel,' antwoordde Eliades met een formele knik. 'Goed u weer te zien. De tijd vliegt, zoveel wil ik toegeven.'

'Si. Hoelang is het geleden?' Zijn stem kraakte, had die bestemde traagheid en dofheid van ouderdom.

'Bijna dertien jaar, Coronel.'

De oude koffiebaron schudde zijn hoofd en haalde een paar keer diep adem. Daarna gesticuleerde hij richting de voordeur, alsof het zijn huis was waarin hij de gebroeders Eliades had uitgenodigd. De salon dreef bijna weg op de geur van vers gebrande, dampende koffie. Eliades had er werk van gemaakt; de beste bonen, van de plek waar de koffieplanten omringd werden door verschillende lage fruitgewassen en bananenbonen. Het aromatiseerde de bodem, gaf een meer karakteristieke vrucht en zorgde voor een koffie met een complexe smaak. Het ontging de Coronel niet. Hij hing zijn neus boven het kopje en snoof diep. Grijnzend nam hij een slok en sloot daarbij zijn ogen.

'Je hebt het in de vingers, Eduardo. Dat zei je moeder al...'

'U bent complimenteus,' reageerde Eliades.

'Ja, dat ben ik, nietwaar?' zei hij wat zangerig en lachte kort maar luidruchtig. Hij streek zijn driedelig tropenpak glad en keek op zijn uurwerkje.

Eliades maakte zich zorgen. Dit was niet de Coronel Caetano da Rocha die hij kende. Ook Zeca zat wat gelaten op een sofa en maakte meer dan eens vluchtig oogcontact.

'Waarmee kan ik u van dienst zijn?' vroeg Eliades toen Olivia iedereen van een stuk geglazuurde witte cake had voorzien.

'Ah, Eduardo. Kom kom. Dat mag toch geen verrassing zijn,' antwoordde Caetano.

'Zeker niet. Toch wil ik dat we elkaar zo veel mogelijk tegemoetkomen, om de schade te beperken.'

'Goed, goed. Laat ons dat als uitgangspunt nemen. De rest is immers – hoe zullen we het duiden? – verleden tijd?'

'Zo denk ik er ook over. Hoe vervelend ook.'

'Mooi. Mooi. Welnu, Eduardo, ben jij een godvrezend man?'

Eliades knipperde een paar keer met zijn ogen. 'Ik ben bang van niet,' antwoordde hij.

'Dat komt, dat komt. Als je ouder wordt kruipen die naargeestige profetieën tussen je oren als smet tussen de huidplooien. Dat weten ze, die oude moraalrakkers. Dat weten ze donders goed.'

'Vanzelfsprekend. En waarmee u wilt zeggen...?'

'Dat ik deze kwestie naar eer en geweten moet afhandelen, Eduardo. Ik wil mijn aflaat met een zuiver geweten kunnen aannemen.'

Dat ging hem een lieve duit kosten, had Eliades graag willen antwoorden, maar gelukkig ging zijn hoofd niet verder dan een instemmend en plechtig ja knikken.

Caetano verlangde meer koffie en at zijn cake rustig op, alsof er niemand om hem heen zat, terwijl hij intussen naar een kopie van de *Dame met de Hermelijn* keek die aan de korte wand van de salon hing.

Zeca's gezicht vertrok intussen van rood naar lijkbleek. Caetano, dat was er zo een die zonder blozen eiste dat er iemand onder de zoden ging. Ze waren er flink wat kwijtgeraakt de afgelopen jaren: vervelende mensen, mensen die vragen stelden, mensen die de Coronel in zijn eer hadden aangetast.

Het lege cakeschaaltje ging met zijn verrimpelde hand de lucht in, Olivia snelde toe om het aan te pakken.

'Niet geconsummeerd, Eduardo?' zei Caetano luid en wees Eliades met een strak gerichte vinger aan.

'Zo is het. We kregen ruzie op onze trouwdag en zijn er nooit meer overheen gekomen.'

'Wel, halleluja,' prees de Coronel. 'De waarheid zal u ontzetten.'

'Daar ben ik blij om.'

'Maar hij!' De vinger ging naar Zeca. 'Jíj gaat met mij mee voor een praatje.'

'Een praatje? Waar?' vroeg Zeca geschrokken.

'Waar denk je, mismormel? In de hel, natuurlijk.' Hij lachte hard.

Eliades had nog andere onderwerpen kunnen aansnijden in een poging Zeca te helpen. Hoe het met zijn schoonmoeder ging, wat eraan scheelde en wat de vooruitzichten waren. Hij had een deal kunnen sluiten met wat er ook maar te onderhandelen viel, een deel van zijn plantage... Maar de Rolls-Royce was niet alleen. De vuile handjes van Coronel Caetano da Rocha waren het erf op gereden zodra het woord 'hel' was gevallen en Eliades wist: zwijgen maakte nu het verschil tussen één slachtoffer en vele slachtoffers. Hopelijk viel het mee. Ook vreesde hij voor Artura, voor de kleintjes, die hier niks mee te maken hadden. Als Theresa echt kwaad wilde kon ze via haar vader veel schade aanrichten. Dus liet hij Zeca gaan en schudde hij zijn schoonvader zo vriendelijk mogelijk de hand.

'Theresa zegt dat je de gordijntjes mag houden,' zei de oude Coronel voordat hij in de Rolls stapte.

'Dat is vriendelijk van haar,' zei Eliades. 'Ik wens haar het beste. Ook uw vrouw, Coronel. Van harte beterschap.'

Hij kreeg een schouderklopje.

Zeca liep wat afwezig naar de volgauto, zichzelf ongetwijfeld pijnigend over zijn eigen stommiteit. Maar dat was Eliades' lezing. Zeca zelf gaf de schuld meestal aan iemand anders. Ze kruisten hun blikken en keken weg.

Zodra de auto's uit het zicht verdwenen rende Eliades over de plantage, op zoek naar Artura. Zij en de kinderen plukten bloemen bij een van de waterbassins, een schaduwrijke plek met een volle strook bomen. Ze babbelden levendig, renden rond en hadden een kleur van de zon.

'Alles goed? Eduardo?' Artura liet haar bloemen zakken en liep op hem af. Ze legde een hand op zijn bovenarm. 'Wat is er gebeurd?'

'Coronel Caetano da Rocha...'

'Wat? Het monster?'

'Het monster, mijn schoonvader,' antwoordde Eliades terwijl hij Artura's hand vastpakte. 'Hij stond erop dat Zeca met hem meekwam. Niet om de beste redenen. En ik deed niks.' Hij hoopte op een teken van begrip. Zou ze weten hoe zulke dingen in hun werk gingen?

'O,' zei ze alleen.

Er viel een stilte.

'Wat had je kunnen doen?'

'Ik weet het niet. Niks. Niet zonder méér op het spel te zetten. En Zeca... Ja, hij is mijn broer, maar...'

'Eduardo, als ik het goed begreep, heeft je broer met jouw vrouw – Caetano's dochter – gelegen?' Ze keek om naar de kleintjes om te zien of ze niet iets onwelvoeglijks had gezegd. 'Is dat zo?'

Hij haalde diep adem. 'Dat is zo, maar het is niet zo dat dat mij veel kon schelen, ik geef niks om haar, niet op die manier...'

Ze knikte.

'Toch, Eduardo. Is het Zeca niet die daarmee de mist in ging? Hij had beter moeten weten. Rollebollen met een Coronelsdochter die aan een andere man is vergeven. De broer nog wel. Poeh! Je moet het lef hebben. Of het verstand ontberen.'

'Dat is misschien wel zo, Artura, maar is het heel gek als ik me toch een verrader voel?'

'Nee, natuurlijk niet,' haastte ze zich te zeggen. 'Dat past bij jou: trouw zijn, loyaal. Dat is Eliades, toch?'

'Misschien wel,' antwoordde hij. 'Misschien heb je gelijk.'

'Kijk,' zei Alessandro. Hij trok aan Eliades' pantalon en liet een kevertje zien dat over zijn hand kroop. 'Beestje.'

Carina en Fabio kwamen ook aanhollen en bekeken het diertje, staken hun vingers uit. Het torretje verdroeg de spanning niet en vloog weg.

'Waar is-ie heen gevlogen?' vroeg Carina.

'Naar zijn mama,' zei Eliades. 'Kevertjes moeten ook bij hun mama komen.'

'Ja,' zei Fabio en zwaaide het diertje uit.

'Waarom duurt dit zo lang, senhorina Orfea?'

'Senhora is op leeftijd en het is een groot huis,' antwoordde de huishoudster.

'Ik begrijp het. En wat is het nieuws van de Avenida? Hebben jullie veel schade?'

'Neen, senhor. Het lijkt erop dat de meeste bommen in de buitenwijken vallen, al begrijp ik niet waarom. De Tenentes houden immers alle overheidsgebouwen bezet.'

'Ontmoedigingsbeleid. Zonder de steun van de arbeiders zijn de Tenentes niets. Het leger probeert die steun te breken.'

'Is dat niet wat wreed, senhor? De mensen hebben al zo weinig.'

'De Orde staat niet om zijn menslievendheid bekend, senhorina. Volgens mij is dat een van de oorzaken van dit geschil. Is uw senhora al in zicht?'

'Ja, hier komt ze aan. Een heel fijne dag nog.'

'Insgelijks, en veel sterkte daar.'

Op de achtergrond werd een stoel aangeschoven. Er volgde wat gerommel: gekraak, een armband of sieraden die tegen het toestel tikten. Toen was daar die stem.

'Inspecteur Eliades, is mij verteld...'

'Goedemiddag senhora de Henestrosa,' antwoordde hij. 'Ik hoop dat ik u in goede gezondheid tref. Ik begrijp dat het afzien is in São Paulo.'

'Het is verschrikkelijk, inspecteur. We leven in grote angst voor de vliegtuigen. Ze werpen niets dan dood en verderf... Dat we dit moeten doormaken… na al die verschrikkingen van de Grote Oorlog. We leren het niet, senhor. We leren het maar niet.' Ze sprak met een licht Spaans accent, maar duidelijk en bedachtzaam, alsof ze iemand een instructie uit een boek voorlas. Toch bespeurde Eliades ook nervositeit, een onregelmatige ademhaling.

'Daarin moet ik u gelijk geven, senhora,' zei Eliades, 'en ik leef natuurlijk met u mee. Heel Brazilië leeft met u mee. We zitten aan de radio gekluisterd.'

'Ik dank u vriendelijk, inspecteur. Laten we hopen dat het snel voorbij is.'

'En ik bewonder uw moed, senhora. Ook fijn dat u mij te woord wilt staan. Graag zou ik u wat vragen stellen over een van uw personeelsleden. Ik meen dat u een secretaresse in dienst hebt, Maria, die tot voor kort bij senhora Pessoa woonde?' Een paar momenten volgde er niets dan die ademhaling en opnieuw wat getik tegen het telefoontoestel. 'Senhora de Henestrosa?'

'Ja, inspecteur, ik heb Maria in dienst. Vanwaar uw belangstelling?'

'Ik begrijp dat zij omgang had met ene Rodrico Granados?'

'De bankiersklerk. We hebben hem weleens gezien. Mijn zoon Raoul en hij hadden een gemeenschappelijke vriend. Zodoende wist hij zijn weg naar ons huis te vinden.'

'En wie is die gemeenschappelijke vriend?'

'Inigo Ornelas, ze kennen elkaar van de roeiclub.'

'Ik begrijp het. En volgens u was er geen sprake van omgang of enige hofmakerij tussen Granados en Maria?'

'Absoluut niet. Maria heeft in korte tijd twee personen verloren die haar heel na aan het hart lagen, senhora Pessoa en haar vader. Oppervlakkige avances van jongemannen zoals Granados is wel het laatste waaraan ze behoefte heeft. Ik heb de verantwoordelijkheid voor haar welzijn op me genomen en Granados kan mijn goedkeuring niet wegdragen. Zijn familie blijft obscuur en zijn handelen veel te opzichtig, kortom, geen partij voor mijn Maria.'

‘U zegt dat alsof hij nog in leven is, senhora. Is het u wellicht ontgaan dat Rodrico Granados niet meer onder ons is?’

‘Niet meer onder ons? U bedoelt gestorven?’

Er klonk verbazing in die reactie. Wist ze het echt niet?

‘U begrijpt mij goed, senhora. Begin juli, enkele weken geleden inmiddels. Ik ben met het onderzoek naar zijn dood belast. Het was geen ongeluk, ziet u, en daarom zou ik Maria graag spreken. Vanuit Huize Pessoa had zij zicht op Granados’ kamer en ik wil graag weten of zij iets heeft gezien.’

‘Maria spreekt niet, wel, heel slecht. Dus dat zou lastig worden. Overigens woont Maria al sinds de laatste week van juni bij mij op de Avenida, inspecteur... Ze kan dus niets gezien hebben...’

‘Juist ja. Ik geloof dat ik een beeld van de situatie krijg. Een andere vraag dan: de makelaar van Pessoa’s huis stuurde mij deze week een onbesteld poststuk, een envelop zonder naam met daarin een circulaire over het vrouwenstemrecht en emancipatie – spreek ik dat laatste goed uit? *Lux Femina*, heet het.’

Senhora de Henestrosa reageerde niet.

‘Wel,’ ging Eliades verder, ‘ik las enkele bijdragen en hoewel die over het algemeen interessant zijn, zag ik ook enkele wat meer radicale stukken over militante vrouwenbewegingen in Engeland en Frankrijk; hongerstakingen, brandstichting... dat type nieuws. Is dat iets waarvoor u of Maria zich interesseert? Ze zal misschien niet spraakzaam zijn, maar ik kan er wel van uitgaan dat zij als secretaresse graag leest en schrijft, toch?’

‘Waarom denkt u dat dit poststuk voor Maria is bestemd?’ reageerde senhora wat fel.

‘Haar kamernummer staat op de envelop. Kamer 1-C.’

‘Dat moet een vergissing zijn, inspecteur Eliades.’

‘Prima, senhora. Ik geloof dat ik voldoende weet. Vriendelijk dank voor uw hulp en ik wens u heel veel sterkte de komende dagen.’

‘Graag gedaan, inspecteur. En veel succes met uw onderzoek.’

De leugen als leidraad. Wat terughoudend voegde Eliades een nieuwe naam aan zijn lijstje verdachten toe. Niet waarop hij had gehoopt, liever eentje minder. Maar 'mijn Maria'? Was er een heuse strijd gaande om de gunst en affectie van het meisje met de gouden ogen? Het wandelende mysterie dat zich in zwijgen hulde, maar zich op papier behendig uitdrukte. Hij herinnerde zich Victors opmerking toen ze hem tegen het lijf liep. 'Poëzie...' had hij eerst zelf gezegd en Victor daarna '... van ongrijpbare aard', als een waarschuwing. Een onvoorspelbare hinde, een wilde merrie, een *mestenga* die haar mannelijke belagers in een wolk van stof deed verdwijnen, die hen gnuivend achter het spoor van haar geur liet aan hollen, plicht en rede verzakend.

Victor had iets in haar gezien, iets alarmerends, terwijl ze in Eliades juist iets had wakker geschud. Het was dit soort mensen die de verbeelding in ons gewone stervelingen beroerden. Muzen. Ze stookten het vuur op, deden ons ineens verlangen naar een diepere liefde, een grotere hartstocht en een aan pijn grenzende voldoening. Angst, de onzekerheid of de jaloezie die ze met dezelfde gang in ons installeerden nam je op de koop toe. Geen hartstocht zonder kwelling; het was een zoetzuur laveren tussen wanhoop en geluk.

Rodrico en Maria leken voor elkaar gemaakt, zoveel was duidelijk, en ze hadden elkaar gevonden. Maar wie van de troosteloze dolers om hen heen had daar problemen mee? Zette je als man van midden zestig nog alles op het spel voor zo'n muze? Was dat niet je reinste zelfspot? Salvador had toch bij Rodrico's binnenkomst in zijn tangohal al geweten dat zijn kansen verkeken waren? Toch had hij evenzeer het belang van Rodrico's bestaan ontkend. Net zoals senhora de Henestrosa zojuist aan de telefoon.

De bankiersklerk, had ze gezegd.

Hoe de hele zaak Eliades onder de huid kroop. Als hij aan het begin van het onderzoek wat sneller had gelopen, was hij Inigo Ornelas ongetwijfeld tegengekomen. Was dat maar gebeurd, dan was hij er nu wel uit geweest. Maar Theresa had als een dreinend kind aan zijn been gehangen en hem de kans op een voorsprong ontnomen. Kon hij maar teruggrijpen op de kennis in Inigo's hoofd, het hoofd waarvan hij de inhoud met het grootste gemak nog over de metalen platen van de pantserwagen hoorde kletsen. Die diepe echo van zijn schot, de terugslag van de karabijn tegen zijn kaak, een piepen, een doffe ruis in het oor. In gedachten sleepte hij het verminkte lichaam van Victor weer uit het schootsveld, gevolgd door een spoor van bloed, hier en daar onderbroken door een stuk puin. De geur van kruit en stof, van vrees en menselijk falen.

Nee, eerder het falen van de menselijkheid.

'Eduardo?'

Artura keek hem vanuit de deuropening aan. 'Je bent weer in gedachten verzonken.'

'Denken is de kern van mijn vak, schoonheid,' zei hij. 'En natuurlijk een perverse nieuwsgierigheid naar andermans privézaakjes.'

Ze lachte even. 'Ben je iets opgeschoten met je telefoongesprek?'

'Niet echt...' Een korte stilte volgde. 'Ken je dat gevoel dat je iets ongrijpbaars moet pakken, iets wat recht voor je neus staat maar wat maar niet helder wil worden?'

'Heel goed,' bekende ze. 'Het lukt je vast, zodra het waas van de omstandigheden oplicht. Geduld. Ik weet het zeker.'

'Ik hoop dat je gelijk hebt. Maar ik krijg sterk het gevoel dat ik wat steken heb laten vallen.'

'Misschien is het tijd om te eten. Olivia en ik hebben de lunch klaar en de kinderen popelen om met hun vingers in de soep te roeren.'

Eliades grinnikte. 'Ik kom eraan,' beloofde hij. 'Laat me nog even een collega telefoneren, ik wil een volgprogramma inzetten. Je weet nooit wat het oplevert.'

'Een volgprogramma, zoals iemand achtervolgen? Midden in een slagveld? Ambitieus...'

'Als ik het goed begrijp woedt het vuur alleen in de buitenwijken. Met een beetje verstand lukt het mijn mensen wel om daarvan weg te blijven.'

Het was afgekoeld en in de lucht klampten grijsgerande wolken zich als gesponnen suiker aan elkaar vast. Langzaam daalden ze af naar de heuveltoppen, waarachter de hemel een roze gloed liet doorschijnen. Houten speelgoed en rondslingerende leren ballen werden van het gazon geraapt. Nog even bleven de deuren open zodat het huis kon afkoelen. De afgelopen dagen was de hitte onaangenaam geweest en Eliades hoopte dat de overhangende bui zwaar genoeg was om te vallen in plaats van opnieuw te verdampen of langs hogere sferen verder landinwaarts te trekken. Het water in de bassins stond laag. Nood aan de man wilde hij het niet noemen, maar een goede plens regen was meer dan welkom.

Artura plakte foto's in de eetkamer. Ze was toegewijd, sorteerde de grote hoeveelheid aan plaatjes, plakte ze in een album en schreef de op de achterzijde vermelde toelichtingen naast of onder de foto's.

'Je was als jongen al heel knap,' vond ze, duidend op een foto waarop Eliades als kind naast zijn rozen stond.

'Onzin,' antwoordde deze vanachter zijn krant. 'Geen idee wat je in dat ventje ziet.'

'Een onweerstaanbare combinatie van kracht en toewijding,' zei ze zonder te blozen. 'En je hebt mooie donkere ogen, lange wimpers. Heel charmant.'

Eliades slaakte een hoorbare zucht maar moest toegeven dat hij zich gevleid voelde. 'Zeca is de gladbek van het stel, Artura,' zei hij desondanks. 'Hij heeft het voorkomen, ik de discipline.'

'O, glad is hij zeker, maar mooi?' Ze schudde haar hoofd alsof ze een geheimpje bekende. Buiten rommelde de donder, afwezig nog, maar duidelijk in aantocht.

'Hebben jullie het over mij?' Zeca kwam de kamer in. Hij sleepte met een been en zijn gezicht zag eruit alsof hij zojuist uit een bokswedstrijd was gelopen, duidelijk niet de winnende partij. Kleding vuil, zijn verfomfaaide hoed draaide hij in zijn handen rond.

Artura verschoot van schrik.

'Zeca!' Eliades stond op en liep op hem af. 'Blij om je in één stuk te zien.' Hij bekeek zijn broer. 'Wel, het had erger gekund. Kom, laten we je opknappen.'

Zeca klampte zich aan een stoel vast en schudde zijn hoofd. 'Waarom heb ik geen kopschot gehad, Eduardo?' snauwde hij haast.

'Omdat...' antwoordde Eliades half denkend. 'Wellicht omdat je mijn broer bent? En ik inspecteur en hoofd van een politiebureau?'

'Juist ja,' reageerde Zeca. 'Wel, daar moet ik het maar mee doen, niet?'

'Lijkt me overkomelijk. Had je liever een kopschot gehad?'

'Dat kan mij niks schelen.'

'Dat betwijfel ik. En wat minder fatalistisch kan geen kwaad, broeder.'

Zeca proestte.

Eliades begeleidde hem de trap op.

Slagregens martelden de gewassen, hoge palmen zwiepten heen en weer. Een oorverdovend gekletter sloeg onophoudelijk tegen de ramen, afgewisseld met het kwaadaardige rollen van de donder. Lichtflitsen suisden om het huis, af en toe een doffe klap; een boom geraakt, een rund wellicht. De kleintjes zaten angstig om Artura in de salon. Zeca sliep door alles heen, alleen getergd door onprettige dromen.

'De regen blijf dicht,' zei Alesso.

'Bedoel je: het raam lekt niet? Zoals bij ons in de keuken?' Artura streek hem door zijn lichtbruine haren.

'Nee. Ja.'

Fabio wikkelde een touwtje om zijn vinger en keek hoe het topje van zijn wijsvinger paarsig werd. Eliades riep hem, nam hem op schoot en wikkelde het touwtje weer af.

'Niet meer vingerwurgen,' maande hij en wreef de bloedsomloop weer op gang. 'Anders wordt je vinger ziek.'

'Niet meer doen,' besloot hij.

'Heel goed,' zei Eliades en lachte hem toe.

De jongen glunderde.

14

De dag dat São Paulo ontzet werd trok Eliades op de veranda een champagnefles open. Drie weken had het geduurd, de bittere ellende. In de voorgaande nacht hadden de Tenentes praktisch ongezien drieduizend soldaten via treinen de stad uit weten te loodsen. Daarmee kwam een eind aan een groot aantal straatgevechten en een paar afschrikwekkende dagen vol luchtbombardementen.

Hoewel het einde van het conflict nog niet in zicht was, hadden de Tenentes in elk geval besloten São Paulo en haar bevolking niet langer aan het geweld te onderwerpen. Iedereen haalde opgelucht adem.

'Hou je van rozen?' vroeg Eliades Artura nadat Zeca zich met een fles champagne uit de voeten had gemaakt. De avondlucht was droog en koel. De kleintjes lagen in bed. Ze zat in een rieten schommelstoel en wiegde gemoedelijk van voor naar achteren, een blos op haar wangen.

'Niet echt,' antwoordde ze. 'Ik houd meer van orchideeën. Rozen zijn mooi, maar ook iets van de vorige eeuw. Victoriaans, koloniaal – een vervlogen tijdperk.'

'Het vehikel van de romantici,' vulde Eliades aan.

'Juist, dat is het.'

'Orchideeën,' herhaalde hij traag. 'Had ik dat geweten...'

Hij knipoogde en Artura lachte lichtpuntjes in haar ogen.

‘Verkeerd antwoord?’ vroeg ze en poogde haar glas leeg te drinken zonder in de lach te schieten.

‘Bestaat er zoiets als een verkeerd antwoord als het om bloemen gaat? Je vindt mooi wat je mooi vindt. Valt weinig op af te dingen.’

‘Zo is dat. Maar vroeger vond ik ze mooi,’ bekende ze.

‘Aha. Heeft mijn schone deerne soms haar geloof in romantiek verloren?’

‘Misschien een beetje.’

‘Wel, het is nooit te laat om terug te keren naar het licht des levens,’ zei hij overdreven plechtig en strekte zijn armen naar haar uit. Artura stond op en ging bij hem zitten.

‘Hoe komt zo’n stoere vent als jij verzot op rozen? Als ik de jonge Eduardo op foto’s zie staat hij altijd tussen de rozen.’

‘Dat heeft senhorina goed gezien,’ merkte hij op. ‘Ik hield van mijn moeder en mijn moeder hield van rozen. Zo kwam dat.’

‘Hoe lief is dat! En waar zijn de rozen nu?’

‘Gesneuveld. Traumatische veldslag, zal ik je niet mee vervelen. Maar ik heb mooie soorten in de tuin achter het bureau. Ik denk erover om er een paar hier te planten. Hoewel ik me nu ook in de orchidee moet verdiepen, wil ik het hart van mijn schone Artura niet verliezen.’

‘Zou je dat doen? Voor mij? Ik kan goed met rozen leven, senhor Eliades.’ Ze plukte wat aan zijn overhemd. ‘Je bent veel te goed voor mij. Voor ons.’

‘Bestaat niet,’ vond hij. ‘En, kun je ook met mij leven, Artura?’

‘Och arme man, je hebt alles. Je kunt toch ook met iemand anders leven, iemand die beter is dan ik?’

‘Nee hoor, ik wil alleen Artura én die kleine herriemakers van je.’

‘Je meent het echt?’

‘Vind je het erg?’

‘Nee, helemaal niet.’

Zeca was weinig onderhoudend gezelschap. Zijn ogen stonden scheel, zijn oogleden hingen er als halve ballen overheen. Maar voor geen goud liet hij zijn broer alleen bij Artura achter, hoe lang of kort hij ook dacht weg te zijn.

'De pugilist van Caetano heeft z'n best op je gedaan,' zei Eliades opgewekt toen de plantage achter hen verdween en wees op het bonte festijn op Zeca's gezicht.

'Houd je muil, Eduardo.' Zeca keek hem naargeestig aan, maar dat werkte alleen maar op Eliades' lachspieren. Dat pafferige gezicht, zijn onverteerbaar slechte bui en dat onverstaanbare mokken, omdat zijn mond te gezwollen was om goed te articuleren.

Eliades smoorde zijn leedvermaak onder het geratel van de motor. Ze moesten nog enkele uren, beter dat ze vrede hielden. De laatste dagen hadden ze elkaar gemeden. Olivia daarentegen had bijna onafgebroken om Zeca's bed gelopen en hem met goedgevulde bouillons, zoete cake en in rum geweekte rozijnen op de been geholpen.

Collega Pedro Albreto telefoneerde en elke keer als dat gebeurde wilde Eliades dat het Victor was die belde. Hij luisterde met een half oor. De mestenga met de gouden ogen hield er een routine op na, ongehinderd door veldslagen en luchtaanvallen. Bij Salvatore's werd ze niet meer gezien, maar ze bezocht een oude drukkerij die op naam van De Henestrosa stond. Indrukwekkend dat Pedro die informatie zo kort na de bezetting uit de archieven had weten te trekken. Zelf merkte de agent op dat er niks aan was, alles stond open en elk register was ongehinderd te bereiken.

Een nachtelijk onderzoek in die drukkerij had Pedro ook al wat opgeleverd: vrouwenliteratuur, zoals hij het zelf beschreef, een blad dat *Lux Femina* heette werd er met handpersen gedrukt. Er werd niet dagelijks gewerkt, enkele dagen per week. Alleen maar vrouwen gingen in en uit het gebouw. Maar dat was niet het schokkende. In een emmer in een schaftzaaltje had hij een uitgedroogd dameskledingstuk gevonden en als hij zich niet vergiste, zaten daarop sporen van bloed.

'Inkt?' vroeg Eliades.

Die mogelijkheid was Pedro zelf ook ingevallen. Maar nergens in de drukkerij had hij gekleurde inkt of zelfs maar gekleurde verf kunnen vinden. Alleen zwart. Dat was inderdaad verdacht, een klus voor Gomès – als die zich tenminste nog liet zien. Maar Maria was volgens Pedro niet de eigenaar van de jurk. Daarvoor was ze te lang en te slank. De stijl was ook armoedig te noemen, niet bourgeois. Toen Pedro Eliades vervolgens herinnerde aan een moord op een fabrieksmedewerker in het buitengebied van São Paulo, enkele weken eerder, waarna de minnares de echtgenote van moord beschuldigde, gingen er verschillende belletjes rinkelen.

'Zeg Pedro, kwam het slachtoffer niet uit een textielfabriek?' vroeg Eliades.

'Staat me niet meer zo bij, maar dat is snel te achterhalen,' zei de agent.

'En kijk of je een distributielijst kunt vinden van *Lux Femina*, het zijn geen namen, maar huisnummers. Zo kunnen we die echtgenote wellicht aan het blad of de drukkerij koppelen.'

'Wat schieten we daarmee op?' vroeg Pedro.

'Zo kunnen we senhora de Henestrosa wellicht aan de textielfabriek linken. De drukkerij, die link heb jij al met haar gelegd. Ik begin te denken dat we te maken hebben met een militante vrouwenbeweging, meneer Albreto.'

Pedro begon luid te lachen. 'Een interessante ontwikkeling. Maar wat heeft dat met Granados te maken, inspecteur? Behalve dat Maria met hem danste? Ik heb een paar van die bladen meegenomen en sommige stukken kan ik wel als opruiend kwalificeren, zeker als het om overspel gaat. Maar als u wraakmoord suggereert vraag ik me af met welk motief? De hele buurt heeft gehoord wat er zich die avond afspeelde – de afgewezen hospita – ze schreeuwde als een ketter op de brandstapel.'

'Dat klopt, Pedro, en ik breek me er al weken het hoofd over. Ik twijfel of we het wel bij Maria moeten zoeken. Laten we onze aandacht verschuiven naar senhora de Henestrosa. Zij liet aan de telefoon weten niet van Granados gediend te zijn. Dat is nog niet veel, maar de beste aanwijzing die we tot nu toe hebben. En misschien lossen we niet direct onze moord op maar wel die van onze collega's in de voorsteden. Dat is ook de moeite waard.'

'Dat is waar, inspecteur. Goed, we gaan weer aan de slag. Graag tot morgen.'

'Wat denk jij ervan, Zeca, moordende vrouwen?'

'Moordende vrouwen? Wat voor 'n zot wereldbeeld heb jij? Dat moest er nog eens bij komen.'

'Zoveel verschillen de dames niet van ons. Hooguit kiezen ze hun gevechten met meer zorg, gebruiken ze andere methodes.'

'Wat je zegt.'

'Ik heb dertien jaar met een Caetano da Rocha samengeleefd, broeder. Ik weet waarover ik spreek. '

Zeca zweeg en wilde kennelijk niet aan zijn misstap herinnerd worden. Eliades zocht met één hand aan het stuur naar de brieven in zijn tas, wierp ze in Zeca's schoot.

'Hier, lees die eens hardop voor. Ik mis ongetwijfeld iets.'

'Si, Coronel,' antwoordde deze met wat zuur in zijn mond en begon de brieven een voor een voor te lezen. Eliades luisterde, maar was vooral geïnteresseerd in de lange brief. Zeca hakkelde er met zijn gezwollen mond doorheen en kwam langzaam maar zeker bij de interessante passages.

Het instituut dient zo vaak als dekmantel voor het zinnelijk bestaan, een schijnvertoning voor de buitenwereld. Ik moet er niet aan denken dat ik in zo'n schijnvertoning terechtkom, dat ik er ineens achter kom dat ik geen hoofdrol maar een bijrol speel en er zich achter de schermen een heel ander drama voltrekt.

Laat ik daar dan vooral duidelijk over zijn, hoezeer ik je misschien ook kwets of beledig door op voorhand te veronderstellen dat wij misschien ooit in zo'n situatie terecht zouden komen. Vergeef het me alsjeblieft, maar mocht het er ooit van komen, dan zal ik me niet schikken. Ik mag dan weinig spraakzaam zijn, in stilte wegkwijnen zal ik in geen geval.

'Hoor je dat, Zeca?' onderbrak hij zijn broer. 'Daar zeg je het: dan zal ik me niet schikken. Ik mag dan weinig spraakzaam zijn, in stilte wegkwijnen zal ik in dat geval niet.'

'Wat zal ze in dat geval dan wel?' vroeg Zeca zich hardop af. 'Ik vind het nogal merkwaardig. Zo'n brief heb ik heb nog nooit van een vrouw ontvangen.'

'Nee. Bijzonder hè. Ik denk dat we hier de invloed van haar werkgeefster terugvinden.'

'Ging die dooie rakker van bil met een ander?'

'Nee, zijn hospita drong zich aan hem op, maar hij moest niets van haar hebben. De hele buurt kon meegenieten.'

'O, fijn, lang leve het plebs. Dus daar lag het niet aan. Dat "niet in stilte wegkwijnen" moet een eufemisme zijn voor "Dan schiet ik je de kop vol lood"?'

'Nee, die scène met de hospita lijkt een toevalligheid, maar een heel storende.'

Zeca knikte en las verder. '*Dat gezegd hebbende, ik koester geen schoner herinnering dan aan de avond waarop wij samen dansten. Jij in jouw kamer, ik in de mijne. "Het was een mooie nacht, de nacht dat ik je vond".*'

'Sorry,' onderbrak Eliades. 'Lees dat nog eens, die laatste zin.'

Zeca begon te zingen: 'Het was een mooie nacht, de nacht dat ik je vond...'

De auto gleed de berm in, stopte, even staarde Eliades Zeca in verwarring aan.

'Het is een lied, Eduardo,' wist Zeca. '"Foi n'uma noite calmosa"? Een jong stel, dansend onder maan, lichamen die elkaar alleen maar willen liefhebben. Heel Brazilië kent het, waar zit jij in godsnaam na je werk?'

'Als ik klaar ben met werken is alles dicht. Zeker weten?'

'Heel zeker, als je het hoort denk je – o, dat liedje! Nou, rij door verdomme. Het duurt allemaal al lang genoeg. Christus.'

De T-Ford kruiste de weg weer op. Eliades herstelde zich en liet Zeca de brief uitlezen. '... *De gevleugelde fantasieën die uit dat beeld voortdenderen zijn groots, misschien wel veel te groots voor mensen zoals jij en ik. Toch ligt daarin een belofte; we spreken dezelfde taal, overbruggen stilte en woorden met een vloeiende dans. Is het genoeg, genoeg om de tegenslagen van het leven te doorstaan? Dat weten we alleen wanneer we het proberen, nietwaar? En dat wil ik, Rico. Dat wil ik echt...* Nou, ze had er zin in. Dat kunnen we moeilijk ontkennen. Heel poëtisch, knap werk. Maar waarom is ze zo zwijgzaam?'

'Geen idee. Je hebt stille mensen en praatgrage mensen. Zij is blijkbaar wat introvert.'

'Hadden stille wateren geen diepe gronden?'

'Daar begint het wel op te lijken.'

15

Er was opnieuw controle door militairen, het legale type deze keer. De avond viel in, voor de koplampen van de T-Ford openbaarde zich de verwoesting van drie weken hevig vechten. Barricades van zandzakken, karren, opgestapeld hout en zelfs koffiebalen versperden de weg, soms half terzijde geschoven, soms bemand door rokende overheidsmilitairen. De weg lag bezaaid met puin en rommel, sommige gebouwen lagen er half opengescheurd bij; ze misten pannen, deuren waren opengetrapt en overal lag glas. De auto passeerde een dood paard, de stank van rottend vlees, een zwerm vliegen die zich aan het karkas tegoed deed. Mensen liepen verdwaasd rond, de realiteit wilde niet dagen.

'Behoorlijk uit de hand gelopen,' merkte Zeca op, die voor het eerst sinds de ochtend geen weerzin vertoonde dat hij zich door Eliades naar São Paulo had laten dirigeren.

'Zuinig uitgedrukt,' vond deze. Hij had verder willen rijden naar de voorsteden, waar slecht onderhouden appartementsblokken en houten aanbouwen tegen elkaar gedrukt langs de weg stonden, waar mensen op straat leefden omdat het binnenshuis rot en onaangenaam was. Maar daar lag de wereld nu zo aan puin dat doorgang niet meer mogelijk was. Er stond nauwelijks een huis dat geen schade had. Aan de rand van de wijk keerde Eliades de auto en kreeg bijkans een jongen van een jaar of tien voor de koplampen.

'Hé! Ken je Osmosis?' riep hij hem toe.

'Si, senhor.'

'Is hij in orde? Zijn jullie in orde?'

'Er zijn veel mensen dood en gewond, senhor. Maar Osmosis heb ik gisteren nog gezien.'

'O, gelukkig! Zeg hem dat zijn chef terug is, als je wilt.'

'Zal ik doen, senhor.'

'Goed zo. En veel sterkte.'

'Osmosis,' vroeg Zeca, 'is dat je tuin-Afrikaan?'

'Zeca, ben je niet dankbaar dat je al je tanden nog hebt?'

'Kalm aan broeder, kalm aan...'

Eliades reed terug naar zijn eigen huis. Het werd steeds duidelijker: hoe beter de wijk, hoe minder de schade.

'Wat is al dat papier op de grond?' vroeg Zeca na een paar minuten stilte.

De auto stopte, Eliades stapte uit en griste een paar vellen van de straat. Hij bekeek ze in het licht van de koplampen. 'Een waarschuwing voor luchtbombardementen,' zei hij en stapte weer in. 'Een oproep aan de mensen om de stad te verlaten.'

'Dat is op z'n minst genadig te noemen.' Zeca nam de vellen aan en lichtte een aansteker om de tekst beter te lezen.

'Niet als je in aanmerking neemt dat de mensen nergens heen kunnen. Niet iedereen heeft een fazenda buiten de stad,' antwoordde Eliades.

'Dat is zo. Maar toch, liever gewaarschuwd dan helemaal niet.'

Ze aten rijst met ingemaakte groenten aan de keukentafel, met weinig smaak overigens, na drie weken door de kookkunst van Olivia te zijn verwend. Het petroleumstel walmde na, het ene glas wijn na het andere ging naar binnen om de povere smaak maar een beetje te verdoezelen.

'Ben je het niet zat om altijd gelijk te krijgen?' Zeca leunde achterover nadat hij dat had gezegd. Hij zag er vermoeid uit, beurs en vermoeid.

'Waarom zou ik?' reageerde Eliades. 'Ik denk dat steeds ongelijk krijgen veel vervelender is.'

'Misschien wel. Dus. Daar zitten we dan. Jij bang dat ik je mooie meisje inpik. Ik bang dat we het laatste van Caetano nog niet gezien hebben.'

Eliades stak een sigaret op en blies de rook in korte walmen uit.

'Ik weet dat je van haar hield,' bekende hij, zich ergens bewust dat hij dit gesprek aan zijn broer verschuldigd was. Aan zichzelf ook, wilde hij niet in een reeks van wraak en intriges met Zeca vervallen.

Zeca krabde aan zijn hoofd, zichtbaar niet in staat om die opening met handen of woorden aan te pakken.

'Theresa wilde mij niet,' ging Eliades verder, 'niet echt, tenminste. Ik denk dat ze voor mij koos om dichter bij jou te zijn, op de een of andere manier. Maar je weet hoe onze wereld in elkaar steekt. We worden min of meer verhuwelijkt. Moeder was bang. Ze vreesde dat Caetano ons land zou vorderen als ze niet iets op touw zette. Zij heeft me naar voren geduwd, ik ben immers de oudste...'

'En natuurlijk was er niets wat Eduardo ervan weerhield zijn moeder te gehoorzamen.'

'Natuurlijk niet. Ze was een goed mens en een vernuftige zakenvrouw. Waarom zou ik tegen haar ingaan?'

Zeca haalde zijn schouders op. 'Ik sliep met haar, weet je, toen al,' bekende hij.

'Ja, ik had zo'n vermoeden,' antwoordde Eliades.

'Je wist dat?'

'Natuurlijk wist ik dat. Ik ben niet geheel achterlijk.'

'En toch trouw je met haar?'

'Trouwen ja, slapen niet. Nogmaals, het was een manoeuvre, Zeca. En natuurlijk hoopte ik dat ik er iets van kon maken, dat ik de schijn linksom of rechtsom tot een waarheid kon kneden. Ze is een mooie vrouw, ik voelde me echt wel tot haar aangetrokken. Maar er zat gewoon te veel in de weg, bij haar, bij mij: Caetano, moeder, jij, status, verwachtingen. Het hield niet op.'

'Nooit geconsummeerd?'

'Nooit. Zoals ik al zei: zij wilde niet. En toen ze wel wilde, wilde ik het niet. Dus ik deed misschien wel wat moeder van mij verlangde, maar ik bleef ook trouw aan mezelf. En aan jou, als je het zo wilt bekijken.'

Een stilte trok door de keuken. Eliades schonk de glazen weer vol.

'Denk je,' begon Zeca, 'dat als ik me niet zo had uitgeleefd, dat ik Theresa nu had mogen trouwen?'

Eliades dacht na, rookte.

'Ik denk, ondanks dat Theresa en ik niet voor elkaar bestemd waren, dat jij er evenmin met haar was uit gekomen. Ze is en blijft een Caetano. Dat beeld dat wij van liefde en respect van huis uit hebben meegekregen heeft zij niet. Volgens mij is de vraag: waarom ben je boos? Om de idylle die je in je hoofd hebt gecreëerd? Dat beeld dat je nooit aan de realiteit hebt kunnen toetsen? Of houd je werkelijk van haar? Ongeacht de kilte die ze in zich heeft?'

'Ik was verliefd. Meer weet ik niet.'

'Wel, laat ik het met onze brievenschrijfster Maria eens zijn. Verliefdheid, dat is een belofte. Liefde, dat is een daad. Een opstapeling van daden, zoals het kweken van rozen. Als je ze laat staan, er niet naar omkijkt, kwijnen ze weg. Liefde is werken.'

Zeca zuchtte diep om de rozenmetafoor. Als hij tijdens zijn jeugd ergens een hekel aan had gekregen waren het wel rozen. Toch kreeg Eliades voorzichtig hoop dat Zeca een blauwdruk van de situatie optekende. Eentje die gebaseerd was op realistisch nadenken, niet op hoop en fantasie of op kinderlijke woede en jaloezie.

'Ik kende Raoul,' zei Zeca ineens. 'Raoul de Henestrosa. Knettergek, wilder dan wild. Ik mocht hem wel. Volgens mij hebben we minstens twintig meisjes met elkaar gemeen.' Hij lachte aanstekelijk en dronk zijn glas leeg.

Daarna betrok zijn gezicht.

Eliades begreep wel waarom. 'Dat is een weinig bemoedigende gedachte. Ik heb gisteren gehoord dat hij aan syfilis is bezweken.'

Zeca griste de wijnfles van tafel en schonk zichzelf bij, Eliades bedankte.

'Ja, daar hadden de jongens het in Campinas ook over. Ik heb zijn begrafenis gemist. Zonde. Scheen dat hij zich in een macabere voodookist heeft laten bijzetten. Net iets voor hem. En zijn moeder heeft flink moeten betalen voor zijn laatste sacramenten. Het ging allemaal niet van harte...'

Eliades drukte zijn sigaret uit. 'Je zou mij een plezier doen als je je door een arts liet onderzoeken, broeder. Zekerheidshalve.'

Zeca knikte langzaam, maar achter zijn ogen draaiden de raderen op volle toeren. Hij had sores, dat was wel duidelijk. Spijt was misschien een beter woord.

'Je laat me niet vallen, toch Eduardo?' zei hij toen, alsof zijn ware aard ineens door dichtgevroren water brak.

'Nooit. Je bent een fantast en een egoïst, een hufter en een dwaas, een aap die de hele dag met zijn pik zit te spelen... totdat er wat te vreten valt. Maar je bent ook mijn broer, de zoon van mijn moeder, en daarom hou ik van je. Dus nee, Zeca. Ik laat je nooit vallen.' Hij stond op, trok zijn kleine broertje aan zijn elleboog van de stoel en omhelsde hem.

Eliades sloot een deal met Costa, de makelaar. Zijn bureau zou tijdelijk de villa van senhora Pessoa betrekken omdat de verkoop na het beleg waarschijnlijk langer dan gepland zou duren. Het mortuarium was nog redelijk intact, dat kon als zodanig na enig puinruimen wel dienstdoen. Alle andere zaken werden nu vanuit Huize Pessoa afgehandeld. Het lag redelijk centraal in de wijk en had een goede aansluiting met de binnenstad.

Eliades regelde extra handen uit Rio de Janeiro om het bureau weer slagkracht te geven. Pedro Albreto zette hij op Victors plek, die – door de wachtrijen voor de buitenstedelijke begraafplaats – nog steeds in het mortuarium lag. Evenals Rodrico, wiens familie zich nog niet gemeld had.

Terwijl hij zich in zijn nieuwe kantoor installeerde en verhuizers om hem heen meubilair aansleepten, archiefkasten plaatsten en half verbrande dossiers probeerden te herstellen, liep Gomès het pand binnen. Hoed in zijn hand, rood op de kaken.

Eliades bood hem een stoel aan.

'Ik ben u mijn excuses verschuldigd,' begon de lijkschouwer.

'Wel, jij zegt het. Ga je gang.'

'Ik denk dat ik misschien iets te voortvarend ben geweest in mijn gesprek met Inigo Ornelas,' bekende hij, 'toen hij kwam om Rodrico te schouwen.' Gomès nam een doosje sigaren uit zijn zak, opende dat en stak het vooruit.

'Zo'n vermoeden had ik al, Gomès.' Eliades nam het vredesoffer aan en liet zich bijlichten. Een zoet-wrange sigarenlucht steeg op en veroverde de frisse ruimte.

'Ziet u, ik dacht dat u tegen vernieuwing was. Gezien uw achtergrond...'

'Ik ben niet tegen, ik ben ook niet voor. Moeten we goddomme altijd tussen twee kwaden kiezen? Ik vind van niet. Als er een goed voorstel komt, prima. Tot die tijd blijven we ons gewoon fatsoenlijk gedragen.'

'Ja, dat zie ik nu ook in. U bent een goed mens, inspecteur.'

'Fijn, Gomès. Dank je wel. Hier kunnen we het denk ik wel bij laten. Enne... iets anders, kun jij voor mij een kledingstuk analyseren? Ik ben op zoek naar bloedsporen.'

'Geen probleem.'

'Geweldig, Pedro Albreto heeft het stuk klaarliggen. En ik heb hier een patroon waarvan ik wil weten of die met de kogel uit het lichaam van Rodrico overeenkomt. Wil je me dat zo snel mogelijk laten weten?'

Hij wierp de envelop met de huls op het bureau. Gomès stemde behaagziek in en boog bijna toen hij het kantoor verliet. Eliades doofde de sigaar en smeet die uit het openstaande venster.

'Smerige rat,' mompelde hij.

'Zei u wat?' riep een van de agenten vanuit de hal.

'Niks voor in het logboek,' antwoordde hij.

Terwijl hij met Pedro alle scenario's nog eens doornam – Salvador, de onbekende volger, senhora de Henestrosa, commissaris Barradas en Maria – vroeg Eliades zijn nieuwe assistent om één naam van het lijstje te schrappen. Pedro twijfelde lang, maar streepte desondanks resoluut de onbekende volger door.

Eliades nam de pen en streepte Barradas door. 'Nog een,' maande hij Pedro.

Salvador ging van de lijst.

'Waarom doe je dat?' wilde Eliades weten.

'We kunnen niks vinden.'

'Hij liegt dat hij barst.'

'Duidelijk. Maar we zoeken een moordenaar, geen leugenaar.'

'Als dat het criterium is moet senhora de Henestrosa ook van de lijst. Zie je dat soms zitten?' Eliades streepte haar door. 'Nu, tevreden?'

'Ik weet het niet. Alles wijst naar Maria.'

'Wat wijst naar haar?'

'De patroon van het pistool lag in haar kamer. Ze woonde hier. Ze had een relatie met hem.'

'Het huis stond leeg, ze woonde hier niet meer tijdens de moord, en ze was gelukkig met hem. Rodrico werd lastiggevallen door zijn hospita. Hij wees haar luid en duidelijk af. Wat is het motief?' drong Eliades aan. 'Dat gooide je mij gisteren nog voor de voeten.'

Pedro pijnigde zijn hersenen. 'In welk scenario komt Salvador of senhora de Henestrosa in dit huis? We hebben geen sporen van inbraak, iemand moet de sleutel hebben gehad. Weer Maria,' vond de agent.

‘Die sleutel kan gestolen zijn, door Salvador terwijl ze danst. Of door iemand in opdracht van senhora in het huis. Nog steeds geen motief.’

Er gingen heel wat sigaretten de lucht in, koppen koffie naar binnen.

‘Zou u Maria wegstrepen?’ vroeg Pedro.

‘Nee. Maar ik mis iets en ik hoopte dat jij me erop zou wijzen. Vertel eens over haar, maakt niet uit wat. Wat heb je gezien?’

Pedro leunde achterover en dacht na.

‘Ze is opvallend en toch weer niet. Ze lijkt in zichzelf gekeerd. Ze verzaakt haar plichten niet. Buren van de drukkerij menen dat ze altijd kwam, of het nu bommen regende of niet, en ik nam vervolgens hetzelfde waar. Ze heeft iets onverstoorbaars. Geen angst. Onaantastbaar.’

‘Onaantastbaar, zoiets zei Victor ook. Mysterieus?’

‘Dat lijkt het niet helemaal. Ik kan het heel slecht omschrijven. Ik schrok van die bombardementen, zelfs als het heel ver weg klinkt, je hoort de vliegtuigen aankomen en je zoekt dekking. Het liet haar koud. Ik vond het gewoonweg eng om dat in iemand te zien. Een soort latente doodswens of een verachting van het leven.’

Eliades keek hem onderzoekend aan. Er daagde iets, ergens vaag in de verte manifesteerde zich iets voor zijn geestesoog. ‘O, godver...’ zei hij meer tegen zichzelf. ‘Hoe laat komt ze daar, wanneer? Bij de drukkerij, bedoel ik.’

‘Nou,’ meende Pedro die op zijn klokje keek, ‘als we heel hard rennen...’

‘En een pistool alsjeblieft.’

‘Gaan we dit echt doen?’ vroeg de agent.

‘Jij schijnt ervan overtuigd te zijn,’ meende Eliades. ‘Laten we de proef op de som nemen.’

16

De straten lagen bezaaid met pamfletten; waarschuwingen voor luchtaanvallen. Eliades en Pedro hadden er geen oog voor. Ze renden langs de huizen, witgekalkt, gelig, oker; groene, bruine en blauwe luiken. Klokgevels, platte daken, nisjes met heiligen, offeranden van takjes rozemarijn en salie. Hier en daar een kaarsje. Mensen gingen schuil onder hun hoeden, zochten onophoudelijk de lucht af. In elk van hen was er iets gebroken, het vertrouwen dat al het goede uit de hemel kwam, het vertrouwen in de mensheid.

Op een kleine marktplaats, een vierkant plein afgebakend door huizen, zaten oude mensen te grienen. Ze deelden leed, ervaringen, hoe het nu verder moest. Vol onbegrip zagen ze Eliades en Pedro voorbijsnellen, de poort door. Vanwaar die haast? Ze zochten het angstvallig in de lucht.

De drukkerij had een achteringang, via een achterpad betraden ze de binnenplaats. Oude potten met verdroogd onkruid, verroeste onderdelen van een drukpers. Wortels staken door het terracotta plaveisel. De vierkante vensters zagen duister. Binnen was geen licht. Maar de achterdeur was los, het hangslot hing open aan een haak. Eliades laadde zijn pistool en stapte geruisloos binnen. Pedro hield zijn adem in, volgde. Vanwaar dat pistool? Ze was maar een grietje.

Binnen was het redelijk licht, lichter dan Eliades had verwacht.

Ze kwamen in een kleine hal waaraan een keuken en een schaftzaaltje grensden. Een andere ingang bood zicht op de papieropslag. Daarna een open deur naar de drukkerij. Eliades keek de ruimte in, het pistool laag naast zijn been, en ontwaarde de trage bewegingen van een dame.

Lange haren los over haar rug, een klassiek gesneden jurk in pasteltinten viel langs haar lichaam. Ze droeg een charmant rieten hoedje met linten. Eliades herinnerde zich haar geur, zijn reactie op haar verschijning. Maar dit was niet de tijd voor sentimenten of horigheid aan de natuur. Hij moest met haar praten, tot haar doordringen. Niet andersom.

Maria stond voor een grote tafel waarop kopij lag uitgespreid, de rug naar hen toe. Eliades zag hoe ze een boek uit haar tas nam, het opensloeg en er een stapel gevouwen geschriften uit nam. Ze ordende het werk en voegde het bij de kopij op tafel. Daarna leek ze te lezen. De bijdragen van andere vrouwen? Soms raakte ze een blad aan, nam het op om een onduidelijk geschreven woord te ontwarren, legde het weer neer. Voorzichtig liep Eliades op haar af, in de verwachting dat ze hem wel zou opmerken, maar ook in de voorzichtige veronderstelling dat dit niet zou gebeuren.

De afstand tussen hen werd kleiner maar Maria bleef in gedachten verzonken. Hoe diep kon je in je eigen wereld wegglijden?

Eliades had het antwoord.

Hij hief zijn pistool in de lucht en loste een schot. Het brute geluid ketste door de ruimte. Naast hem zag hij Pedro verstarren, de impact, de schrik. Zelf schrok hij ook van de knal. Maar Maria stond nog even onaangedaan voor de tafel. Pas toen er gruis van het plafond naar beneden viel, op de kopij, op haar schouders, en ze het stof zag neerdwarrelen, draaide ze zich geschrokken om. Eliades kwam oog in oog met de onvoorspelbare hinde, de mysterieuze mestenga met de gouden ogen. Ze keek hem doortrokken van schrik aan en klampte zich aan de tafel vast. Hij hoorde haar ademhaling, voelde en rook haar angst. Eliades liet zijn pistool zakken terwijl de diepe tragedie tot hem doordrong.

'O, Maria,' zei hij triest. 'Je kon het niet horen...'

'Godallemachtig,' fluisterde Pedro.

Maria's blik flitste van Eliades naar zijn compagnon en weer terug, nog steeds in diepe angst en onbegrip, haar ogen glanzend van de tranen.

'Gooi die luiken eens open,' maande Eliades. 'Het is te donker.'

Albreto kwam met zichtbare moeite los van zijn plek en vond na enig zoeken een lange stok waarmee hij de luiken vervolgens opentrok. Het licht viel binnen. Eliades kon haar nu goed zien; lichte, gouden ogen met donkergerande oogleden. Ze had een bleke huid, wat sproetjes en een goedgevormde mond. Ergens had ze iets vertrouwds. Maar die vage herkenning was duidelijk niet wederzijds. Ze wachtte gespannen en begreep wel dat haar zo zorgvuldig omzeilde sociale tekortkoming nu open en bloot op tafel lag.

'Wist Rico het?' vroeg Eliades die nu goed in het licht stond. Hij articuleerde zo duidelijk mogelijk.

Maria knikte instemmend.

'Hij vond het niet erg?'

Ze schudde een hevig nee.

Eliades kon het zich voorstellen, het zou hem ook niet hinderen.

'Ik moet je iets heel naars vertellen,' bekende hij toen en voor de zekerheid herhaalde hij de zin.

Ze gaf blijk het te begrijpen.

'Ik ben van de politie. Je hebt mij eerder gezien, bij Salvatore's.'

Ze knikte weer, leek hem nu te herkennen.

'Zeven getuigen,' zei Eliades nu, 'hebben mij verteld: Rico wilde die vrouw niet. De ramen stonden open. Ze konden het horen. Rico zei duidelijk nee en stuurde haar weg. Maar jij zag Rico en de vrouw vanuit je kamer, nietwaar? Het leek op iets anders...'

Hij probeerde zijn uitleg zo veel mogelijk met handgebaren te ondersteunen, vrezend dat er anders nog meer misverstanden zouden ontstaan. Maar al snel leek de boodschap te dagen en dat die boodschap meer aansloot bij haar werkelijkheid dan wat ze die bewuste avond met eigen ogen had gezien. Het was alsof het begrip, de logica in haar terugzonk, zich schrijnend maar helder aan haar openbaarde. Tragischerwijze werd daarmee ook de omvang van de ramp duidelijk en leek het tegelijkertijd alsof Eliades haar ziel van binnenuit zag verscheuren.

Het was diep-, dieptragisch.

De pijn die ze met zich mee had gedragen, de afwijzing die ze gezien haar tekortkoming misschien wel had begrepen maar niet had geaccepteerd, maakte plaats voor iets wat nog veel onverdraaglijker moest zijn. Maria had haar grote liefde omgebracht, zonder gegronde reden. Het was een akelig misverstand, een nachtmerrie waaruit geen ontwaken mogelijk was.

Het zware gevecht met de angst om haar gebrek afgewezen te worden was voor niets geweest. Terwijl ze had gewonnen, Rico had haar met vlag en wimpel van zijn liefde en toewijding overtuigd. De belofte die stond, de toekomst die hen wachtte... alles had ze verwoest. Die wond sloeg diep in, onherstelbaar diep, bij haar, maar ook bij Eliades zelf. Voor zijn ogen onderging ze een lijdzame transformatie van een afstandelijk, fabelachtig wezen dat zich gevoed met andermans idealen op de been hield, tot een ontzield lichaam. Tranen schoten letterlijk uit haar gouden ogen, zo van pijn verwrongen, zo afschuwelijk. Ze klampte zich vast aan de tafel, wankelde. In die onmacht verloor ze de controle over de stilte en riep luid: 'Rio!'

Haar stem klonk onaards, hoog. De misvormde naam van haar geliefde golfde door de lege hal en echode tegen de wanden terug, één keer, twee keer.

'Rio!'

Terwijl ze op een knie zakte, probeerde Eliades zichzelf bijeen te houden. De wil om haar te helpen stokte, voor zulke tragedies werd een mens niet opgeleid.

Pedro liep de hal uit.

Ineens greep Maria haar tas, vermande zich met een verbeten ruk. In haar handen verscheen dat enorme wapen.

De Peacemaker, wist Eliades. Als ze op zichzelf wilde schieten begreep hij dat volkomen en in een ander leven was hij zelfs weggelopen om haar die laatste eer te bewijzen.

Maar dat gebeurde niet.

Maria spande de haan, trok het wapen omhoog en richtte het recht op hem. Verbaasd ontmoette hij een nieuwe, duistere blik in haar ogen: woede, weerzin, waanzin. Hij wist niet goed wat het was, maar hij geloofde het. Hij had haar schot op Rico gezien, ze kende het kunstje. Dus antwoordde hij, hief zijn wapen, richtte terug en haalde zonder aarzelen de trekker over. Het schot was ongenadig luid en joeg hem de rillingen over het lijf.

Maria sloeg naar achteren en vervolgens tegen de grond, de Peacemaker kletterde neer, de echo van Rico's naam – haar Rio – overstemd door het allerlaatste woord dat de mensheid bezat. Het lijden was voorbij.

Eliades hurkte, de knal van zijn pistool deed zijn oren piepen. Pedro kwam geschrokken terugrennen.

'Bent u in orde?' vroeg hij bezorgd.

'Als je bedoelt of ik geraakt ben? Nee, ik ben niet geraakt. Ben ik in orde? Verre van!' Hij smeet het wapen van zich af en godverde een keer of wat.

Pedro liep traag naar het ontzielde lichaam van Maria. Een spoor bloed liep over de betonnen vloer de hal in. Hij nam de Peacemaker van de grond, klikte de cilinder open.

'Inspecteur Eliades,' begon hij, terwijl hij het wapen omhoog hield.

'Maak me alsjeblieft wijs dat het reservoir leeg is,' wenste hij hardop. 'Anders kom ik hier nooit meer overheen.'

'Geen nood aan leugens, inspecteur. Alle kamers zijn leeg. Kijk maar. Ze wilde dat u schoot.'

Eliades blies de spanning van zich af. Zijn armen, zijn handen tintelden.

17

Verwonderd had hij over de aardkloot gelopen – die eerste dagen en nachten met Artura – zoekend naar het evenwicht tussen vasthouden en loslaten. Hoelang zou ze blijven? Wanneer moest hij haar laten gaan? Wat moest hij aan met die onzinnige fascinatie voor dat kuiltje boven haar sleutelbeen, een oorlelletje, een plukje weerbarstig haar en de zachtheid van haar benen, haar borsten. Liggend in het hoge gras had hij Artura aangestaard en te mooi gevonden. Hij wist het niet zeker, nog niet. Kleine gevechten waren het.

'Waar wacht je op?' had ze gevraagd, een beetje ondeugend, beetje zenuwachtig.

'Op jou,' was zijn antwoord. 'Je uitnodiging.'

Ze rees op, kuste hem en glimlachte.

'Je bent uitgenodigd...'

In de middag kocht Eliades een armband voor Artura, bij een mentaal afwezige juwelier die zojuist het houtboard van zijn winkelpand had verwijderd. Maar de vraag was wie van de twee heren het meest afwezig was. Eliades vocht tegen de beelden, de geluiden van Maria's tragische discours, meer nog dan hij met Victors afscheid had geworsteld. Hij greep zich vast aan de gedachte aan Artura, hopend terug te keren naar die staat van verwondering en verlichting. Maar het zou nog even duren voordat zijn geest hem weer met rust liet. Voor nu keek hij uit naar hun gesprek. Ze telefoneerden iedere avond.

'Het is te vroeg voor een ring,' zei hij tegen de juwelier. 'Iets anders met bloemen, orchideeën misschien?'

'Orchideeën? Nee, dat heb ik niet, maar ik heb gegraveerde armbanden, met bloemen.' De man struikelde door de kleine winkel en grabbelde in kastjes.

Artura's grootste verdienste was misschien wel dat ze niet op Theresa leek. Ze had geen allure, geen air, maar was een natuurlijke vrouw, liefdevol en sterk. Ze maakte hem aan het lachen, raakte hem aan in het voorbijgaan, keek steeds op van haar boek om te zien wat hij aan het doen was, of hij misschien naar haar keek.

Hij deed niet anders.

'Een glazen stolpje,' mompelde Eliades onbedoeld hardop.

'Wat zegt u?' De juwelier stopte de gouden armband in een groenfluwelen doosje.

'Niks,' antwoordde hij. 'Ik bazel.'

De man maakte zijn werk met een haast rituele toewijding af, blij verwonderd wellicht, omdat liefde haar kop ook tussen de smeulende flinters van vuur en verderf opstak.

Osmosis en Zeca waren vuil en bezweet. Midden in de tuin van de stadswoning lag een grote hoop verdord groen, onkruid en geelbruine bladeren. Ze zaten druk pratend op een bankje en genoten zichtbaar van hun werk – glaasje rum in de hand. Eliades grijnsde van verwondering. Dit was toch een redelijk onwaarschijnlijk scenario.

'Helden!' prees hij. 'Wees gegroet!'

'Ave broeder! Kun je ons de rum aangeven?' Zeca lachte, wees de salon in. 'En neem er zelf ook een, je ziet eruit alsof je het nodig hebt.'

'Hoe ging het?' vroeg Osmosis.

'Verschrikkelijk,' zei Eliades. 'Ze was het toch...' Hij schonk Osmosis en Zeca bij en vond na enig verzitten en verschuiven een aangename positie op de houten bank. De rum brandde in zijn keel en steeg direct naar zijn hoofd. Het was de warmte, zijn gebrek aan een fatsoenlijke lunch en de pijnlijke ontknoping van het geval Rodrico.

'Je hebt bloedspetters op je shirt.'

Zeca wees op wat rode spatjes. 'Alles in orde, Eduardo?'

'Verdomme, nee.' Een zucht, een moment van onhandigheid – hij wist dat het waarschijnlijk ook op zijn hals of handen zat.

'Drink eerst. Vertel, wat is er gebeurd?'

'Ach, het tragische geval wil dat ze die episode met de hospita wel had gezien, maar niet gehoord.'

'Hoe? Als enige in de hele buurt?' Zeca trok zijn wenkbrauwen op en keek Eliades daarbij wat beduusd aan.

'De jongedame kon niet horen, ze was doof. Kun je het je voorstellen, ze schoot haar eigen liefje neer...'

Osmosis zette grote ogen op. Zeca floot.

De glazen waren snel leeg, de fles rum ging opnieuw rond.

'Ik zag haar sterven. Niet fysiek, gewoon, ze hield op te bestaan, alles in haar brak in stukken. Daarna richtte ze die Peacemaker op me. God, ik heb nooit iemand met zoveel waanzin in de ogen gezien...'

'Ze wilde ú neerschieten?' reageerde Osmosis verontwaardigd.

'Nee, ze wilde dat ik geloofde dat ze het zou doen. En dat deed ik. Godver, die blik... Achteraf bleek dat er geen patronen in haar pistool zaten. Anders had ze de hand wel aan zichzelf geslagen.' Eliades veegde wat zweet van zijn voorhoofd en nam nog een slok. Hij stak een sigaret op. 'Wat een dag,' verzuchtte hij. 'Wat een dag.'

'Wel,' meende Zeca, 'het kan gelukkig niet erger dan dit.'

'Laat dat een schrale troost zijn. Maar goed, hoe is het met je moeder, Osmosis? Alles goed doorstaan?'

'O, niet kapot te krijgen,' antwoordde deze met een liefdevolle gloed op zijn gezicht. 'Ze laat u groeten.'

'Blij dat te horen, groeten terug. En laat me je straks naar huis rijden, ik heb de noodvoorraad blikvoedsel uit het oude bureau geconfisqueerd. Staat in de auto. Dat jullie het maar waar nodig verdelen.'

'Fijn. Dat is meer dan welkom.'

'We moeten doen wat we kunnen, nietwaar?' Eliades dronk zijn glas leeg en stond op. 'Dank u, broeders, voor jullie harde werken, maar als het niet hindert ga ik mij nu even opfrissen.'

'Geen probleem. Weet je wat, laat mij Osmosis naar huis rijden. Dan haal ik onderweg wat te eten op, en rum,' stelde Zeca voor.

'Ook goed. Ik zie je morgen, Osmosis. In de tuin bij Huize Pessoa is er ook werk zat.'

'Tot morgen, inspecteur.'

Het bad liep leeg, Eliades haakte de manchetknopen door zijn schone overhemd, het laatste schone dat hij nog had. In zijn werkkamer nam hij een verweerd breedkwarto en een stapel brieven en zakte ermee in een leren fauteuil. Sigaretten en asbak in de aanslag. Voor hem op het bureau lag Maria's pecten, iets gehavend door de veldslag op het bureau. Hij had er geen afstand van kunnen doen, de schelp schemerde onophoudelijk in de schaduw van zijn gezichtsveld.

Wellicht was het niet het juiste moment om door Maria's spullen te spitten; zijn hoofd was niet erg ontvankelijk voor nieuwe informatie, maar zijn wens om meer vat te krijgen op de situatie bleek sterker.

Hij las de brieven door, de meeste waren van Rico; liefdesbrieven, uitnodigingen voor de races op Clube Esperia. Andere waren van ene heer Marguiris, Maria's vader, en een enkele brief van Salvador. Het leverde weinig nieuwe inzichten op. Eliades legde ze terzijde en sloeg het breedkwarto open. Direct voelde hij het bloed uit zijn gezicht wegtrekken; een diepe leegte doortrok zijn wezen, zijn hart.

Voor mijn lieve zuster, Artura Marguiris da Sosa. Ik heb je lief, waar je ook bent.

Versuft staarde hij naar het schutblad van het boek; die letters, zo sierlijk, zo kundig geschreven. Stond daar de naam van zijn lief?

Dit moest een vergissing zijn.

Hij kwam uit de stoel, ijsbeerde de kamer rond, keek nog eens naar het schutblad. Hij kon zich er niet toe brengen om de pagina om te slaan, bang voor de werkelijkheid die zich daarachter schuilhield. Hoeveel Artura's kende hij? Ze had een naam uit duizenden, uit tienduizenden. Zijn oor zette het opnieuw op een piepen, een doffe hoofdpijn manifesteerde zich en bonkte venijnig achter de slapen. *Het was een mooie nacht, de nacht dat ik je vond.* Ze kwam hem zo bekend voor, ze had iets vertrouwds. Was het...? Had hij die dag Artura's jonge zus van het leven beroofd?

Te veel. Het was te veel.

Hij smeet het boek op zijn bureau en liep weg. Maar de gedachte liet hem niet meer los. Niet tijdens het eten, niet toen hij voor het telefoontoestel in de hal stond en het apparaat aankeek alsof het loeiheet was.

'Het concept van telefoneren valt of staat met het beetpakken van de hoorn, Eduardo. Ernaar kijken is niet voldoende.' Zeca stond met een glas rum in zijn hand en observeerde hem.

De opmerking drong nauwelijks door.

'Ben je wel in orde?' vroeg Zeca nu. 'Kop op, man. Ja, het is diep tragisch, maar over een paar dagen ben je het weer kwijt. Ik ken je, je komt hier echt doorheen.'

'Nee, je begrijpt het niet,' antwoordde Eliades afwezig. 'Dat is het niet, niet alleen...'

'Wat is het dan?'

'Artura,' antwoordde hij. 'Maria was Artura's zus. Dat liedje, Zeca. 't Was geen toeval.'

Een auto reed het erf van de buren op. Een mug zoemde door

de hal. Het flikkerende gaslicht aan het plafond wierp schichtige schaduwen op de wand.

Tijd verstreek.

Zowel hij als Zeca stond bewegingloos, niet in staat de situatie onder woorden te brengen. De stilte werd verbroken door het botte geklingel van de telefoon. Zeca vloekte van schrik, Eliades greep even naar zijn hart en hervond zich.

Hij nam de haak van het toestel. 'Eliades?' zei hij.

'Eduardo? Het is Artura... Je zou bellen?'

'Dag Artura, lief...' zei hij, keek naar Zeca. Maar die schudde nadrukkelijk nee. Nee van niet zeggen, nee van niet doen. Nee van leugens en uitgestelde ellende. En dus begon hij te praten over de drukke, vermoeiende dag, vertelde hij over het gehavende São Paulo, zei dat hij haar miste en dat hij gauw weer thuis zou zijn. De groetjes aan de kleintjes – dat soort dingen – en hing op. Hij voelde zich als een leeggelopen vehikel, volstrekt nutteloos.

Maria's woorden beten, hoe schoon, ontroerend en soms schokkend haar observaties ook waren. En hoewel hij bladzijde na bladzijde meer inzicht kreeg in haar kortstondige worsteling met de verschillende werelden waarin ze verkeerde – de liefdevolle huiskamerperikelen bij senhora Pessoa, de drukke, soms bedreigende cantina van senhor Salvador en de uitgesproken verhandelingen van senhora de Henestrosa – het was geen wonder dat ze was gaan wankelen.

Kiezen tussen zelfbeschikking en liefde en bovenal een strijd om loyaliteit. Wie moest ze trouw blijven? Zichzelf? Dat leek de uiteindelijke en enige keuze te zijn: maar dat betekende zowel Rico als senhora trouw blijven. Over het hoe deed ze nooit een uitspraak. Misschien wist ze wel – onbewust – dat Rico en senhora de Henestrosa geen verenigbare krachten waren.

Maar het meest wrange dat Eliades uit het relaas distilleerde was dat senhora in haar pogingen om Maria voor de tragedie te behoeden, niet één maar twee tragedies had veroorzaakt. Hoe typisch, net zoals de ijdele pogingen van de mannen die ze hekelde, die met hun bandeloze bestaan en de drang naar schoonheid en oneindigheid hun eigen tijdigheid in steen beitelden. Zo had senhora de Henestrosa ook het lot van haar geliefde Maria in ruw composiet gegoten.

En nu zijn lot.

'Ken je dat gevoel dat je iets ongrijpbaars moet pakken, iets wat recht voor je neus staat maar wat maar niet helder wil worden?' Eliades hoorde het zichzelf opnieuw zeggen. *Een doodlopende weg.* Hij was een doodlopende weg in gelopen. En dan, om het nog erger te maken, lag hun beider vader in Santos in de koeling te wachten op nog een leugen.

Hij sloot zijn ogen, probeerde niets dan te ademen. De roman die Maria over een houdbare liefde had willen schrijven lag voor hem, maar het was een akelige mislukking geworden, een zoveelste tragedie.

Villa de Henestrosa was een paleis. De salon stond vol eigenaardige kunststukken; houtsnijwerken uit rozenhout en geurend kamfer, opengewerkte wandrozetten van jade en malachiet, vreemde goden in koper en goud met overdadig veel armen en hangende oorlellen. Indiase facettentempels uit kurk gesneden, Indonesische poppen, Afrikaanse maskers en Amerikaanse totemfiguren. Het pantheon van wereldreiziger Raoul de Henestrosa.

Zijn moeder liet Eliades wachten. Hij wist dat hij te vroeg was, dat senhora altijd laat opstond, maar hij had de nacht doorwaakt en de zon die ochtend aan de Rio Tietê zien opkomen. Alsof er iets van Maria in hem was geslopen; wanhoop, angst... hij wist het niet goed te duiden. Het leek haast of hij haar worsteling met de liefde had overgenomen, een estafettestok, vechtend tegen een onvermijdelijke ondergang.

Om die reden had hij de zonsopgang willen zien, willen voelen of dat kon – je optrekken aan de metafoor – die godheid die Maria erin herkend had en het verrijzen uit de hete as van de aarde. Maar het had hem niet kunnen grijpen; de optrekkende lichtkolom, de blauwzwarte stilte die met paarse en rode zwemen doorbroken werd, door ontwakende vogels die gehaast vlucht namen, het leven dat uit zijn reces werd geroepen. Alles stroomde onvermijdelijk verder, de rivier, het wassende groen, zijn eigen adem; de nacht had niets nieuws voor hem uitgebroed. Het leven lachte hem in het gezicht uit en het enige wat voor hem lag was het voltrekken van de mislukking.

'Ik vermoed dat wij de nacht beiden aan ons voorbij hebben zien trekken, inspecteur Eliades,' sprak senhora de Henestrosa terwijl ze de salon in schreed.

Haar stem klonk broos, het Spaanse accent sloeg heviger door dan toen ze elkaar aan de telefoon hadden gesproken. Ze droeg een zwart gewaad dat achter haar aan ruiste en dat haar bleke, statige gezicht nog bleker deed voorkomen. Op haar hoofd prijkte zo'n typische Spaanse kam met een korte zwarte sluier. Het toonbeeld van rouw en traditie.

Behoedzaam ging ze in een armstoel zitten, zette de wandelstok voor zich en plaatste er haar beide handen op.

18

'Is het gebruikelijk, inspecteur, dat jonge, onschuldige vrouwen stante pede worden doodgeschoten?'

Ze klonk bitter, wat Eliades wel had verwacht. Hij wist niet welke details Pedro gisteren bij zijn bezoek met senhora had gedeeld, maar hij ging ervan uit dat deze dame er haar eigen waarheden op na hield, ongeacht wat er gezegd was of nog gezegd zou worden. Ze kon het zich veroorloven. Veel moeite hoefde hij daarom niet aan haar te verspillen. Het ging erom dat de zaken die ertoe deden, die er voor hem toe deden, niet onuitgesproken bleven.

'U hebt geen idee hoezeer ik de dag van gisteren zou willen overdoen, senhora,' zei Eliades, 'niet alleen omwille van Maria, maar ook voor haar zuster, Artura, die tevens mijn geliefde is – tenminste, zo leerde ik gistermiddag...'

Senhora snoof van verbazing. 'U vergist u. Ik heb Maria nooit over een zuster gehoord.'

'Gehoord, zegt u? Was dat maar waar. Waarover hebt u Maria wel gehoord? Ze kon immers niet horen en sprak slecht. En in die hoedanigheid een bruikbaar sujet voor uw vrouwenzaken, senhora, een stille getuige, een zwijgzame medeplichtige aan moord en het schuilhouden van een dader? Niet iemand die na een paar borrels haar mond voorbijpraat, nietwaar? Heel waardevol, stel ik me zo voor.'

'Ik weet niet waar u het over hebt, inspecteur Eliades, maar als u hier komt om vage insinuaties te uiten, heb ik liever dat u mijn huis verlaat.'

Eliades haalde zijn schouders onaangedaan op, te moe om zich tegen haar lichtvoetige verweer te wapenen. 'Ik zal uw huis verlaten, senhora,' antwoordde hij, 'zodra ik gezegd heb wat er te zeggen valt.'

Een blonde dame kwam de salon in met geurende amandelbroodjes en koffie. Ze onderbraken de woordenwisseling om wat te eten en drinken.

'Maria was al enige tijd op zoek naar haar zuster Artura,' vertelde hij toen. 'Maar dat valt niet mee als je je niet goed kunt uitdrukken en wanneer je – zoals Maria waarschijnlijk vond – niet graag kenbaar maakt dat je doof bent. Ik vermoed dat ze liever had dat mensen haar vreemd vonden dan dat ze wisten dat ze doof was. Maar u weet dat beter dan ik. Heeft ze direct aan u gemeld dat ze niet kon horen?'

Senhora de Henestrosa nam een slok koffie en zette het kopje terug op de schotel.

'Nee,' bekende ze. 'Het was Erna, de huismeid, wie het als eerste opviel. Hoewel dat bijna twee weken geduurd heeft. Maria kan zich erg goed handhaven. Ze kent geluid, ze kent spraak, weet waar ze het moet zoeken, waar ze moet kijken. En wat ze niet ten volste kan begrijpen, daarvoor sluit ze zich af: gesprekken in de bediendehal, oppervlakkige praatjes over het weer... Het maakte haar interessant, denk ik, een beetje ongrijpbaar.'

'Die typering heb ik vaker gehoord.'

'Maar u vergist u als u denkt dat ik Maria heb gebruikt voor de vrouwenzaak. Ik ben, ik was, oprecht aan haar gehecht. Ze is... was...' Senhora schraapte haar keel en vroeg Erna om haar een glas water aan te geven. 'Ze was bijzonder kien, nieuwsgierig en ontvankelijk voor alle soorten kennis die je je maar kunt voorstellen. Ik zag haar meer als een protegee, een vrouw die haar eigen leven en denken in handen had, ziet u? Bertha Lutz, onze roergangster als het op de vrouwenzaak aankomt, roept ons vooral op om het heft in eigen handen te nemen; zelf keuzes te maken, een werkend bestaan op te bouwen, onafhankelijk te zijn. Maria had dat in zich. Niet ondanks haar handicap, juist door haar handicap. Ze zou een lichtend voorbeeld geweest zijn voor zoveel jonge vrouwen.'

'Dat geloof ik graag, senhora,' antwoordde Eliades. 'En ik denk dat Maria dat ook graag wilde. Maar ze wilde graag nog iets anders, of iemand anders: Rodrico Granados.'

'Ach onzin,' wuifde ze. 'Dat pietluttige gedoe over kleine verliefdheidjes. Wat een onzin.'

'Is liefde onzin, senhora? Voor iemand die zo scherp van leer trekt over de houdbare liefde lijkt me dat een vreemde veroordeling. Begint iedere duurzame liefde niet met een klein, pietluttig verliefdheidje? Of bent u van de generatie die vindt dat liefde op de ontwerptafel van ambitieuze vaders en broers begint, met een lijstje van geschikte partners die ook nog wat geld en status meebrengen?'

'Natuurlijk niet,' zei ze licht beledigd. 'Dat is toch precies het tegenovergestelde van wat wij als vrouwenbeweging willen?'

'Ja,' verzuchtte Eliades, 'dat kan op papier wel zo zijn, maar in de praktijk komt het er vaak op neer dat we de oude gewoontes van hen die wij bekritiseren gewoon overnemen.'

'En waar zou dat uit blijken, senhor?'

'Als ik me niet vergis zei u heel duidelijk over Rodrico Granados dat hij niet goed genoeg was voor úw Maria. Gedraagt u zich daarmee niet exact zoals de mannen om u heen en in de literatuur? Vrouwen zijn tweederangs hebbedingetjes die alleen aan de hoogste bieder, de beste partij worden gegeven? Veel keuzevrijheid kreeg Maria immers niet van u.'

Senhora de Henestrosa keek hem met verbaasde blik aan, haar hand bewoog zich naar haar borst. Een antwoord bleef uit.

'Luister,' ging hij verder, 'ik heb voldoende vrouwen aan en over de rand van de vernieling gezien, en niet zelden omdat mannen zich aan hun eigen regels van eer en verplichting onttrekken. Ik ben wel de laatste die in verweer tegen uw pleidooi zou komen, zeker als dat pleidooi ertoe leidt dat meer vrouwen een eervol en goed bestaan kunnen hebben, voor henzelf en hun kinderen, die vaak de dupe van alle ellende zijn. Laat ze vooral een goede opleiding krijgen en meer mogelijkheden wanneer het leven niet zo uitpakt als gepland. Maar ontneem mensen niet het recht op de liefde, senhora, om die te ontdekken, om ervoor te vechten... Er zijn er zovelen die het wel goed hebben samen.'

'Is dat zo?' vroeg senhora gedecideerd. 'Hoeveel gelukkige stellen kent u?'

'Ik ken tevreden stellen, een heel aantal. Ieder leven heeft z'n hoogte- en dieptepunten en ik weet niet of geluk daarvoor het beste uitgangspunt is. Misschien levert dat alleen maar onnodige spanning op, het idee dat alles koek en ei moet zijn.'

'Zo, dus inspecteur Eliades is een realist.'

'In zekere zin. Is het uw bedoeling om mannen en vrouwen uit elkaar te drijven, senhora? Daar zult u gezien de aard van de mens nog een zware dobber aan krijgen.'

'Nee, dat is niet mijn uitgangspunt,' meende ze. 'Mijn uitgangspunt is dat mannen ophouden om vrouwen aan een wereld te onderwerpen die niet bestaat, een wereld waarin ze zelf nog het minst van allemaal geloven.'

'Een kunstzinnig theater van schoonheid en eeuwigheid?'

'En van kuisheid, dubbele normen, valse eer en beloftes die ze nooit nakomen. Mannen beloven ons te beschermen, maar tegen wie of wat eigenlijk? Een kudde wilde gnoes of een roedel wolven? Nee, de grootste bedreiging voor vrouwen zijn mannen zelf... U zit op moordzaken, hoeveel vrouwen vinden niet de dood in hun eigen huis, waar het veilig zou moeten zijn? En achter elke zogenaamde gevallen vrouw staat een grijnzende kerel met een uitgestrekt been, senhor Eliades. Ik geloof kortweg niet dat ze in staat zijn noch het recht hebben om zich over vrouwen te ontfermen.'

'Daar heb ik weinig op af te dingen, senhora, maar waar komen we dan samen?'

'Hoe komt u met de mensen om u heen samen? Hoe komt u tot een overeenkomst?'

Eliades haalde zijn schouders op. 'We overleggen, voors en tegens, beetje geven en nemen, soms wat water bij de wijn...'

'Wel, daar hebt u het. Niks nieuws onder de zon. En als iemand zijn afspraken niet nakomt? Wat gebeurt er dan?'

'Dan houdt de verstandhouding op.'

'Juist,' benadrukte senhora. 'Dan houdt de verstandhouding op.'

Eliades ging anders zitten, hij was bij het geschikte punt aangekomen. 'Nogmaals,' benadrukte hij, 'ik heb geen enkel probleem met uw verhandeling, senhora. Maar nu terug naar de praktijk: een textielwerker die met messteken om het leven is gebracht en een bankiersklerk met een schotwond in het hart. Is dat uw idee van de verstandhouding beëindigen?' Eliades liet zijn koffiekop opnieuw volschenken en wachtte op de Spaanse, die het toch wat moeilijk begon te krijgen.

'Ik heb nooit tot moord opgeroepen,' besloot ze uiteindelijk. 'En Rodrico was niets dan een tragisch ongeval. Dat had voorkomen kunnen worden, evenals Maria's bittere en onnodige einde.' Ze beet hem die laatste zin vol wrok en verwijt toe, maar Eliades liet zich niet van zijn stuk brengen. Die bron van spijt wist hij zelf wel aan te boren.

'U suggereerde in uw teksten dat het tijd was voor een offer, maar niet in úw gelederen. U noemde geweld, u meende dat dat de enige taal is die de manheid goed verstaat... Zo bent u de Rubicon wel degelijk overgestoken.'

'Beste inspecteur, ik heb nooit tot moord opgeroepen. Laat mij de tekst zien waarin dat staat. Overigens hebt u geen enkel houvast om welke tekst dan ook aan mij toe te schrijven.'

‘Daar moet ik u teleurstellen, senhora. Maria mocht dan weinig spraakzaam zijn, maar ze citeert u vrijelijk in haar dagboek. Het dagboek dat overigens aan haar zus Artura is gericht.’

Senhora de Henestrosa zette het glas met water weg en legde haar handen in haar schoot. ‘Ah, dus zo is dat gelopen. En nu denkt u dat u mij ter verantwoording kunt roepen? Bent u wellicht vergeten hoe dit land werkt?’

‘Geenszins, senhora. Ik weet precies hoe dit land werkt. Had ik dit gesprek met u verkwist als ons rechtssysteem ook maar half werkte zoals het hoort te werken?’

‘Dus echt de realist.’

‘Ik kies mijn gevechten met zorg, senhora de Henestrosa.’

‘Verstandig,’ vond ze en nam haar glas water weer op.

‘Denkt u – wetende wat u over mannen weet – dat u uw gevecht op deze manier gaat winnen?’

Eliades dronk zijn laatste beetje koffie op en wachtte terwijl senhora haar gedachten ordende.

‘Mannen zijn meer afhankelijk van ons dan ze willen toegeven,’ reageerde ze toen. ‘Waarom anders al die kunstgrepen en zielige regeltjes: niet naar andere mannen kijken, niet zonder echtgenoot over straat, veilig opgesloten in huis, handwerkjes maken… maar o god, zodra de man verlaten wordt breekt de hel los… Er schuilt een angstig en teergevoelig wezen in elk van jullie, inspecteur Eliades. Een wezen dat veel minder tegen afwijzing bestand is dan wij. U denkt misschien dat we erg van elkaar verschillen, maar dat is niet zo – alleen in jullie gedachtewereld verschillen mannen en vrouwen van elkaar. In werkelijkheid? Hooguit reageren we anders. Dus ja, ik denk zeker dat er wat te winnen valt. Zo niet nu, dan wel later.’

Eliades stond op en knoopte zijn jasje dicht. Hij had al meer kunnen ventileren dan hij gehoopt had.

‘Gaat u het haar vertellen?’ Senhora de Henestrosa rees uit haar stoel en keek hem vragend aan.

‘Wat ga ik wie vertellen?’

‘Artura. Dat u haar zus hebt vermoord?’

‘Natuurlijk. Dat is het enige eerbare wat een man kan doen, nietwaar? Goedendag, senhora.’

19

'Vergis ik me of hebben we hier een stelletje?' Gomès duidde op het lichaam van Maria en vervolgens op de koeling, waar Rodrico geduldig lag te wachten.

'Nee, je vergist je niet.'

Eliades was gekomen om afscheid van haar te nemen. Ze lag er rustig bij. Romantisch wilde hij haar niet noemen, daarvoor had ze te veel leed gezien. Vredig was een beter woord, haar gouden ogen starend in het niets, zelfs niet in het achterland van haar bestaan. Een herinnering in zijn hoofd, dat was ze, aan de kortstondige momenten dat ze door zijn leven was gewandeld, de weken waarin ze hem ongezien beheerst had. Zonder twijfel was zij de persoon die hem het meest zou bijblijven. Nu vergat hij zelden de mensen wier leven op zijn dorpel geëindigd waren. Maar voor Maria, besloot hij, koesterde hij een speciale plaats in zijn herinnering.

'Hier sta ik, aan de eindpaal mijner dagen,' sprak hij hardop, niet wetend of hij het over zichzelf of over Maria had. Daarna nam hij de ketting met hanger van haar hals, het gouden zwaantje. De vreemde leegte waarin hij de voorgaande avond was gevallen had hem nog niet verlaten. Een waarschuwing van zijn lichaam wellicht, een overlevingstactiek waardoor pijnlijke prikkels niet konden doordringen.

Niets kon doordringen.

In de hal liep hij Salvador tegen het lijf. De Argentijn leek diepbedroefd, gebroken zelfs. Ze schudden elkaar de hand, een korte woordloze verstandhouding.

Eliades instrueerde Pedro om Maria en Rico samen te laten begraven, op een mooie plek, voor altijd samen. De rekening kon hij naar senhora de Henestrosa sturen. Hij zou er zeker iets moois van maken. Daarna stapte Eliades in de T-Ford, zijn eigen tragedie tegemoet.

Het regende onderweg. Niet heel hard, maar hard genoeg om door de slecht sluitende vensters naar binnen te sijpelen. Hier en daar werd de weg modderig, zwikte de auto tussen de koffieplantages door landinwaarts.

Het was opmerkelijk hoe kalm zijn gemoed zich tot nu toe hield.

Normaal gesproken had hij alle scenario's voorbij laten gaan, dialogen uitgedacht, antwoorden op onvermijdelijke vragen verzonnen. Maar dit was geen scenario dat hij kon sturen. Als hij al iets van senhora de Henestrosa had geleerd, van haar fouten, dan was het om Artura niet te willen sturen. Geen romantische, bindende beloftes over orchideeën. Maar ook geen glazen stolpje.

De waarheid, niets dan dat. Daarna was de keuze aan haar. Loslaten en stilletjes hopen dat ze terugkwam. Tegen beter weten in misschien. Toch vloog de tijd waarin hij de afstand naar Campinas overbrugde. Met een enkele stop en zijn gedachten in het oneindige leek de tijd in een stroomversnelling te raken. Beter zo. Dan was het snel achter de rug.

De kleintjes waren met een van de plantageopzichters mee op de ezelkar om manden met rode koffiekersen op te halen. Olivia zei dat Artura was gaan liggen, het waren intense dagen geweest en ze had de voorgaande nacht niet goed geslapen.

Eliades nam de post door terwijl hij met een glas wijn op haar wachtte. Na een uurtje kwam ze de trap af, gekleed in een gele jurk met strikken die haar warme tint goed deed uitkomen. Haar haren droeg ze los. Na een warm 'hallo' omhelsde ze hem.

'Ik was ongerust gisteravond,' murmelde ze. 'Je klonk zo anders en ik kon er niet van slapen.'

'Jij arm ding, mijn lieverd.' Hij kuste haar, hield haar stevig vast. Het kon zomaar de laatste keer zijn.

'Is alles wel in orde?' vroeg ze. 'Je was zo afwezig, zo... ik weet het niet. Er is iets gebeurd, nietwaar?'

'Ja, Artura. Er is iets gebeurd.'

'Ga je het vertellen?'

'Ik heb geen keuze. Hoe erg ik het ook vind.'

Ze maakte zich los en deed een stap achteruit. 'Ik ga niet weg, Eduardo,' zei ze. 'Echt niet... ik ga voor niemand opzij als je dat soms denkt.'

'Soldaatje,' reageerde hij. 'Van mij hoef je niet weg, nooit, maar luister eerst naar wat ik je moet vertellen. Kom.'

Hij nam haar mee de tuin in, hand in hand. Aan het eind van het gazon stond een bankje onder de beschutting van wat bomen, weggestopt voor de zon en regenbuien. Artura keek angstig toen ze gingen zitten. Dat knelde omdat hij haar een leven zonder angst had beloofd. Waar moest hij beginnen?

'Artura, je weet nog dat ik de afgelopen weken aan een moordzaak heb gewerkt. Een jongeman, hij heette Rodrico Granados. Erg knappe kerel en volgens mij een eerzame en eerlijke ziel.'

'Ja, dat weet ik,' reageerde Artura, zichtbaar met enige verbazing. Hoogstwaarschijnlijk had ze iets over Theresa verwacht.

'Er was een jongedame bij betrokken, ene Maria. Ze was begin twintig, hoe oud weet ik niet precies. Ze scheen erg van die Rodrico te houden, maar ze werd daarin tegengehouden door haar werkgeefster, die – om eerlijk te zijn – een beetje op het oorlogspad was.' Hij liet een stilte vallen om te zien of zijn verhaal aansloeg.

'Ik begrijp het niet. Ik begrijp er niks van,' zei Artura verward.

'Dat komt, heus waar. Senhora de Henestrosa, die werkgeefster, wil niet alleen dat vrouwen meer rechten krijgen, maar ook dat ze het recht in eigen hand nemen. Wanneer mannen zich misdragen bijvoorbeeld...' Eliades krabde zich aan het hoofd en dacht na. 'Wel, het kwam zo,' ging hij verder. 'Die jonge vrouw meende Rodrico te zien met een andere dame. Het was donker en ze dacht dat hij haar bedroog. Dus schoot ze hem neer, denkend dat hij dat verdiende. En ook dat zij daartoe het recht had.'

'Maar?' wilde Artura weten.

'Rodrico stuurde die andere vrouw juist weg, zo werd mij door omstanders verteld die alles hadden gehoord en gezien.'

'Het was een misverstand?'

'Meer een tragedie, Artura. Zie je, dat meisje kon niet horen wat de getuigen allemaal wel hadden gehoord.'

Opnieuw viel er een stilte.

Artura schudde haar hoofd. Een kortsluiting, een vlaag van begrip maar toch nog het onvermogen om alle puzzelstukjes aan elkaar te leggen.

'Was ze...' begon ze, 'was ze soms doof?'

Eliades knikte instemmend en zuchtte voor zich uit, wensend dat hij de situatie, of Maria's brieven zelfs, eerder aan Artura had voorgelegd. Hoeveel leed dat gescheeld had.

'Dus ging ik naar haar toe om haar dat te vertellen: dat haar geliefde haar niet had bedrogen. En toen ze dat begreep... toen die akelige waarheid tot haar doordrong... greep ze haar pistool en richtte het op mij.' Eliades zocht naar zijn sigaretten en stak er een op terwijl Artura afwezig voor zich uit staarde.

Ze zou het inmiddels wel begrijpen.

'Ik wist niet waarom ze dat deed, Artura. Misschien had ik me in de situatie vergist en was ze niet in orde, in de war. Het vervelende alleen is... in zo'n moment heb je geen tijd om daarover na te denken. Dus schoot ik voordat zij op mij kon schieten.'

Er viel een lange, pijnlijke stilte. Artura's borst ging zichtbaar op en neer, haar ogen gefixeerd op een punt in de verte dat ze wel zag maar zeker niet waarnam.

'Mijn zusje woont niet in São Paulo, Eduardo,' zei ze hol.

'Ik begrijp dat je dat denkt. Maar je hebt al een tijd geen contact meer gehad met thuis, nietwaar? Dus is het logisch dat je niet van een verhuizing weet, toch?'

'Haar neergeschoten?' Artura klonk hees en zo mogelijk nog verder weg.

'Ik vrees van wel. Achteraf bleek dat ze geen kogels in haar pistool had. Ze was zo verdrietig, zo troosteloos dat ze niet meer wilde. Dus deed ze mij geloven dat ze mij zou neerschieten. Zodat het over zou zijn, begrijp je? Niet omdat ze kwaadwillend was.'

'Ze kan het niet zijn, Eduardo...'

'Ik wou dat je gelijk had. Maar ik weet het zeker omdat Maria jou brieven heeft geschreven. Ik geloof dat ze je heel graag wilde zien, maar ze kon je niet vinden. Ironisch genoeg woonden jullie nog geen tien minuten bij elkaar vandaan. En ook... wilde ze dat je dit kreeg...' Eliades nam het zwaantje uit zijn borstzak en stopte het in Artura's hand. Toen keek ze hem aan, bijna net zo verscheurd als Maria toen hij haar over haar desastreuze vergissing met Rico vertelde.

'Ik kan niet in woorden uitdrukken hoezeer het me spijt, Artura,' zei hij. 'En ik zou het heel goed begrijpen als je niet meer bij me kunt of wilt zijn. Hoe erg ik dat ook zou vinden.'

Ze streelde het zwaantje met haar vingers, maar schudde gelijktijdig haar hoofd. 'Je vergist je, Eduardo. Het kan niet... haar vader zit vastgegroeid aan zijn stoel. Ze woont niet hier, niet daar, bedoel ik...' Ze wees verward over heinde en ver.

'Ik begrijp het,' stelde hij haar gerust. Die ontkenning, dat was normaal. Dat had ieder mens van wie een geliefde plotseling werd weggerukt. Maar ze klemde het zwaantje in haar hand, wetend dat er niet veel dove Maria's waren die een Artura als zus hadden.

Lange tijd zeiden ze niets.

'Wil je haar brieven zien?' vroeg Eliades toen. 'Het is geen eenvoudige kost en ik vrees dat er nog meer slecht nieuws voor je is. Maar laat Maria je dat vertellen. Ik wil je niet meer kwetsen. Genoeg voor mij. Te veel voor mij, begrijp je?'

De kleintjes kwamen terug, vol met fragmentarische verhalen over koffiebesjes en plukkers, de ezel en een vreemd hoedje dat in het water dreef. Eliades ving ze op, luisterde geduldig terwijl Artura zich in haar kamer opsloot met Maria's brieven en het verweerde schrift dat ze voor 400 centavo op de markt had gekocht. 's Avonds at ze niet, kuste ze haar kinderen geen goedenacht en ze bleef alleen tot de vroege ochtend.

Eliades viel in zijn stoel op de veranda in slaap en zag de zon opnieuw opkomen. Het duurde even voordat hij Artura opmerkte, terwijl ze toch dicht naast hem stond.

'Ze had onder moeten blijven vandaag. Alleen vandaag,' zei ze.

'Ja, vind ik ook,' zei Eliades en reikte naar Artura's hand. 'Wil je blijven, Artura?' vroeg hij na een tijdje. 'Alsjeblieft?'

Ze bleef stil en Eliades wist direct dat hij haar te snel had gevraagd.

'Wel,' zei hij toen. 'Ik zou het fijn vinden als je erover nadenkt.'

São Paulo stond in de steigers. Het werk werd hervat en de straten werden opnieuw begaanbaar. De radio en de kranten spraken op de achtergrond over de vreedzame mars die de Tenentes over het platteland hielden, de Coluna Prestes onder leiding van Luís Carlos Prestes. Ze zochten medestand onder de boeren en probeerden voorzichtig een dialoog met de regering aan te gaan, niet alleen om de gewenste hervormingen bespreekbaar te maken maar ook om de jonge Tenentes voor het vuurpeloton te behoeden. Iedereen volgde de ontwikkelingen op de voet.

Ondanks die omstandigheden hing er een verlichte sfeer in de stad. Of het een kantelpunt was of een schijnbeweging wist niemand, maar er was hoop op meer mogelijkheden, op een betere toekomst. Een nieuw bewustzijn knaagde aan beide kanten, iets wat niet langer genegeerd kon worden.

Eliades ruimde zijn tuin op. Elsie Houstons dromerige stem kwam via het schellak de tuin in zweven. Hij en Osmosis hadden zojuist een lange pergola in elkaar getimmerd waar een sluier van passiebloemen overheen moest groeien. Langzaam maar zeker werd het wat, de jungle van Kipling.

Achter in de tuin groeiden jonge rozenstruiken, in een brede hoek, afgezet met nieuw tuinmeubilair – bankjes en houten dekstoelen. Op een rond eiland in het midden van de tuin gingen de eerste orchideeën open, een kostbaar project dat met veel zorg tot stand was gekomen. Achter de garage stonden potten met witte lelies te wachten op een plek in de verhoogde borders. Maar niet allemaal. Een paar waren voor Victors laatste rustplaats gereserveerd, dat had Eliades zijn vrouw enkele dagen daarvoor toegezegd, nadat ze had opgemerkt dat het graf nog zo kaal was.

'Senhor Zeca is goedgeluimd,' zei Ola terwijl ze met hapjes en drankjes de tuin in kwam. Zeca achtervolgde haar en gapte in het voorbijgaan en stukje koude kip van het dienblad.

'En een kleine boef,' voegde ze eraan toe.

'Zeg maar gerust grote boef,' zei Eliades.

Osmosis lachte luid en spoelde zijn handen in een emmer met zeepwater. 'Heerlijk, mama,' zei hij nadat hij een groot stuk kaas had gepakt. 'U maakt het werk half zo licht.'

'Zo hoort het, jongen,' antwoordde ze. 'Senhor Eduardo, ik weet niet of dat overhemd met koffie nog te redden is na een nacht in de wasmand. Ik zal mijn best doen, maar beloven kan ik niks.'

'Geen probleem, Ola. Als het niet lukt kopen we iets nieuws.'

'O, lekker makkelijk bent u toch,' zei ze giebelend en liet het blad bij de mannen achter.

‘En, Zeca? Vanwaar al die vrolijkheid?’ wilde Eliades weten.

‘Niks hoor… Ik bedoel, volgens de dokter hoef ik me nergens zorgen om te maken,’ zei hij opgewekt.

‘Alle vragen wel naar waarheid beantwoord?’

Osmosis schoot weer in de lach. ‘Broers,’ merkte hij veelzeggend op.

‘Proficiat, Zeca,’ zei Eliades en hief zijn glas. De glazen rinkelden tegen elkaar en gingen vervolgens in lange teugen leeg.

‘Goed werk trouwens, Eduardo,’ merkte Zeca op. ‘Ik las het vanmorgen in de krant – die dame uit de drukkerij die haar man neerstak… En nog wel buiten je eigen district. Voor je het weet ben jij de nieuwe commissaris.’

‘Dank je, broeder, maar ik geloof dat ik voor die eer vriendelijk zal bedanken.’

‘Waarom? Het is een goede tijd voor een wat meer gedegen politiebeleid. Die taak is jou op het lijf geschreven.’

‘Misschien, misschien ook niet. De lijn tussen meewerken en tegenwerken is dun en niet zonder risico’s, en om een einde als dat van Barradas zit ik in geen geval verlegen,’ lichtte Eliades toe. ‘Het is ook nog maar de vraag wie er aan het langste eind trekt: Prestes of president Bernardes.’

Zeca knikte bedachtzaam. ‘Daar zit een kern van waarheid,’ zei hij toen. ‘Hoe het ook zij, mijn zegen heb je.’

20

De Atlantische Oceaan ruiste, ze kolkte. Dat had Eliades gemist aan Maria's observaties: geluid. Ze donderde, zwoegde en vloog tegen de kustlijn. Ze vrat het zand, zweepte kiezels, drijfhout en schelpen het strand op, oorverdovend, onvermoeibaar, onderdanig alleen aan de invloed van de maan. Hij was blij dat hij het kon horen, dat het doffe gevoel zijn oor eindelijk had verlaten.

Hij knoopte de veters van beide schoenen samen en liep met opgestroopte broekspijpen langs de kustlijn. Verderop waren de vissers bezig; ze repareerden netten, ruilden vis voor kreeften en liepen af en aan met fuiken, klapperende zeilen en roeiriemen. Op het duin zat een jongen in het zand te tekenen.

Hij leek wat eenzaam, vergeten. Eliades liep op hem af.

'Jij moet Carlos zijn,' zei hij.

De jongen stond op, zoals het hoorde wanneer er iemand van boven je stand tegen je sprak.

'Si, senhor,' zei hij netjes.

'Je bent Maria's vriend,' merkte Eliades vervolgens op. 'Jullie hebben samen schelpen gezocht.'

Hij knikte instemmend en keek direct weg, wat treurig eerder dan verlegen.

'Dus je weet dat ze er niet meer is?'

'Ja, dat weet ik, senhor.' Hij haalde diep adem. 'Een mevrouw kwam het vertellen. Een mooie mevrouw, maar niet zo mooi als Maria. Maar wel aardig. Ze vroeg of ik haar wilde bezoeken, met de trein. Dan kan ik Maria's graf zien.'

De jongen keek hem vragend en hoopvol tegelijk aan, alsof Eliades het antwoord op die uitnodiging had.

'Ik zou het doen,' vond Eliades. 'Afscheid nemen van een vriendin is wel belangrijk, nietwaar?'

'Ja, dat denk ik ook. Ik weet alleen niet of het wel mag.' Carlos keek over zijn schouder naar de vissersboten. Een man keek terug, geïnteresseerd, argwanend misschien.

Eliades begreep wel dat Maria op zijn vader geen geschikte indruk had achtergelaten. Maar Carlos' vader had op hem ook geen geschikte indruk achtergelaten.

'Kom,' zei hij, 'laten we dat ophelderen.' Hij legde zijn hand op Carlos' schouder en bewoog hem van het duin.

'Bent u ook een vriend van Maria?' vroeg de jongen nu.

'Ik vrees van niet, daarvoor kwam ik te laat. Maar ik ken haar zus, de mevrouw die ook hier is geweest.'

'Artura, met die kleuters?' wist Carlos.

'Met die kleuters.'

Carlos grinnikte. Eliades ook, zij het met een wrange steek in zijn middenrif. Hij zag ze met het grootste gemak als zotte dazen over het strand rennen en honderd schatten uit de zoute pudding pulken. Hij miste ze.

'Wat heeft mijn zoon u misdaan, senhor?' vroeg Carlos' vader, een verweerde visser met diepe groeven in het gezicht. Toch kon hij niet veel ouder dan dertig zijn.

'Niks. Carlos en ik hebben een gemeenschappelijke kennis en we maakten een praatje.'

'O,' zei de visser met een onderdanig knikje.

'Maar ik wil u graag iets op het hart drukken.'

'Si, senhor?'

'Dat ik Carlos graag een beetje in de gaten houd. Maria is er helaas niet meer, maar ik en Artura nog wel. We horen niet graag van onredelijk vuistgeweld, senhor. Zeker niet tegen een kind. Iedereen mag leren en fouten maken. Ik weet zeker dat uzelf ook niet foutloos hebt leren kreeftvissen. Of wel?'

Carlos' vader zei niets en hield zich bijna beweginglooos, alsof hij verwachtte dat Eliades ieder moment zelf zou uithalen.

'Mag de jongen een keer mee naar de stad om afscheid van Maria te nemen?'

De visser keek op, geschokt. 'Vandaag? Ik heb geen geld.'

'Nee, niet vandaag. Als het Artura uitkomt. Ik weet zeker dat ze ook voor Carlos betaalt. Misschien mag hij zelfs een paar dagen logeren. Daar hebt u niets op tegen, toch?'

'Helemaal niet,' zei de man.

'Mooi. Dat was alles.'

'Maria zei rijmpjes op,' vertelde Carlos terwijl ze door het water liepen. 'Over de zon en de zee. Ik denk dat ze die bijzonder vond. Ik vind er niks aan. De stad – daar heb ik een kaart van – dat is pas mooi.'

Eliades was verbaasd. 'Zei ze rijmpjes op?' vroeg hij.

Carlos knikte. 'Ze hoorde niet zo goed, beetje doof denk ik, maar ze zei altijd malle rijmpjes. Ik vond dat wel leuk. Kijk! Daar zijn ze!'

Artura's lange jurk waaide achter haar aan, voor haar uit liepen Alesso, Fabio en Carina. Gillend natuurlijk, handjes in de lucht, zonnehoedjes op. Even was het de vraag wat Eliades liever deed, huilen of lachen, of allebei. Ze moest het weten, ze moest geweten hebben dat hij hier was.

Carlos rende lachend op hen af, schudde handjes en kroelde over kopjes. Een hoedje vloog af. Met het grootste gemak greep hij het uit de klauwen van de wind en gaf het terug. Al snel renden ze achter een bal aan.

Zelf wist Eliades niet meer te bewegen. De zee zoog zijn voeten steeds verder in het natte zand, maar ook als dat niet zo was had hij zich niet verroerd.

'Staat u vast, senhor Eliades?' vroeg Artura.

'Beetje maar,' bekende hij. 'Ik werd afgeleid door een onwerkelijk visioen.'

'Niet de woedende zon die dreigend over de kim kolkt, hoop ik?'

'Niets van dat alles.'

Artura nam zijn hand en trok hem uit het zand.

Hoelang had hij haar niet gezien? Te lang. Ze was mooier dan ooit. Een beetje vermoeid misschien, maar ongetwijfeld had ze een zware tijd achter de rug. Ze volgden de kleintjes langs de waterlijn, lange tijd zwijgend. Eliades vocht tegen de zinnen die in zijn hoofd opkwamen; redevoeringen, aanbiedingen, romantische uitlatingen... Niet doen. Het moet van haar komen.

'Weet je wat het is, Eduardo?' zei ze eindelijk.

'Wat is het, Artura?'

'Dat meisje uit dat boek, het meisje van die brieven...' Ze dacht even na. 'Ik ken haar helemaal niet,' bekende ze. 'En ik weet niet of ik daar treurig of dankbaar om moet zijn. Het laat me niet los.'

'Welk meisje ken je wel?' vroeg Eliades.

'Een lief, babbelend kind. En later, toen ze haar gehoor na de zoveelste oorontsteking verloor, een lief maar stil kind. Erg eenzaam, op mij of op vader aangewezen. Ik kon me die eenzaamheid vroeger nooit zo goed voorstellen, totdat ik zelf verlaten werd.'

Eliades knikte. 'Er is dus heel wat veranderd in de tijd dat je van huis was.'

'Behoorlijk. Maar Maria was altijd al slim, uitgekookt. En dat zie ik in haar brieven terug. Ze wist zich wel te redden. Die angst en eenzaamheid zeiden niets over haar bekwaamheid. Ze brak overal doorheen, conventies, verwachtingen... Vroeger, wel, soms zette ze een grammofoonplaat op. We verbaasden ons – ze kon het immers niet horen – maar daar ging het niet om, zie je. Ze had muziek in haar herinnering en weigerde het ritueel op te geven. Ze wist exact bij welke groef welk lied begon. En als ze de naald had neergezet legde ze haar handen op de hoorn en zong ze ieder woord exact mee. De juiste toonhoogte, de juiste timing... Het was een wonder. Zij was een wonder.'

Eliades keek haar aan, diep in haar lichtbruine ogen, in haar prachtige herinneringen. 'Niemand zal ontkennen dat Maria bijzonder was,' merkte hij op. 'En het is vast de grootste reden waarom iedereen zo ontdaan is. Ik denk dat we het haar allemaal graag willen vergeven.'

Artura knikte instemmend. Ze onderbrak haar gedachten om de kleintjes te observeren. Ze waren met Carlos aan het graven geslagen.

'Ik wil dat,' zei ze toen. 'Ik wil niets liever dan het haar vergeven. Het was ook niet met opzet, toch? Maar, ik zie wel een onmiskenbaar verband tussen haar keuzes en haar einde. Hoe tragisch het allemaal ook is.'

'Je bedoelt de verhandelingen van senhora de Henestrosa. Dat ben ik met je eens. Maar het is gebeurd. Voltooid verleden tijd.'

'Het is gebeurd,' herhaalde ze voor zichzelf.

De kleintjes verlieten de kuil voor een nieuw avontuur en ravotten verder het strand over. Eliades en Artura volgden ze.

'Waarom ben je nooit terug naar huis gegaan?'

Ze lachte nerveus en plukte aan haar arm. 'Omdat ik me schaamde voor mijn naïviteit. Ik wilde haar – dat verschrikkelijke mens, Consuéla – geen gelijk geven. En ik wilde mijn vader niet nog meer te schande brengen. Hij had het al zo moeilijk. Uiteindelijk schreef ik hem wel, maar hij was boos en teleurgesteld omdat ik niet van zijn fouten had geleerd. En ik dacht, over een tijdje misschien. Maar daar had ik het weer mis.'

'En nu is alles ineens over. Geen woorden meer nodig, de schaamte voorbij.'

'Ja. Onwerkelijk, maar ook bevrijdend – niemand meer hebben om je tegenover te hoeven schamen.'

'Ik weet hoe dat voelt. Toen mijn moeder overleed was ik heel verdrietig, maar er gingen ook opeens zoveel deuren open.'

Artura knikte. 'Misschien is schaamte ook wel een soort horigheid, een ode aan degenen die ons daartoe verplicht doen voelen.'

'Toch doen we het vooral onszelf aan,' vond Eliades.

Een warme wind stak op, zand en schelpengruis vloog op en stoof langs. Alessandro kwam direct gekweld aanhollen.

'Senhor Eliades,' zei hij. ''k Heb zand in mijn bek.'

'Mond, Alesso,' verbeterde Artura.

'Geef niks hoor, mama,' vond hij en liet zich door Eliades optillen. Die keek met een ernstig gezicht naar zijn uitgestoken tong.

'Ik zie het, Alesso. Je moet even spugen. Maar met de wind in je rug. Probeer maar.'

'O, je meent het?' merkte Artura op.

Hij zette de jongen neer en liet hem een paar keer in de juiste richting tuffen.

'Weg?'

'Ja!' riep deze opgewekt en rende met dezelfde vaart weer terug naar zijn broertje en zusje.

'Soms moet je praktisch zijn...'

'Blijkbaar...' zei ze met een toontje. 'En voor je het weet staat hij overal te spugen.'

Eliades schoot in de lach, deels toegevend aan de zenuwen en deels om Artura's heimelijk gekrenkte moederziel. 'Ik accepteer volledige verantwoordelijkheid.'

'Ja, ja.' Ze gaf hem een duwtje met haar elleboog. 'Maar het is goed je weer te zien,' zei ze. 'Ik belde vanmorgen naar je huis en kreeg Zeca aan de telefoon, die zei dat je vandaag hier was.'

'Ik ben blij dat hij je van dienst is. Heeft Pedro je ook kunnen helpen?'

'O, heel erg. Hij krijgt alles voor elkaar. Die hele toestand met de begrafenis, Maria en Rico samen. Zo lastig, maar zo mooi. En dan het geld en de spullen van mijn vader en Maria. En natuurlijk het nieuwe winkelpand... maakt niet uit wat het is, alles krijgen ze voor elkaar.'

'Blij te horen. En je weet dat ik mijn best doe om je vader naar São Paulo te krijgen.'

'Dat vertelde Zeca vanmorgen,' antwoordde ze. 'Maar de commissaris is weg, begrijp ik dat goed?'

'Barradas, dat klopt. Die hebben de Tenentes een kopje kleiner gemaakt en nu is het wachten op zijn vervanger die de papieren kan ondertekenen. Maar het verzoek ligt er.'

'Dank je wel, Eduardo, ik weet dat je al het mogelijke doet.'

'Een kleine moeite,' vond hij.

'Zeca zegt ook dat je de grote gegadigde bent voor de commissarispost.'

'Wellicht. Maar dat zegt nog niet dat ik het ga doen. Hielenlikken is niet mijn ambitie, Artura.'

'Maar mensen helpen wel, toch? São Paulo zit om een held verlegen.'

Hij keek haar schalks aan. 'Helden hebben grote idealen. En een onbegrensde wil om zich daarvoor blind in de afgrond te storten. Die kwaliteiten heb ik niet. Gelukkig, denk ik dan maar. Anders was het allang gedaan met mij.'

'Valse bescheidenheid. Ik denk dat je het prima zou doen.' Artura pakte zijn hand en hield hem tegen. 'Wat heb je om?' vroeg ze en wees naar zijn pols.

'Een armband.'

'Beetje krap, niet? Wel mooi, dat bloemenmotief.'

Eliades klikte de armband open en bood die Artura aan.

'Neem jij hem maar,' zei hij, 'dan kun je de begrafenis van je vader betalen. Of zoiets... boeken voor in je nieuwe winkel? Ik weet niet. Neem jij hem maar.'

Ze nam de gouden armband aan en knipperde een paar keer. 'Ik ben niet boos, Eliades,' zei ze toen. 'Je bent me niks verschuldigd. Echt niet.'

'Je hebt het volste recht om boos te zijn.'

'Ik ben niet boos, Eduardo. Verdrietig, heel verdrietig. Ik wou dat ik met haar kon spreken, haar tot de orde kon roepen... Maar dit is niet jouw schuld. Je hoeft je om mij niet schuldig te voelen.' Ze veegde een traan van haar wang en worstelde zich door het beladen moment. Eliades kuste haar handen, nam de armband en klikte die om haar pols.

'Dat betekent heel veel voor me – wat je zojuist zei,' bekende hij. 'Dank je wel.'

Ze liepen verder. De wind nam af. Hoog aan de hemel schitterde een gouden schijf. Rustig, tergend rustig gleed ze langs haar baan. De zee golfde af en aan, enkele vissersboten voeren uit, een andere kwam binnen. Carina gilde toen ze het koude water aan haar blote teentjes voelde en Carlos vond een grote roze schelp.

'Een pecten!' riep hij gelukzalig.

Alesso en Fabio kwamen opgewonden aanrennen.

'Kom je ook naar de opening?' vroeg Artura wat onzeker.

'Heel graag,' antwoordde Eliades. 'Hoe gaat je winkel heten?'

'Boekenkabinet Selenium,' antwoordde ze.

'Selenium?' herhaalde Eliades. 'Was Selene niet de Griekse maangodin?'

'Ja. Niet slecht voor een politieman,' plaagde ze.

'De klassieken zijn verplichte kost in de veredelde wereld van de koffieheren.'

'U zegt het, senhor Eliades,' grinnikte ze.

'En waarom de maan, schone dame?'

'Wel, Eduardo, het was Maria's favoriete liedje. En het mijne... van ons beiden, zogezegd.'

Eliades glimlachte en kuste Artura op haar wang.

'Ik begrijp het.'

Nawoord

Zoals gebruikelijk stuitte ik bij het schrijven van de roman Rio op enkele historische en praktische dilemma's en voorkeuren. Ik hecht er waarde aan deze voor de daarin geïnteresseerde lezer toe te lichten.

Het idee voor Rio ontwikkelde zich toen ik 'Nescio', de song van Nederlandse band The Nits uit 1983 luisterde. Tijdens dat lied verbeeldde ik mij de scène waarin Maria en Rico – elk in hun eigen kamer – met elkaar dansten. De rest van het verhaal vloog dezelfde avond nog als een film aan me voorbij. Dit was ergens in 2008.

Dat het zo lang duurde voordat Rio op papier terechtkwam heeft alles met het vinden van de juiste vorm te maken, waarin Maria voldoende stem kreeg, zonder te veel van haar geheimen prijs te geven. Dat leidde in juni 2017 tot het concept van een tweesporenroman, deels met een verteller, deels in dagboek/briefvorm.

Eliades is geen Portugees-Braziliaanse naam maar van Slavische oorsprong (Eliad/Eliade). Hetzelfde geldt voor Victor Munhoz en Granados (beide Spaans). Dat ik voor deze achternamen gekozen heb is tweeledig.

De eerste reden is om de smeltkroes van nationaliteiten die São Paulo was (en is) redelijk weer te geven. Na de afschaffing van de slavernij in 1888 en de toenemende vraag naar arbeiders voor op de koffieplantages, suikerplantages (later ook rubber en katoen) en in de fabrieken, trok het aantal Europese immigranten enorm aan. Tussen 1890 en 1920 groeide de paulistaanse populatie hierdoor van zo'n 230.000 tot pakweg 600.000 inwoners, wat vanzelfsprekend ook tot onderlinge spanningen leidde. De hoofdmoot van deze immigranten kwam uit Italië, Spanje (of Latijns-Amerika) en Duitsland, maar ook uit Azië; Japan, China en Korea en het Nabije Oosten.

De tweede reden voor de naamkeuze is persoonlijk en ontwikkelde zich naarmate de roman vorderde. Door mijn passie voor kunst en muziek, schoten mij bij de introductie van een nieuw karakter vaak bekende namen te binnen. Zo kwam ik onder meer op Eliades – tevens de voornaam van Eliades Ochoa (Buena Vista Social Club). En op de Henestrosa, afgeleid van de Spaanse componist en arrangeur Luis Venegas de Henestrosa. Omdat ik niet vaak de gelegenheid krijg om mijn Latijnse helden te eren, besloot ik die trend door te voeren. Binnen de gemêleerde populatie van São Paulo vond ik dat prima te verantwoorden. Buiten Maria en Artura hebben alle hoofdpersonen hun naam aan een door mij bewonderde kunstenaar te danken.

Het in Hoofdstuk 3 door Eliades voorgelezen citaat uit een (fictieve) bijeenkomst van de Tenentes is gebaseerd op Engelstalige, historische literatuur. Het is nagenoeg onmogelijk om oorspronkelijke politieke traktaten in te zien en mede omdat ik het Portugees niet beheers, ben ik in latere bronnen gedoken. Dit citaat komt uit *Intimate Ironies: Modernity and the Making of Middle-Class Lives in Brazil*, p. 38-39 (1999, Brian P. Owensby), die over de retoriek van de Orde het volgende overlevert (ik laat de oorspronkelijke, Engelse tekst hier intact):

[...] A report prepared on behalf of employers of the National Labour Council made more or less the same point in the mid-1920s. 'Intellectual workers' were entitled to holidays because time off would not affect their daily lives, 'at least on the moral side.' Holidays would allow the intellectual worker (the) needed rest to recover from his 'intense mental effort,' which, as a later report noted, was something not experienced by 'a manual worker, whose brain does not expend energy.' And 'since the home of the brain worker is welcoming and pleasant, he will return to his office with his psyche intact, as he does not stray from his customary habits; he uses his leisure for diversions, but is careful to avoid subaltern activities that would alter his moral fabric.' Not so the industrial worker, whose physical life was 'purely animal' and whose home was little more than a 'campsite.' He would 'kill his long free hours in the rua [the street, referring to (the) unstructured social space out of the home],' prey to 'latent vices' and 'subaltern instincts.' Vacation time for workers could have no effect other than to 'unsettle the moral equilibrium of a whole social class within this nation.'

Hoewel de woordkeuze in bovenstaand citaat over de (vermeende) gedragingen van de arbeidersklasse binnen het historisch kader nog enigszins beschaafd is weergegeven, ben ik ervan uitgegaan dat de retoriek op politiek getinte bijeenkomsten scherper was, zeker wanneer het om het werven van medestand ging. De drie termen in Eliades' woorden: 'vreten, copuleren en zuipen' komen in bovenstaande retoriek niet als dusdanig naar voren. Desondanks vond ik ze in deze context gepast en een redelijke vertaling van wat de heren van de National Labour Council en hun tijdgenoten werkelijk vonden.

De Orde, waarover in dezelfde passage voor het eerst wordt gesproken, is een term die ik heb gekozen om het geheel, of de keten, van corrupte krachten aan te duiden. In de historische literatuur en ook in die tijd spreekt men van het 'café com leite', oftewel 'koffie met melk'. Voor het historische kader van Rio vond ik dat het gebruik van deze term te veel uitleg behoefde. Maar voor hen die een diepere interesse in de geschiedenis hebben: in werkelijkheid ging het hier om de oligarchische structuur van machtige koffieplantage- en melkveehouders (aldus koffie met melk) en alle gelieerde diensten en sectoren in de provincie São Paulo en het aangrenzende Minas Gerais, die zichzelf en elkaar belangrijke bestuurlijke en militaire posities toebedeelden, en daarmee het beleid rond de nationale koffie- en zuivelhandel en de belastingen naar hun hand zetten. Volgens hen was koffie van groot nationaal belang. Dit leidde er ook toe dat 'het volk' het ondergeschoven kind werd, waardoor er na de Eerste Wereldoorlog geregeld sprake was van kleine, maar felle opstanden en stakingen.

Hoewel de tegengroeperingen van het café com leite met elkaar sympathiseerden en vaak dezelfde coryfeeën en idealen aanhaalden, kwamen zowel hun retoriek als hun acties in eerste instantie afzonderlijk van elkaar van de grond. Door de Orde werd overigens ook veel tijd en moeite gestoken in het uit elkaar houden van deze fracties, om schaalvergroting te voorkomen, zodat hun invloed gering bleef. Deportatie, moord en lijfstraffen waren hierbij geijkte middelen.

De belangrijkste tegengroeperingen waren de communisten, de opkomende vakbonden, de witte boorden (hoogopgeleide nonoverheidswerkers) en de Tenentes (de luitenants), die in 1928-1929 overgingen op salonpolitiek middels een gematigde, sociaaldemocratische partij. In Rio gaat het primair over de witte boorden en de Tenentes in hun militante periode.

De Coronels, het coronelismo, verwijst naar het nationale systeem van grootgrondbezitters, vaak koffieplantage houdende oligarchen, die tevens in overheid en leger functies betrokken. Het coronelismo is voortgekomen uit het Portugese koloniale systeem dat ondanks de onafhankelijkheid van Brazilië en de totstandkoming van de Republiek veel overeenkomsten met de Russische lijfeigenschap vertoonde. Deze laatste kruisbestuiving heb ik onder meer willen benadrukken met de rol van Aleksandr Poesjkin in het begin van de roman.

De Tenentes, de luitenants, waren naar Europese standaarden en deels Europese moraal opgeleide jonge legerofficieren, die zich in hun retoriek veel meenden aan te trekken, of aantrokken, van de erbarmelijke toestand van het volk (welke van de twee, of naar welke verhoudingen, is mij niet duidelijk geworden).

Het is wel evident dat de Tenentes zelf meer invloed ambieerden en dat zij daarbij op de muur van het coronelismo en de machtsketen van het café com leite stuitten. De eerste fysieke confrontatie tussen deze partijen begon in 1922, twee jaar voordat *Rio* start, in het Fort Copacabana in Rio de Janeiro. De tweede en laatste gewelddadige confrontatie tussen de Orde en de Tenentes vormt het belangrijkste historische kader van *Rio*, namelijk de bezetting van São Paulo in juli van 1924. Dat was tevens de eerste keer dat er in Brazilië vanuit de lucht werd gebombardeerd.

In Hoofdstuk 3 maakt Victor Munhoz zich zorgen over de Japanse populatie in Brazilië. Deze dialoog kwam tot stand op basis van onderzoek naar de eerste stroom Japanse immigranten, die onder meer in Brazilië en Hawaï niet zo goed verliep. Mede omdat de belofte 'In Brazilië groeit het geld aan de bomen' behoorlijk overtrokken was, en omdat het in de praktijk om een grote groep alleenstaande mannen ging, vervielen zij vaak in autodestructieve gedragingen, waaronder excessief drank- en drugsgebruik en gokken, in het onderzoek genoemd als vluchtgedrag voor de erbarmelijke omstandigheden. Bron: *Japanese souls and Brazilian hearts: An exploration of the ethnic identities and mental wellbeing of Japanese Brazilian return-return migrants* (2016, Tainah Michida, Northeastern University of Boston, Dissertation).

Rudolph Valentino. Hoewel cinema in Brazilië in vergelijking met de Verenigde Staten nog geen grote vlucht had genomen, waren er in São Paulo en Rio de Janeiro, waar elektriciteit voorhanden was, in 1924 al behoorlijk wat filmhuizen. Film was nog wel een 'lagere vorm van entertainment'. Goedkoop en met name gericht op het arbeiderspubliek. Zo'n 85 procent van alle films kwam uit de VS en deze waren bijzonder populair. Rudolph Valentino (van Italiaanse afkomst) genoot veel aanzien in Latijns-Amerikaanse landen als geslaagd filmster uit Hollywood en New York, mede door zijn exotische voorkomen en de heroïsch-romantische rollen die hij speelde. In *Rio* dient de 'geest van Valentino' vooral om de negatieve gevoelens van Eliades over zichzelf als falende echtgenoot en minnaar aan te wakkeren.

Waarde van geld. Lang zoeken naar de waarde van de zwaar gekelderde Braziliaanse real om daarmee de prijs van alledaagse zaken in 1924 te kunnen bepalen heeft helaas geen eenduidig beeld opgeleverd. Bekend is dat de prijzen van voedsel en levensonderhoud na de Eerste Wereldoorlog ruim verdrievoudigden.

In Hoofdstuk 20: 'Hier sta ik, aan de eindpaal mijner dagen' komt uit het gedicht 'Abschied vom Leben' van Karl Theodor Körner (1813).

In Hoofdstuk 21: Hoewel ze het al langer op het repertoire had staan, nam de Braziliaanse zangeres Elsie Houston het lied 'Foi N'uma Noite Calmosa' (Het was een mooie nacht) in de bewerking van Luciano Gillet pas in 1941 op. De compositie zelf is veel ouder, maar werd in dit arrangement voor het eerst in 1925 door Gillet uitgebracht. Ondanks de discrepantie heb ik het, met name om de toepasselijkheid van de tekst en het dromerige karakter van Elsie Houstons uitvoering, én omdat aan het lied wordt gerefereerd als 'Song of Rio', in het boek opgenomen. De volledige tekst (ruwe, onberijmde vertaling):

Het was een mooie nacht, de nacht dat ik je vond
De liefde uit mijn dromen
Alleen jij en ik, die keer
Ik en jij, we lachten, je riep me voor een dans
Onze lichamen dichtbij, alleen elkaar verlangend
Ik hield van je, werd verliefd
En gaf me over aan je betoverende blik
Rondom de maan
Alleen jij en ik, kussend
Onze lichamen dichtbij, alleen elkaar verlangend
Gezichten aan elkaar geplakt
Onze lichamen samen, zo gebeurde het
Ik hield van je, werd verliefd
En gaf me over aan je betoverende blik

Feminisme in Brazilië verliep in de jaren twintig van de vorige eeuw vrij kalm en zonder veel weerstand. Dit kwam hoofdzakelijk omdat de strijd om de macht onder mannen de gemoederen veel meer bezighield. Bertha Lutz voerde in de jaren dertig succesvol onderhandelingen voor het vrouwenkiesrecht onder het regime van Getúlio Vargas. Er wordt ook melding gemaakt van gewelddadige feministische incidenten – maar die waren gering en zijn slecht gedocumenteerd. Hoewel dus plausibel, zijn er geen werkelijke historische overeenkomsten met de acties van senhora de Henestrosa. Ook het blad *Lux Femina* is fictief.

Eind 1924 wisten de VS en Groot-Brittannië met een uitgebreide missie veel invloed uit te oefenen op de problemen in de Braziliaanse politiek. Ze eisten de aanname van een aantal staatkundige 'adviezen' die de grip op de koffieprijzen en de slagkracht van de regering zouden vergroten. Het meer en grootschalig opkopen van koffiebalen was een van deze aanbevelingen. Een andere was het heffen van belastingen per baal koffie (aan de Coronels). Omdat

Brazilië vreesde dat de VS en Groot-Brittannië hun koffie anders uit Colombia zouden halen, of zich wellicht militair met de nog aanwezige Coluna Prestes zouden bemoeien, werden de aanbevelingen wel overgenomen. De Coluna Prestes marcheerde tot aan 1927 en ging daarna over in een politieke sociaaldemocratische partij onder leiding van Luís Carlos Prestes.

Leiden, oktober 2023